Los Amantes de Julia

Los Amantes de Julia

por
Laura Muñoz

Inevitablemente luego de la patada en el trasero viene el consecuente batazo de la pelota en dirección opuesta, no necesariamente inmediato pero definitivamente contundente; rotundo batazo igualmente por el culo que lo deja a uno sentado y pensando, dependiendo de los términos particulares en los que estén planteados cada patada y su consecuente batazo, bien en cómo articular una vez más la patada, que esta vez requerirá de mayor estrategia, dado que hay que recordar que se halla uno sentado en el suelo producto del batazo recibido, siendo mucho más difícil, por consiguiente, levantar la pierna y propinar la patada en sí y porque está claro que la patada anterior no fue suficientemente devastadora, o bien podría dejarlo a uno pensando en que razón siempre tuvo la abuela y no hay enemigo chiquito, ponerse la curita en la nalga y salir cojeando del estadio, eso sí, con la cabeza en alto.

En cuanto al repartidor de swings, no cabe duda de que devuelve un batazo porque la patada recibida lo ha dejado inhabilitado para pelear en los mismos términos. Y si bien la puntapié coge por sorpresa en la mayoría de los casos, el batazo suele ser más doloroso, por cuanto se propina con más rabia y mayor alevosía que la patada misma.

Si el que ha propinado la patada, que en adelante se conocerá como El Pateador, decide jugarse el todo por el todo y una vez más elevar la pierna y disparar con todo una nueva y más estridente patada, el bateador, que en adelante se conocerá como El Cuarto Bate, se verá en la disyuntiva de carácter dignificante de responder o no a la agresión, en cuyo caso y de ser afirmativa la decisión, deberá tratarse de un batazo que supere en nivel, categoría, destreza y puntería al golpe propinado por parte de El Pateador, a razón de dejarlo anulado y verse en capacidad de continuar su vida fuera del estadio. No obstante, El Cuarto Bate no deberá bajar la guardia frente a una posible arremetida en contra, no necesariamente inmediata pero definitivamente contundente por parte de El Pateador, así como por posibles patadas futuras a cargo de terceros y de las cuales la Gerencia no se hará responsable en ninguno de los casos ni bajo ninguno de los términos.

La Vida

I

Esta historia comienza como todas las historias: con una mujer.

Cuando conocí a Julia comprendí de golpe el clamor de Jobim y De Moraes, sólo que mi niña no era de Ipanema sino de Caracas, ciudad desquiciada, de trancas y discotecas, de peluquerías y centros comerciales, como a ella le gustaba describirla. Mis amigos –todos dignos de ser llamados tales- y yo, nos sentábamos en la plaza de la Universidad a la sombra de aquel Samán benefactor, descendiente directo del Samán de Güere, bajo el cual Bolívar descansara en una memorable Batalla de Independencia. Como es fácil de anticipar, mis amigos y yo carecíamos de motivos tan altruistas, pero igual disfrutábamos de su abrigo.

La verdad es que no hacíamos absolutamente nada sentados en aquella plaza y eso me da un poco de vergüenza admitirlo ahora que he logrado reconocerlo en esta especie de viaje en retrospectiva; estábamos allí, simplemente perdiendo el tiempo, que ha decir verdad no es mucho ni hay de sobra -¡y vaya si hace falta!- cuando se estudia una carrera en la universidad, por lo menos en las de mi país. Supongo que eso lo salva un poco. Bien o mal, así trascurrían los mediodías en la universidad, hasta que un día Julia Isabel cruzó la plaza frente a nosotros, a tan sólo unos metros de mi mano que se estiraba para alcanzarla y comprobar que no era una visión del más allá, que eran pasos, aunque a mí me pareciera que flotaba y desde entonces nada en mi vida volvería a ser como era antes.

Julia Isabel, Julia Isabel. Me gusta decir su nombre completo, me gusta escucharlo; me gusta sentir cómo se desliza en mi boca, cómo juega sobre mi lengua durante ese pequeñísimo instante que trascurre entre mover los labios y dejarlo escapar como a un pajarito. Ya no lo hago como antes, ahora su nombre se queda rebotando en las paredes desnudas de las habitaciones vacías, ahora el pajarito se queda atrapado entre estos muros y estos pasillos y revolotea, revolotea, revolotea hasta que se estrella de cabeza contra el suelo, o yo le lanzo un libro, una taza, un cenicero, lo que tenga más a mano.

A partir de ese día, nada volvería a ser igual para ninguno de nosotros, en el momento justo en que sus ojos que miraban a los míos, se convirtieron en mis ojos que miraban a los suyos.

A Antonio Carlos y a Vinicius se les habría desencajado el mentón al ver pasar a esa mujer. Contrario a lo común para ese entonces, mis amigos se abstuvieron de hacer comentarios eróticos respecto a la garota que los dioses nos permitían admirar. Nos quedamos como idiotas viéndola venir, pasar frente a nosotros, no darse cuenta y seguir su camino rumbo a la biblioteca. Ninguno la conocía. Ni siquiera la habíamos visto antes, y tal vez porque mis amigos estaban en esa edad en que los hombres van dejando de ser idiotas con penes y se van concentrando en formarse una idiosincrasia, adueñándose un poco de los puntos de vista ajenos, fue que uno de ellos mencionó si no sería este un ejemplo del inconsciente colectivo que Jung tanto pregonaba: todos volteando con cara borregos a punto de ser degollados ante la imagen de una niña desconocida. De mi Julia. Pero ellos no sabían en ese momento que Julia era mía y que nunca dejaría de serlo, a pesar de todos los revolcones que nos dio la vida, de las veces que nos tuvo de rodillas y nos aplastó la cara contra el polvo de viejas avenidas y calles de mala muerte, sólo para recordarnos que es ella quien tiene la última palabra. De manera que muchos días transcurrieron: yo, sentado en el mismo lugar a la misma hora, de lunes a viernes, con la sonrisa practicada y el discurso aprendido, esperando con una fe que sólo se tiene a los veintitantos que mi niña reapareciera de la nada y se posara frente a mis ojos incrédulos, pero eso nunca sucedió. ¿Por qué ella, por qué Julia? Es una pregunta a la que durante años no supe dar respuesta. Sí, era muy bella en verdad, sin embargo la universidad estaba llena de niñas hermosas, había de dónde escoger. ¿La Maga novedad? ¿El reto de conquistar un imposible? Tal vez. No sabría decirlo con certeza; me cuesta tanto pensar en Julia sin sentir amor por ella, me es imposible deslindarme de este amor que siento por mi Julia aún para echar una mirada al pasado y recordar lo que motivó esa cacería frenética, obsesiva. Conquistar, posiblemente. Ahora, luego de tantas batallas perdidas y ganadas a la vida, luego de tantas canas bien merecidas, sé a ciencia cierta que había algo más que la necesidad de alimentar mi ego o la pasión que despierta el cortejo, ahora sé que estábamos destinados a encontrarnos siempre; de una manera u otra y contra todo pronóstico, nuestro destino fue siempre encontrarnos: esa lista con su nombre que me hizo dar un brinco al corazón cuando lo leí aún sin saber que se trataba de ella, ese montón de madrugadas enriqueciendo las arcas de las compañías de teléfonos internacionales, nada nunca ha sido azaroso. Y sin embargo yo no podía saber nada de esto en aquel momento, sospechaba ,eso sí, sospechaba que había algo más, pero debo darle la razón a Julia en su afirmación de que Dios sólo pone retos ante nosotros a los que somos capaces de enfrentarnos y yo dudo con mucho que yo hubiera estado preparado en aquellos días para asimilar la grandeza de esta historia de amor; yo sólo tenía claro que no podía seguir dejando transcurrir los días sin verla y que otras medidas más agresivas debían tomarse para cuando finalmente me la cruzara de frente, a lo que ya yo tenía ensayadas algunas frases para abordarla y cuyo objetivo era conseguir como mínimo su nombre, hacerla reír y dejarle sembradas las ganas de volver a hablar conmigo. Pero no aparecía.

Como mencioné, pronto fue claro para mí que la estrategia de esperar pasivamente en la plaza donde había visto a Julia pasar por primera vez no estaba dando resultado. Evalué la posibilidad de hacer rondas periódicas de patrullaje por la universidad a primera hora de la mañana, antes de que diera inicio el turno de la tarde y al finalizar el turno de la noche, y elaboré un pequeño croquis mental de las facultades, incluyendo el teatro y la capilla e hice un esquema mental de mi plan, pero esa idea no duró mucho, así como tampoco duró mucho la de montar guardia junto a los guachimanes (que eran mis panas, ya me los tenía ganados) en la garita de seguridad de la salida del estacionamiento y otras ideas igualmente insensatas que ni siquiera vale la pena nombrar. A medida que iban pasando los días y yo seguía sin ideas (que valieran la pena) y sin encontrarme a mi hermosa niña, comencé a sospechar que todo esto debía obedecer a algún tipo de sabotaje ulterior orquestado por los dioses y aquello fue como una epifanía: no podía tratarse de otra cosa y es que yo conozco a los dioses, ¡ah, esos dioses! Los dioses tienen sus mañas y uno debe jugarles el juego, es así como a ellos les gusta, es así como ellos se manejan y es así como gobiernan el mundo y se divierten de vez en cuando haciendo de titiriteros con nuestras vidas. Yo no lo sabía a ciencia cierta en ese entonces, pero para permitirme ver a Julia debía despistarlos, hacerme el loco, pretender que no estaba interesado, que no la esperaba, que pasaba por allí por simple casualidad. Estaba completamente convencido de que en el momento en que consiguiera hacerles creer que no tenía el menor interés por volver a ver a Julia, ella volvería a aparecer frente a mis ojos tan misteriosa y a la vez naturalmente como había aparecido la vez de la plaza, lo difícil, por supuesto, estaba en despistarlos a tal nivel que los hiciera bajar la guardia y una vez alcanzada esa proeza, sostener ese teatro el tiempo necesario para seguir encontrándomela. ¡Ah, pero los dioses no son ningunos niños de pecho, no, esos dioses se las traen! No fue fácil hacerles creer que algo se me había olvidado, que justo parecía que habían dicho mi nombre, o que el café que hacían en el cafetín de la otra ala no sabía igual, y como me hubieran descubierto mirando de reojo, el trabajo de una semana se iba por el caño. Pero la recompensa siempre estaba ahí, cada viernes a las cinco de la tarde, con su cara de ángel en el cafetín del ala sur, a veces rodeada de sus amigas, riendo y tratándose como se tratan las mujeres que se califican unas a otras de "amiga": se abrazan, comparten meriendas, se solidarizan de manera tal que compromisos de bodas, rompimientos con novios, embarazos, infidelidades, cambios de look y shopping parecen afectarlas a todas por igual, y luego resulta todo un reto descubrir quién es la verdadera aludida. Pero había otras ocasiones en que estaba sola y yo no podía más que sentarme a cierta distancia a llenar papelitos de palabras bonitas acerca de ella, a imaginarme gustos, costumbres, historia, a saber: sabor preferido de helado, color preferido, columpio o tobogán, día o noche, lluvia o sol, mar o montaña, té o café, autor preferido, cine o teatro, frío o calor, cuántos hermanos tenía o si era hija única, a qué edad aprendió a montar bicicleta, si era de las que salía a celebrar el triunfo del equipo de casa cual hincha con cara multicolor, o si era más bien de las que se sentaba frente al televisor a llorar a mares las desdichas de Candy Candy tarde a tarde.

Pero un viernes no apareció. No estaba mi niña de Ipanema –o de Caracas, debería decir-, sentada como siempre en el cafetín del ala sur y entonces entré en pánico: no era posible que los dioses se hubieran dado cuenta, no me podían dejar con mis papelitos llenos de versos y palabras bonitas, no. Abatido, subí a la clase de poesía, absurdo empeño de la Facultad de Humanidades en llamar clase a lo que definitivamente era una tertulia poética, una discusión literaria –"taller" serviría de no ser porque suena a cursito de autoayuda-. Aquel salón con pizarrones, con sus mesas y sus sillas, se transformaba maravillosamente en un café cualquiera de la rue des Lombards, donde a falta de tinto y pepinillos con baguettes, tomábamos café con leche y galletas de soda.

Cuando llegué -tarde, como de costumbre-, me esperaban los de siempre: Eloy, Facundo, Andrés y Carlos, el maestro Carlos. Y por supuesto una pila de gente equivocadamente sentada frente a Carlos, con sus cuadernos y sus bolígrafos, tomando notas de cada palabra que "el profe" decía, no fuera a ser que luego lo preguntara en el parcial. Por supuesto esta pila de pobres ingenuos se retiraría para la tercera clase a más tardar, decepcionados de una clase de poesía que no enseñaba técnicas de métrica y composición de odas y sonetos, y mucho menos de la historia de la poesía.

11

Es en verdad maravilloso el papel de marionetas que jugamos en manos de los dioses, delante de la única silla que quedaba disponible estaba sentada mi preciosa niña y la expectativa y la emoción de escucharla por primera vez me tenían a punto de bypass; era como si los dioses se hubieran apiadado de mí guardándome esa única silla sólo para que yo pudiera sentarme detrás de ella y tal vez tocarle el hombro y pedirle un borrador prestado o cualquier idiotez que se me hubiera podido ocurrir. Mientras tanto, los primeros decepcionados se iban retirando de sus asientos y Eloy y yo nos mirábamos, conteniendo con gran esfuerzo la carcajada. De cuando en cuando se escuchaba un sonido como de horno antisemita al tiempo que un vapor descendía de un ducto de aire acondicionado del techo, justo sobre la cabeza de mi niña, ella miraba hacia arriba por un instante y luego volvía la mirada hacia Carlitos que defendía apasionadamente la grandeza de Neruda, perplejo frente a los argumentos de una Julia que admitía la grandiosidad del maestro chileno, sí, con su trasfondo social y su bien merecido Nobel, pero del que particularmente ella, so pena de llegar a arrepentirse en algún futuro quizás no tan lejano y de ser juzgada por siempre por semejante comentario, sólo rescataba "El bosque chileno" y la "Oda a la cebolla", hasta que en una de esas, Julia se levantó de golpe, tomó sus cosas y mirándonos, dijo:

-Ya estuvo bien del entrenamiento pre-menopáusico, ¿me dejan sentarme con ustedes?

¡Fue hermoso! Fue como si me hubieran dado con un ladrillo en la cabeza. Creo incluso haber escuchado el clásico "Ignazio!" que acompaña a todo ladrillazo en la cabeza que se precie de ser legítima muestra de afecto. Ciertamente, los dioses son seres mañosos y ladinos en quienes no se puede confiar, en un momento te sabotean todo intento por alcanzar la felicidad y al siguiente te la lanzan a la cara sin la menor consideración, al más perfecto estilo de comedia americana de televisión en blanco y negro.

Qué mezcla de euforia y desconcierto, finalmente mi niña tenía voz y era una voz de tango, una voz de Mèdoc con todo su bouquet, y para completar mi dicha me preguntaba si podía sentarse a no más de veinticinco centímetros de mí. Entre grandes malabares y otras maromas circenses conseguí mover la silla de Julia sin decapitarla en el proceso u obsequiarle un lindo ojo morado, que de cualquier forma le habría sentado de maravilla pues, como se sabe, el violeta, al igual que el resto de los colores del espectro, van encantadoramente bien con la belleza natural de las ninfas. Le cedí mi silla y me corrí a la izquierda. Me sentí como aquellas tardes de verano que pasábamos en casa de la abuela Marguerite, cuando mi hermana Verónica y yo nos tumbábamos en la grama y jugábamos a inventar historias a partir de las formas que tomaban las nubes en el cielo.

A veinte centímetros de distancia Julia era aún más bella de lo que era a diez metros, y a mí me comían las ansias de comprobar qué tan bella podía llegar a ser cuando ya no quedara más espacio entre nosotros. Si ella supiera, si llegara a leer los papelitos, pero no, pensaría que soy una suerte de psicópata culturizado que se ha prendado de ella cual sanguijuela dispuesto a extraer todo el material poético del que fuese capaz, todo con tal de hacerse de un premio de la Casa Rómulo Gallegos.

A continuación, el momento crucial: entablar conversación con ella, averiguar su nombre, decir algo ingenioso pero no tanto que me creyera vanidoso, ni tan escueto que me creyera un tonto que no hace sino repetir lo que escucha decir a los demás. Algo que la haga reír pero que no suene fútil, algo con fundamento pero sin sonar lapidario, y para colmo de males el repertorio había quedado totalmente bloqueado en algún sórdido rincón de mi mente, a seguras a merced de los dioses que me impedían recordar algo de lo hartamente ensayado. De haber estado presente, mi amigo aficionado al psicoanálisis habría afirmado que esto se trataba de no sé qué teoría de Freud y los supuestos olvidos involuntarios. Y para completar, a estas alturas andar otra vez con maripositas en el estómago.

II

-Bueno, en verdad yo no sé qué es lo que estoy haciendo aquí. Por lo general me desagrada bastante la poesía escrita por mujeres, es un alivio ser la única en este grupo, so pena de ser linchada por semejante premisa. Sí, ya sé que lo que estoy diciendo está sonando como la incoherencia más grande que hayan escuchado en mucho tiempo, y de hecho lo sería, sería en verdad la burrada más grande que han escuchado en sus vidas si no fuera porque el gobierno que tenemos pone todo su empeño en superar en todo momento su propia sandez, pero es que, estéticamente hablando, hay algo que no me termina de cuadrar, que me suena cursi aunque no lo sea, aunque estemos hablando de una Alejandra Pizarnik, no sé explicarlo y creo que por eso soy tan dura con mis propios poemas, soy yo quien les censura más severamente. No es vanidad lo que me inhibe a la hora de exponerlos, es exactamente lo opuesto, una sensación de que no están a la altura, no sé de qué o de quién, porque la verdad es que no los intento comparar con otros textos y Dios me libre, con otros escritores. Creo que por todo eso la mayoría de mis textos están escritos desde una perspectiva masculina. Eso no quiere decir que sea menos estricta con ellos a la hora de arrugar un papel y tirarlo a la basura si resulta que el texto no tiene fuerza.

Diciendo esto, Julia encendió el primer cigarrillo de la velada y no pudo contener la tos, producto de esas traicioneras cosquillas en la garganta que junto a los ojos empapados, siempre acaban por delatar a los vírgenes del tabaco.

-No se me vaya a ahogar ahora, poeta –dijo Guillermo.

Controlada la infame tosecita, alcanzó a responder con la voz todavía dando manotazos en la marea:

-Si el poeta eres tú…

Tosecita que hace su último y desesperado intento por sobrevivir, espasmo torácico verdugo y al fin una bocanada de aire fresco (bueno, se entiende que lo de "fresco" no es más que un recurso literario), libertadora y definitiva bocanada de aire mientras Eloy cantaba: "como dijo el poeta/ y el que ha tumbado estrellas/ en mil noches de lluvias coloridas eres tú" para luego en dueto Eloy-Julia: "¿Qué tengo yo que hablarte Comandante?"

-Eloy, ¿cierto?
-Así es –asintió Eloy, ladeando la cabeza y bajándola un poco, con un gesto más reverencial que afirmativo.

-Tú me caes bien –dijo Julia-. Si no fuera porque sé que todo esto es real, juraría que eres un estado mental, mío, claro, o un estadio mental, o ambas cosas, qué sé yo. Es como si todo el tiempo estuvieras en sintonía con lo que yo estoy pensando. Una fusión del clásico diablito y angelito, cada uno en un hombro, diciéndole a la persona lo que tiene que hacer. Una especie de conciencia externa. Creo que estoy diciendo un montón de necedades – dijo Julia, alcanzándole el encendedor a Eloy. Una mirada de complicidad y de concesión mientras encendía su cigarrillo, deleitándose en aspirar esa primera bocanada de humo que lo mismo que la última sabe tan distinto a las de en medio, para luego exhalarlo desde lo más profundo de los bronquios; algo así como la degustación de un Marlboro en lugar de un Merlot.

-Y entonces ¿qué fue lo que te pasó? –Preguntó Guillermo sin tener de dónde más asirse para entablar conversación con Julia.

-Entonces no me pasó nada -dijo Julia encogiéndose de hombros, más como quien da una explicación a la maestra del cuarto grado que pregunta quién fue el que dejó el salón hecho una porquería-, que yo no soy poeta y que tengo años que no fumo, y como que me he vuelto virgen de vicios. Eso, o la senilidad me tiene creyendo que todavía tengo veinte y nada de esto es real. Aparte, tengo entendido que es a ti a quien llaman "el poeta".

-Y se dice poetisa, asno –dijo Andrés desde el rincón donde siempre se sentaba, con su habitual aire de quien está y no está en el salón, de quien le importa y lo mismo le sabe a mierda, y también con su estilo de hippie de finales de siglo, neo hippie, por llamarlo de alguna manera.

-Te entiendo, digo, lo de los estadios mentales –dijo Eloy un poco reflexivo.

-Sí, pero no sé si son varios, supongo que es uno solo. ¿Qué estamos usando como cenicero?

-A ver, poeta, léete lo que tienes allí escrito –dijo Facundo, poniendo en evidencia a Guillermo con sus papelitos mal escondidos.

-Poeta, ¿tienes nombre? –preguntó Julia.

-Guillermo.

-Bueno, Guillermo, ¿nos lees? –dijo Julia mirando a Guillermo a los ojos. Se miraron fijamente por un par de segundos y a Julia le pareció que había algo particular en esos ojos café que le sostenían la mirada, algo como una mezcla de todos los recuerdos agradables concentrándose en esos ojos del poeta y que la hacían sonreír inevitablemente. Inmediatamente se arrepintió, pensando que todo esto podía fácilmente malinterpretarse.

-Mira, poeta, ¿trajiste el CD de Piaf? –preguntó Carlos.

17

-¡Coño! Pero, ¿será que ustedes me están viendo a mí cara de bedel? Déjenme decirles que están todos pelando bolas. Díganme si yo cargo uniforme de botones dorados en la solapa y sombrerito rojo estilo Topo-Moroco en la cabeza, porque es que yo no los veo. Yo no soy bedel de nadie, por algo me divorcié –dijo el poeta, valiéndose de esa particular capacidad innata que poseía de darle un giro jocoso a cualquier comentario, dejando colar así que era divorciado, para Julia, obviamente, que era la única que no sabía de Virginia.

-Ponte el CD de Piaf ahí, marico –dijo Andrés, con su característica delicadeza.

-Toma Eloy, léelo tú mientras yo lo pongo –dijo Guillermo extendiendo uno de los papelitos a Eloy, el menos comprometedor de las docenas que había escrito y que ahora trataba de esconder lo más disimuladamente posible.

-A nadie le molesta si yo me siento en la mesa, ¿verdad? –preguntó Julia.

-No, pero lo leo para mí y luego tú lees tu vaina, poeta, mira que no es igual porque tú fuiste el que lo escribió.

-Yo creo que nuestro único miembro del sexo femenino debería abrir la ronda –tentó Guillermo a ver qué lograba.

-Ah ah, yo no leo lo que escribo, eso ya lo expliqué –replicó Julia.

-Ah, no, poeta, pero así no se puede –dijo Guillermo aferrándose a como diera lugar.

-¡Se dice "poetisa"! –volvió a aclarar Andrés- Chamo, ¿no desayunaste o qué te pasa?

-¿Por qué me sigues llamando poeta, si el poeta eres tú? –dijo Julia, ya casi como un juego, ella, que sentía fascinación por los juegos y que ya empezaba a agarrarle el ritmo a esta danza compuesta por todos estos hombres, poetas, soñadores, reunidos en aquel salón un viernes por la tarde.

"Como dijo el poeta/ y el que ha tumbado estrellas/ en mil noches de lluvias coloridas eres tú / ¿qué tengo yo que hablarte/ Comandante?" –cantó Eloy y Julia atajó hacia la mitad para continuar a coro.

-¿Tú has escuchado esa versión que tiene una introducción de "Che" de Julio Cortázar? –dijo Julia bajando un poco la guardia con respecto al asunto ese de la confianza.

-Uf y es de lo mejor que he escuchado, y mira que yo no soy comunista –respondió Eloy exhalando el humo del cigarrillo.

-Ni yo, pero esa me la sé –aclaró Julia-. Y qué te puedo decir, cuando la escuché casi me desmayo, el maestro Cortázar, el dios-Cortázar, mi novio Julio Cortázar recitando en pleno –dijo Julia como si se tratara en verdad de su novio o más bien de su amante. En realidad sí era su amante, ella lo amaba, eso estaba de anteojos, pero Julia hablaba como si en verdad alguna vez hubiera hecho el amor con Cortázar y ahora se acordara de ese momento, mientras lo evocaba en el recuerdo de un poema insertado como epígrafe en una canción de nueva trova cubana.

-No sabía que a nuestra fémina le gustara Julio Cortázar –dijo el poeta, no dándose lugar a tregua.

-No, gustarme no, más bien es como una veneración de santo milagroso, a ratos es admiración, otros es delirio –y lo decía como si pensara en voz alta, más que estar diciéndoselo a Guillermo o a cualquiera de los que estaban allí.

19

-Confesá que siempre has estado enamorada del barbudito, nena, mirá que tiene su mérito amarlo desde chica.

-Julia –dijo Julia, como si se tratara de una confesión dignamente merecida y que ahora le develaba a Guillermo, y a fin de cuentas para él lo era, en cierto modo era un premio: "está bien, te mereces que te diga mi nombre, ya no hace falta que te asomes en la lista que trae Carlos consigo para averiguarlo." ¡Controla la mente, Guillermo! continuó pensando el poeta en esos segundos que parecen horas cuando se está recordando o se está sumido en el propio pensamiento, como ese mismo cuento de Cortázar, el del saxofonista, cómo era que se llamaba- ¡Julia! –dijo Guillermo, cortando en seco los juegos de la mente, tratando de retomar el hilo de la conversación antes de que Julia lo creyera idiota o retrasado, haciendo una pausa antes de continuar, saboreando el placer de pronunciar su nombre por primera vez, dejando pasear el nombre en los recuerdos de los días donde sólo había papelitos-. Tiene su mérito amarlo desde piba – dijo.

-Y sí, desde que cayó en mis brazos a los catorce o quince años, no recuerdo bien. Si no lo niego, más bien lo enfatizo. Soy Julia y soy cortazarófila.

-Poeta, pero pon "La vie en rose" –dijo Facundo y Julia se dio cuenta de que por un momento los demás habían desaparecido, ahora estaban de vuelta, pero hacía apenas un segundo no eran más que ella y el poeta, cómo era que se llamaba…

-¿Qué te pasa Facundo? –preguntó Eloy.

-Bueno, pero si esa es la que a mí me gusta, ¿cuál es el peo? –saltó Facundo.

-Facundo, buscar inspiración en los bajos fondos es buena idea hasta que se convierte en hábito –dijo Guillermo. Todos rieron. Menos Facundo.

-Ajá, me van a decir que "Mi Lord" no está tan puteada como "La vie" –se defendió Facundo.

-¿Cuál es el problema con las putas? –inquirió Julia.

-¿"Dadora de las playas"? -preguntó Eloy mirando a Julia.

-Que estoy convencida tiene que ser la misma de "Tu más profunda piel"; nadie me va a sacar eso de la cabeza.

-Ah, "Tu más profunda piel"... Sí, ¿verdad? Fíjate que nunca había hecho la asociación y ahora que me lo dices me parece que es tan claro, tan evidente, no sé cómo se me pudo pasar por alto, es que está clarísimo, tiene que ser la misma mujer de "Dadora de las playas", no hay de otra.

-Bueno -dijo Julia asintiendo con la cabeza-, yo te digo. Y nadie me va a convencer de que no es así, para mí está demasiado claro.

-Sí, sí, totalmente.

-Por fin no entendí lo del rollo con las putas -dijo Facundo-. ¿Cuál es que era el problema?

-¿Cuál, cuál problema? –dijo Eloy, cruzando miradas con el resto del grupo.

-Ninguno –dijo el poeta abriendo los brazos en gesto de quien no tiene nada que esconder.

-Ninguno, Facu -dijo Julia sonriendo con ternura a Facundo.

21

-No –dijo Eloy concluyente-: aquí no hay nadie que tenga problemas con las putas.

-Así me gusta –dijo Andrés.

-Andrés, chamo, es importante tener otras amigas que no sean de la Libertador –dijo Eloy.

-Las putas son sagradas; no los estoy mandando a pasar por la Libertador esta noche, pero más de uno ha tenido su momento artístico cumbre a raíz de un encuentro con una puta –apuntó Carlos.

-Sí, muriéndose de sida en el hospital o preguntándose en la ducha "¿qué será esta roncha que tengo aquí?" –dijo Andrés.

-Esos son clichés, Carlitos, yo no creo que todavía sea así –dijo Facundo.

-Yo –dijo Julia-, me considero agregada cultural del gremio de las putas.

Imposible no echarse a reír a carcajadas ante semejante confesión. Todos reían como ríen los niños, con la boca, con los ojos, con los hombros, riéndolo todo. Julia miró a Guillermo mientras se reían. Había algo en esa risa sin poses que Julia comenzaba a encontrar fascinante y cándido a la vez, una especie de hogar que se le escapaba al poeta en cada carcajada.

-Eso es lo mejor que he escuchado en la semana –dijo Andrés-. You've made my day!

-Explícame eso de "agregada cultural" –dijo Guillermo, que cada vez se prendaba más de su menina, envolviéndose en una madeja que él ya conocía pero que esta vez traía algo distinto, algo que estaba por encima de él y que lo asustaba un poco, a decir verdad, pero que ya era demasiado tarde para frenar y que, para continuar con las confesiones, ya no estaba dispuesto a perderse.

-No hay nada que explicar, es así: me considero una agregada cultural del gremio de las prostitutas puesto que no soy una de facto, pero digamos que sí lo soy de corazón.

-¿Eso quiere decir que te gustaría ser puta?

-¡No...! Facundo, marico, ¿qué te pasa a ti hoy, tuviste un encontronazo con Silvia, te rasparon un parcial, te asaltaron de camino para acá y te dieron con la culata en la cabeza? No te entiendo, hermano – dijo Eloy.

-Pónganle a Facundo "La vie en rose" a ver si con eso se le pasa –dijo Andrés.

-Mira Facundo, lo que Julia quiso decir con ser puta de corazón es que siente una especie de nexo cómplice-invisible entre ella y las amigas personales de Andrés –dijo Guillermo, levantando los ojos buscando aprobación en los de Julia.

-Ay, pana, y dale con el temita, sí tengo amigas putas, por montones, si quieres vamos que te las presento a todas.

-Porque cuando tú te vas pa' las Mercedes y te compras un perrito y tienes afinidad con él, no quiere decir que aspiras a convertirte en can, ¿entendiste, Facu? –dijo Eloy.

-Sí, ya. No es para tanto.

Facundo le hizo un gesto casi infantil a Julia a manera de excusa, que Julia devolvió en el mismo tono, y esto ya fue demasiado para Guillermo: una mujer que decía ser puta de espíritu y que al mismo tiempo era capaz de hacer un gesto tan pueril; sintió que la cara le ardía y que las manos le sudaban, se sintió adolescente otra vez, pero esto no le había pasado ni con Virginia.

–Aquí tengo algo que les voy a leer –dijo Carlos, interrumpiendo de golpe los pensamientos de Guillermo-. Bájenle volumen a eso, por favor…

-¿Lo acabas de escribir? –preguntó Eloy

-Eh… sí, mientras ustedes discutían sus pendejadas y Facundo se daba una vuelta por el espacio sideral; pero bueno, ¿qué importa si lo escribí ahorita o hace veinte años? A ver, todavía no le pongo nombre:

-¿No podemos esperar a que se acabe mi canción?

-¡Ay, Diosito! –murmuró el poeta.

-Facundo, chamo, ya me estás empezando a preocupar, pareces una jeva, brother –dijo Andrés en lo que aspiraba su último cigarrillo y ahogaba la colilla en el cenicero de café con leche improvisado.

-¿Terminaron de quejarse las comadres? –preguntó Facu-, igual está a punto.

-¡Listo! Dale maestro –dijo Guillermo.

-¡Ah, Julia! Sin ofender, chama –se excusó Andrés.

-¡Verga, cállense la boca, no joda!

-Eloy, relájate, pana. Lo de Facundo como que es contagioso –dijo Andrés.

-Bueno, maestro, empieza a leer tu mierda y no le pares bolas a estos cabrones, si no vamos a estar aquí hasta pasado mañana –dijo Guillermo.

-Esto es un boceto de un futuro poema, por lo menos eso es lo que me parece ahora. De todas maneras me gustaría que lo discutiéramos, si no es hoy, ya será la otra semana, porque creo que tiene algo que ver con lo que estaban hablando Julia y Eloy de la canción de Pablo, no es que sea alegórico, no es eso, es más bien que la mente se me fue por ahí después de escucharlos, y bueno, esto fue lo que salió:

Las paredes de mi casa estás llenas de grietas
En los adoquines, familias enteras de todo tipo de bichos

Viven sus vidas de pequeños burgueses

No se enteran de nada

No saben que mi hermana Matilde de casa mañana

Y mi madre llora y mi padre la consuela

No saben que la casa se nos viene abajo

O quizá no les importa

Cuando esta casa finalmente se nos venga encima

Buscarán otro pueblo donde mudar a sus familias

Nos dejarán a nosotros el trabajo de recoger los escombros

Otros adoquines sustituirán los que ahora

Contemplan la despedida de Matilde

Pero ya no serán los nuestros

También nosotros habremos partido

A vivir como bichos burgueses

En las grietas de los adoquines

De nuestros gobierno paternalista.

-Mierda Carlos, ¿estás seguro de que eso que te fumaste era tabaco?

-Coño, Facu, mejor anda vete pa' tu casa, hermano, de pana –dijo Eloy, que en verdad comenzaba a molestarse por la inexplicable actitud de Facundo.

-Mejor nos vamos todos. Carlos, pana, como siempre, te la comiste –dijo Andrés mientras le estrechaba la mano a Carlos y se dirigía hacia la puerta.

-¿Por qué no lo discutimos el viernes que viene?

-Sí, poeta, yo creo que ya Facundo tuvo suficiente por hoy y nosotros también tuvimos suficiente de Facundo por lo que resta de día. Traigan todos algo que hayan escrito, varias cosas, no me interesa lo que sea. Julia –siguió diciendo Carlos-, a esta cuerda de mamarrachos mal hablados ya me los conozco de memoria, ya me sé el estilo de cada uno; trae algo que hayas escrito, lo que tú quieras, que aquí estamos urgidos de aire fresco.

III

-Poeta, llegando temprano, ¿ah? –Julia levanta la vista de las correcciones de último minuto que hace a los poemas que trajo para la clase de esta tarde; llegó una hora antes sólo para tener un momento a solas para dedicárselo a esto.

-Así es, Asimed, hoy decidí llegar temprano –responde Guillermo, más feliz que nunca de haber llegado temprano al taller de poesía, por primera vez en la historia.

-Perdón, ¿qué dijiste? –dice Julia, levantando la mirada de sus escritos una vez más.

-Dije: "así es, Asimed, hoy decidí llegar temprano" –repite Guillermo para ella, con esa sonrisa tan peculiar que Julia no ha visto en ningún otro rostro.

-¿Asimed? ¿Qué cosa es eso?

-Un nombre que se me ocurrió para llamarte en lugar de Julia. –responde el poeta sin renunciar a su sonrisa.

-¿Un qué, un, y por qué? –pregunta Julia entre confusa y sorprendida, no muy segura de estar captando la broma, si es que se trata de una broma.

-Bueno, porque tú me llamas a mí poeta y entonces yo decidí llamarte Asimed.

-Pero a ti todos te llaman poeta, no es que soy yo solamente…

-Bueno, pero no importa. Igual te voy a llamar Asimed.

-¡Pero Asimed es horrible! –dice Julia contagiada de la sonrisa de Guillermo.

-¿Qué? ¿No te parece que suena maravilloso? "Asimed".

-¿Estás loco? Asimed suena a "Asistencia Médica Directa".

Guillermo ríe en parte debido al chiste y en parte a los nervios; Julia ríe también, aunque no tuvo la intención de hacer un chiste.
-¿Cómo puedes decir eso, Asimed?

-¡Ay! Por Dios –dice Julia, suspirando, sonriendo-. En fin, llámame como tú quieras, se nota que no te voy a hacer cambiar de opinión.

-Estás en lo correcto, mi querida Asimed.

-Bueno, pero por favor, prométeme que no me vas a llamar "Asi".

Una vez más Guillermo ríe. A Julia la sonrisa no la abandona y está a punto de contagiarse de la risa nerviosa de Guillermo, niega con la cabeza, "este tipo está totalmente loco", piensa Julia, lo mira de reojo, frunce el ceño con un gesto tierno. Loco, totalmente loco –piensa-, pero bueno, por lo menos es divertido.

Guillermo, por su parte, se siente otra vez como un adolescente, "no cabe duda, tengo quince años otra vez, y a estas alturas de mi vida, Santo Dios, qué horror, Guillermo, esta niña ya se debe haber dado cuenta hace siglos de que estás loco por ella, piensa en algo, pero para ya".

-¿Te puedo preguntar algo?

-Pregunta.

-¿A qué edad aprendiste a montar bicicleta?

-¿Cómo? –dice Guillermo sin poder ocultar su perplejidad. "No puede ser que esta niña me esté preguntando lo que yo... ¿pero cómo se enteró? No puede ser, pero si yo, pero si esto no lo sabe nadie –la mente de Guillermo continúa buscando razones lógicas para explicar cómo Julia le acaba de preguntar exactamente lo que él había deseado preguntarle en aquellas tardes en que sólo la observaba de lejos.

-¿Te sientes bien? –pregunta Julia- ¡Tienes una cara! ¿Tienes algún trauma con las bicicletas?

-No, no, no es nada, perdóname, es que me sorprendió mucho tu pregunta –responde el poeta.

-Bueno, si quieres lo dejamos así, total –dice Julia encogiéndose de hombros.

-¡No, espérate, ya va! Qué radical, dame un segundo –dice Guillermo, que se da cuenta de que su reacción ha sido por demás rara y que en este momento lo más probable es que ella esté pensando en cómo salir corriendo de allí, o en gritar por ayuda, o

-Mira poeta, te propongo algo: ¿qué te parece si en lugar de tratar de adivinar lo que yo podría estar pensando, simplemente me respondes? -pregunta Asimed, para quien el desconcierto de Guillermo ya está pasando de tonto a tierno.

-Ya va, mira, yo sé que tú debes estar pensando que yo soy un idiota, así que déjame que te explique, es que ¿ves las cosas que tú haces, cómo haces para adivinar lo que yo estoy pensando?

-La práctica, supongo –dice Asimed riendo-. La verdad lo dije para ver si reaccionabas.

-Bueno, la cosa es que yo tenía pensado hacerte la misma pregunta y de pronto tú me sales de la nada con que quieres saber lo mismo.

-Pero si es una pregunta tonta –dice Asimed, a quien esto le está comenzando a resultar bastante absurdo.

"Precisamente, Julia mía, precisamente por eso, porque hasta las cosas más tontas de ti me interesan, no quiero saber cuál es tu índice académico, ni tu número de cédula, ni tu coeficiente intelectual, quiero saber las cosas pequeñas, los detalles, quiero…"

-¡Lo estás haciendo otra vez, Guillermo! –dice Julia a punto de molestarse- ¿Te das cuenta de lo incómodo que es eso?

-Perdóname, Julia, perdóname, debe ser que me intoxiqué con el café con leche de la semana pasada, porque te juro que yo no soy tan imbécil – "bueno, al menos se está riendo otra vez"-piensa Guillermo.

-Bueno, entonces, ¿me respondes, o qué? –dijo Julia al terminar de reír.

-A los seis años; me enseñó mi hermana Verónica, que es mi hermana preferida.

-¿Y tú?

-Yo a los diez.

-¡A los diez! -dice el poeta luego de una carcajada-. Ven acá, a los diez, por Dios, bueno, dime: ¿qué preferías: columpio o tobogán?

-Prefiero –recalca Julia-. Columpio. A ver, me toca: ¿cuál es tu sabor de helado preferido? –dice Julia, que ya se ha acomodado sobre la mesa frente a Guillermo y ahora juega con sus piernas y lo invita a pasarse de su silla a la mesa con un gesto de la mano.

-Mantecado –dice el poeta, deleitado con su Asimed tan cerca y tan en confianza.

-¡Qué casualidad! –dice Asimed un poco sorprendida-. Y no se te vaya a ocurrir decirme que las casualidades no existen y que son "causalidades" y toda esa paja, por favor.

Guillermo ríe. No tiene pensado decirlo porque él se niega a usar ese tipo de lugares comunes, sobre todo si se tratan de autoayuda, que considera la paja más grande que el universo se ha hecho. Por otra parte la risa de Guillermo, de boca abierta, de esa que nace en el pecho y parece tener una reacción química cuando sale a la atmósfera –la de contagiar a los demás-, esa risa sin vergüenza, risa que tiene a Julia riendo también.

-Así que mantecado también –dice el poeta.

-Así es –afirma Julia terminando de reír-. Bueno, ¿y tu color preferido?

-Azul.

-¿Qué? –dice Asimed con incredulidad-. Esto no puede ser, es imposible.

-¿También es el tuyo? –dice el poeta, divertido con todas estas coincidencias, estas casualidades-. No, vale, yo creo que tú me estás vacilando, Julia.

-¿Yo? –dice Julia sonriente, jugando divertida este juego de coincidencias, que eran tantas que ya no parecían tales-. ¡Qué bríos! A mí me parece que eres tú el que me está vacilando; dime la verdad: ¿quién te lo dijo?

-Nadie, no seas tonta –dice Guillermo fascinado, colocando una mano en la rodilla de Julia apenas unos segundos.

-¡Qué horror: prácticamente nos acabamos de conocer y ya me insultas! -dice Julia, ya definitiva, inexorablemente en confianza.

-Claro que no, amor mío –dice Guillermo, con las ganas más locas que nunca antes en la vida de tomar en sus brazos a una mujer y decirle lo que sea que ella quiera escuchar.

-Bueno, vamos a darte el beneficio de la duda.

-Bueno, lo mismo digo yo.

-¿Cómo? –dice Julia a carcajadas.

-Bueno, bueno, me toca preguntar a mí –dice el poeta-: ¿mar o montaña?

-Mar.

-¿Frío o calor?

-Frío.

-¿Día o noche?

-¡Noche, absolutamente!

-¿Lluvia o sol?

-Lluvia. ¡Me toca a mí ahora! –logra atajar Julia.

-A ver.

-¿Té o café?

-Mmmm, difícil esa… café, creo.

-¿Teatro o cine?

-Mmm… me las estás poniendo difíciles, Asimed, déjame pensar, cine, no, bueno, ambos.

-Ambos no se puede, tienes que escoger uno.

-Bueno, cine entonces.

-Tortolitos, tal vez no estén enterados, pero en los otros salones hay gente tratando de escuchar una clase; un poquito de consideración, pana.

Las risas se escuchaban, ciertamente, escaleras abajo y el edificio hacía eco propagando el sonido de aquellas más allá del edificio mismo, hasta las escaleras que llevaban al cafetín del ala sur, y desde el salón vecino alguien vino a mandarlos a callar, lo cual sólo consiguió que a Guillermo y a Julia les diera todavía más risa, así que optaron por llevarse la fiesta al cafetín del de siempre, al mismo lugar donde el poeta la viera de lejos y le escribiera los famosos papelitos.

-Entonces, eres divorciado.

-Sí, me divorcié hace seis meses más o menos –dijo Guillermo.

-¿Cuánto tiempo estuviste casado?

-Mmm, para ver, cinco años.

-No sé si debería decirte que lo siento mucho o que me alegro mucho por ti.

-Bueno, eso es lo más sensato que me han dicho. La gente siempre anda tratando de hacerme sentir bien, yo no necesito que me estén teniendo lástima, me divorcié y punto, no tengo una enfermedad mortal y tampoco es que me acabo de sacar la lotería. Unos llegan diciéndome que lo sienten mucho, que es una lástima, me dan consejos para salir adelante y me dan unas palmaditas en el hombro como si me tuvieran que consolar por una gran pérdida. Tampoco es que se trate de una fiesta, pero sinceramente, no se ha muerto nadie, no hace falta que me consuelen y me traten como si estuviera a punto de romperme. Y están los del otro extremo, que me felicitan y me dicen que menos mal que acabé con eso y que ya puedo comenzar a vivir nuevamente. Sinceramente, creo que todo eso es una gran bola de mierda. Es un matrimonio, el mío, y se acabó, me duele porque yo no me casé con Virginia pensando que me iba a divorciar, porque hubo mucha lágrima de por medio y ella no se merecía eso, y la verdad es que yo tampoco, pero no es el fin del mundo; tampoco es motivo de festejo, mi matrimonio con Virginia no fue nunca una cárcel de la cual yo haya salido libre cuando firmé el divorcio. No son años perdidos los que pasé con ella, son años ganados, aunque te suene a autoayuda. Agradezco cada momento de felicidad que viví con ella y siempre que me necesite va a contar conmigo. Eso es todo.

-Claro, entiendo. Pero creo que es difícil decir algo apropiado a alguien que se acaba de divorciar y me imagino que a muchos les pasará igual, en todo caso creo que lo que te dicen lo hacen con la mejor intención del mundo.

-Ah, bueno, eso claro, yo lo sé y lo aprecio y por eso todavía no les he salido con una mala respuesta, porque yo sé que no se la merecen.

-Como te dije, no sé si felicitarte o si decirte cuánto lo siento. Por un lado me parece que si te divorciaste debes estás mejor ahora, pero por otro creo que es una lástima. Pero bueno. ¿Y a qué edad te casaste? No, espérate, ni siquiera te he preguntado cuántos años tienes o cuál es tu apellido y ya te estoy preguntado sobre tu divorcio.

-Bueno, te las contesto todas: me casé a los veintidós, tengo veintiséis y mi apellido es Méndez.

-Pero, si te casaste de veintidós no puedes tener veintiséis… –dijo Julia.

-Claro que puedo, este año cumplo veintisiete –dijo Guillermo.

-Por supuesto que no es posible, porque en ese caso estuviste casado sólo cuatro años.

-Claro que no, mi corazón, mira, claro que es posible, este año cumplo veintisiete y ahí tienes los cinco años –dijo Guillermo sonriendo.

-Ay, mira, Guillermo, así te hayas casado al día siguiente de haber cumplido veintidós, si estuviste casado cinco años, tendrías que haberte divorciado después del quinto aniversario, es decir, después del día siguiente de haber cumplido veintisiete, por lo tanto no cuadra, así que mejor me dices la verdad, ¿cuántos años es que tienes? Debe ser una pila para que no me lo quieras decir. Y no me llames "mi corazón" que es horrible, yo tengo un nombre tan bonito y a ti no se te ocurre sino llamarme por sobrenombres horrorosos.

Guillermo no podía hablar de la risa. Era verdad, no sólo tenía veintisiete sino que en unos meses cumpliría veintiocho. Le gustaba gastar bromas tontas, le gustaba ver a Asimed defender su posición, dándole todos los argumentos, como si se tratara de la defensa de una tesis de grado. Pasaron el resto de la tarde en el cafetín del ala sur, conversando y riendo, se contaron buena parte de sus vidas y fue sólo cuando vieron acercarse a Eloy, Facundo y los demás, que se dieron cuenta de que se les habían pasado las horas sin notarlo y no habían asistido al taller esa tarde, cosa que a decir verdad no les preocupaba en lo absoluto: habían pasado la mejor tarde de sus vidas y aquello no lo cambiaban por nada. Carlos les dijo que tenían pensado ir a casa de Eloy, a continuar hablando de poesía y de cualquier otra cosa, un poco de música, lo que saliera, Guillermo y Julia decidieron aceptar la invitación, además estaban en deuda con Carlos y con el resto del grupo, les debían la lectura y discusión de los poemas que ellos debían haber llevado esa tarde a la clase y Carlos insistía en que debían escuchar los textos de Julia.

-¿Y tú, tienes novio? –preguntó Guillermo.
-Sí, pero no por mucho tiempo más –contestó Julia.

-Pobre pana, ya le vas a cortar las patas.

-Bueno –dijo Julia acabando de reír-, lo que pasa es que, bueno, es difícil de explicar.

-Échame tu cuento completo, Asi, que igual estamos metidos en esta tranca de mierda y por lo visto esto va pa' rato.

-¡No me digas "Asi"! –dijo Julia, golpeando suavemente con el dorso de la mano el brazo de Guillermo.

-¿Qué es esto, Asi, violencia doméstica? Y eso que todavía no nos hemos casado.

-Ay, poeta, no seas nenita, hazme el favor. Y no me sigas llamando Asi, vale.

-Está bien, está bien, Asimed. Échame el cuento entonces, ¿cómo es eso de que le vas a cortar las patas al pobre tipo?

Una tranca clásica en Caracas consiste en lo siguiente: una cantidad descomunal de carros avanzando a no más de diez kilómetros por hora y deteniéndose cada metro y medio, mientras vendedores ambulantes de toda clase de cachivaches y refrigerios comercian entre las filas de autos, no siempre bien definidas y mucho menos respetadas, de la autopista. Tiempo promedio de permanencia dentro del embotellamiento: hora y media. Por regla general, si usted pregunta a cualquier caraqueño su opinión acerca de las trancas que se forman en las autopistas de la capital venezolana, con seguridad le proveerán de una vasta referencia de cuán desagradables e inconvenientes resultan, pero para Julia una tranca en la autopista del Este, en la Francisco Fajardo o "Cota mil", o la tan famosa "Cola de Prados", eran uno de los momentos más anhelados del día. Julia había hecho de uno de los episodios más estresantes para aquellos que habitan en ese valle a los pies del magnífico Ávila, un momento de verdadero disfrute. La hora y media que pasaba sola en su auto, escuchando buena música de otras generaciones, los titulares del acontecer mundial y nacional y sobre todo aquellas controvertidas y siempre apasionadas tertulias entre Marta Colomina y Pedro Penzini Fleury, eran un paréntesis en el que Julia podía darle un respiro al mundo autómata en el que la universidad, la vida, el trabajo y los demás la sumían a diario.

-Bueno, básicamente él no es "el que vuela" –dijo Julia.
-¿El que qué? –preguntó Guillermo entre enormes carcajadas.

-¡Tú sí eres ignorante, poeta! –dijo Julia

-El terror psicológico también se considera violencia doméstica, Asimed. Vamos a tener que sentarnos a poner todos los puntos claros, porque como vamos, este matrimonio no va a dar resultado.

-¿Qué matrimonio? Estás loco, poeta. –dijo Julia riendo.

-Bueno, bueno, ¿cómo fue que dijiste, "el que flota"?

-¡"El que vuela"! ¿Cómo no vas a saber de lo que te hablo? Sobre todo siendo poeta. Bueno, aunque en teoría también flota –dijo Julia riendo a boca de jarro y llevándose una mano a la frente.

-Ok, está visto que vamos a tener que ir a terapia de pareja. Por cierto, ¿qué talla de dedo eres tú?

-Cinco –dijo Julia aún riendo.

-Cinco, copiado.

-Y que "copiado", ay, Guillermo, sí eres ordinario, vale.

-Perdóname: "Cinco, he tomado nota mental".

-Pareces un personaje de Ionesco, poeta.

-Para tu deleite, me veré en la penosa obligación de admitir que también ignoro quién demonios es, o fue, Ionesco.

-Guillermo, no sé en qué colegio te graduaste tú, ¿cómo no vas a saber quién fue Eugène Ionesco? El que escribió "La cantante calva", padre del teatro del absurdo, rumano, perteneció a lo que se conoce como "beat generation" ¿te suena?

-Gracias, Petete: "y 'sho' te digo contento: hasta la clase que viene" –dijo Guillermo imitando aquel muñeco argentino de los clips televisivos de su niñez.

-Creo que nunca me había reído tanto en toda mi vida –dijo Julia secándose las lágrimas.

-Yo tampoco –dijo Guillermo-. Termina de explicarme entonces la otra parte, la del que vuela.

-¿Tú nunca viste una película que se llama "El lado oscuro del corazón", de Subiela?

-¿Esa es una que tiene un montón de poemas de Benedetti, de Gelman y de Girondo, donde sale Benedetti recitando en alemán?

-Esa. Bueno, y si sabes todo eso ¿cómo es que no sabes lo que es "el que vuela"? Que en realidad es "la que vuela".

-Es que sé cuál es pero no la he visto –dijo Guillermo.

-No puede ser.

-Tengo que alquilarla, lo que pasa es que no es fácil de conseguir.

-Yo sé dónde conseguirla: está a mano derecha del televisor de mi casa, con el resto de los DVD's, es muy fácil, no te vas a perder, pero yo te puedo hacer un croquis de mi sala si tú piensas que no vas a llegar.

-¡Dios mío, pero qué niña tan irreverente! –dijo Guillermo riendo.

-Bueno, ¿qué te parece si la vemos juntos?

-Me encantaría, claro, si no te importa volverla a ver…

-Para nada.

-Bueno, dale, es un trato. –dijo Guillermo- Entonces, "el que vuela"…

-Sí, bueno, en realidad es el que ya no vuela más. El que nunca voló, pero que en aquel entonces yo pensaba que volaba.

En ese momento llegaron a casa de Eloy. Los demás habían llegado hacía rato. Julia y Guillermo habían tardado porque debieron detenerse en casa de Julia a dejar su auto y entonces ir juntos en el de Guillermo. Las horas volvieron a pasar como si vinieran cortas de minutos y luego de una montaña de colillas, un montón de vasos con restos de vino, cerveza y refresco, luego de un sinfín de poemas, muchos de ellos inspirados en la conversa, la música y la noche cerrada y fría de Caracas, la casa de Eloy volvió a quedar vacía y silenciosa, apenas recorrida por sus habitantes de costumbre que desandaban el camino desde la puerta principal, ahora doblemente asegurada por Cisa y por Multilock y se perdían en las habitaciones igualmente calladas.

Julia insistió en que mejor ella manejaba pero Guillermo le aseguró que no había de qué preocuparse, no había consumido alcohol y no tenía sueño. De todos modos, Julia se aseguró de que Guillermo no dejara de hablarle durante el trayecto de casa de Eloy hasta su casa. En un día de semana, a esas horas, habrían podido ver a la ciudad despertar lentamente, incrementar el tráfico, el olor a café recién colado, los autobuses con sus tubos de escape deteriorados, escupiendo pobreza y buena voluntad; hombres y mujeres esperándoles en las paradas, con los brazos cruzados para soportar mejor el frío de la madrugada caraqueña, con el sueño todavía en los ojos y la modorra a cuestas y con la determinación de ganarle la batalla a la vida, de construirse un futuro por lo menos un poquito mejor que el que tuvieron sus padres, un día a la vez, un ladrillo a la vez; criaturitas aprendiendo desde chiquitos los sacrificios que implican vivir en la capital, con la arepa en la lonchera, el beso en la frente y la bendición de Dios con los que sus madres los despiden en las entradas de los colegios y escuelas, o en las puertas plegables de los transportes escolares. A esas horas podía verse el cielo de Caracas transformarse en un degradé de matices que iban del negro cerrado al gris platinado al azul barroco, mientras tímidos destellos naranjas y rosas advertían a los grillos y las chicharras que su momento en el concierto capitalino llegaba a su fin, agitando la batuta que indicaba la entrada en escena de aquellos habitantes verdes de picos negros, quienes volando desde su hogar en el Jardín Botánico, despertaban con sus cantos y graznidos la ciudad natal de Bolívar. A esas horas, en Caracas, una niebla blanca bajaba del Ávila cubriendo las calles, el frío calaba en lo más hondo, el olor de la ciudad se metía de lleno en los pulmones, embriagando a sus habitantes de un aroma que ninguna otra ciudad del mundo posee.

Pero hoy es sábado, hoy la ciudad duerme hasta tarde, es decir, una o dos horas más. No habrá mercados de verduras frescas traídas de la Colonia Tovar con sus fresas y sus brócolis, sus moras y sus duraznos, por lo menos hasta dentro de una hora. No levantarán las santamarías las panaderías, dejando escapar su aroma a café recién molido: negrito, con leche o marrón, su olor a pan recién horneado, a cachito de jamón y a jugo de naranja recién exprimido; el kiosco de la esquina no comenzará a desprender su aroma de periódico recién impreso y los vendedores de loterías y tarjetas telefónicas no se escucharán pregonando su mercancía. Nada de esto tomará lugar hasta dentro de un par de horas. Ahora la niebla que baja del Ávila apenas los ve transitar a ellos. Ahora Julia le dice a Guillermo que no puede permitir que maneje así hasta su casa a esas horas y que lo más sensato es acostarse a dormir. Ahora, Guillermo besa a Julia en la boca con una ternura casi pueril, ahora Guillermo descubre lo bella que es Julia cuando no queda distancia entre ellos. La escucha gemir y susurrar, la siente devolver los besos y las caricias en una mezcla imposible de ternura y pasión; ahora Guillermo recorre sin prisa cada centímetro cuadrado de Julia, aprendiéndosela de memoria, ahora no le escribe papelitos con palabras bonitas sino que se las susurra al oído:

ahora, los papelitos llenos de versos para una niña desconocida, que parece flotar en lugar de caminar, una niña a quien no le gusta Neruda, una niña irreverente que lo hace sonrojar y actuar como tonto, una niña que a veces parece tan chiquita y otras tan mujer, ahora todos esos papelitos parecen desintegrarse entre sus muslos. Julia Isabel, Santa Julia, ahora los versos se escriben en piel y sudor, ahora la poesía no se escribe sino que se hace, la hacíamos juntos en aquella madrugada de neblina y silencio.

IV

La vida transcurría sin mayores sobresaltos, salvo los inherentes a vivir en una ciudad como Caracas y a estar regidos bajo un gobierno comunista empeñado en disfrazarse de democracia soberana, sobresaltos siempre sórdidos y truculentos a los cuales la gente parecía hacerse cada vez más indolente y donde eventos menores como carnavales o juegos de beisbol, preponderaban sobre secuestros, asesinatos y otros abusos a los derechos humanos, a lo cuales aparentemente nos estábamos acostumbrando. Al parecer, la estrategia típica de los gobiernos comunistas dictatoriales también estaba dando resultados en mi patria. Por suerte estábamos los que aún teníamos sangre en las venas y dos dedos de frente y todos estos eventos nos indignaban e infligían en nosotros un profundo repudio, tanto por los actos mismos, como por la actitud del gobierno y de la gente. Para algunos, el hecho de que esta situación se hubiera vuelto la norma, no implicaba que la aceptáramos como legítima, y es que en mi país tendemos a confundir aquello que se vuelve habitual, constante, frecuente, es decir normal, con aceptable, correcto, razonable. Algún día veríamos nuestra patria libre otra vez, algún día lucharíamos verdaderamente unidos e internalizaríamos que los derechos de los demás son tan importantes como los propios, algún día este país nos dolería suficientemente, tal vez cuando por fin lo perdiéramos todo, o nos lo siguiéramos dejando arrebatar, debería decir. Algún día, cuando nuestras bases morales y nuestra ética fueran suficientemente sólidas, cuando el abusador dejara de ser visto como el más astuto y el cortés como pobre idiota, tal vez ese día seríamos verdaderamente libres.

Era a nivel personal, no obstante, que la vida parecía encontrarse en animación suspendida, esperando que algún evento mayor la sacara de su estupor y la estimulara. La vida parecía pasar por Julia y no al revés, vivir se había vuelto una tarea que desempeñaba como autómata, no ya en el día a día sino más bien en su esencia, puesto que los días en verdad estaban llenos de eventos que los hacían diferir unos de otros, una semana de la otra, un mes del otro y así sucesivamente sin darse cuenta de cuánto tiempo había pasado ya desde la última vez que cada pequeña cosa había tenido relevancia en sí misma, sin poder recordar cuándo había sido la última vez que había sido menester ir a tomar un helado en Crema Paraíso y no una mera costumbre de los domingos por la tarde, cuándo la última vez que realmente se había visto en el espejo y la imagen reflejada le había devuelto a la Julia de verdad. ¡Qué ironía no poder asumirse uno mismo como se asume a la patria! Qué ironía vivir a Venezuela, amar a Venezuela, sufrir a Venezuela, disfrutar a Venezuela, llorar a Venezuela con las uñas, con los dientes, con el pelo, con el alma, con las ideas y con los ideales, con el corazón, con todo lo que se tiene, y no ser capaz de hacer otro tanto por la propia existencia.

Por tercera vez Julia había rechazado la propuesta de matrimonio de Guillermo y esta vez su reacción no había sido tan condescendiente como las anteriores. La primera vez el argumento fue no sentirse preparada para casarse, sin embargo a los pocos meses Julia se mudó a casa de Guillermo, aunque aún sin solitario de brillante en el anular izquierdo y sin intenciones de llevarlo puesto. Cuatro años más tarde Julia seguía alegando no sentirse preparada para casarse, aún cuando la relación que sostenían era justamente la de un matrimonio, excepto por la firma ante el juez de paz y la bendición del sacerdote y si bien era cierto que dichas salvedades representaban un universo de diferencia, sobre todo por el carácter sacro, absoluto y vitalicio que por definición le es propio al matrimonio, algo más se escondía detrás de las palabras de rechazo de Julia, algo que ni ella misma sabía qué era pero que intuía y que

Guillermo, que parecía tener la capacidad de leerle la mente a Julia, también percibía; ese aire de pajarito enjaulado que a veces tenía Julia y que cada vez se hacía más frecuente, como si estuviera esperando que algo sucediera para abrir la puerta, desempolvar las alas y echarse al vuelo, como si esperara todas las mañanas con la maleta en la mano, parada frente a la puerta de casa, a que el autobús de la vida pasara a recogerla y verla regresarse incólume por las tardes, como si la decepción fuera la pauta cotidiana, el desenlace esperado y por ende la reacción apática, indiferente, y Guillermo, con toda esa supuesta capacidad que a veces parecía tener para la telepatía, no tenía idea de qué era realmente lo que estaba pensando Julia, qué era eso que ella tanto anhelaba, que le estaba faltando. Si lo hubiera sabido se lo hubiera dicho de inmediato, porque una cosa sí estaba de anteojos y era que Julia tampoco tenía la menor idea de qué era lo que la tenía tan insatisfecha, apenas tenía la sospecha de que tal vez la vida era más que aquello, un vago recuerdo de la Julia que había sido alguna vez, en un pasado que ahora parecía tan distante y cuyo recuerdo parecía velado por una densa cortina de niebla, inasequible y sin embargo la certeza de que la respuesta se encontraba adelante, o por lo menos en el ahora, pero nunca podía tratarse de una vuelta atrás rotunda.

Comencé a dudar seriamente de la sanidad mental de Julia la noche que me despertó a gritos luego de haber tenido una pesadilla horrible sobre un mar marrón, lleno de cadáveres que se perdían en el horizonte y que se hallaban apenas al ras de la superficie, viéndonos con los ojos desorbitados y con los rostros llenos de angustia, con las manos extendidas esperando el auxilio que nunca llegó, mientras nosotros viajábamos sobre ellos en una embarcación precaria. Julia no me dejó tomar un vuelo que tenía pautado para esa mañana, lloró, suplicó, exigió, armó un berrinche y construyó una barricada de muebles y cuanto cachivache consiguió a su paso y sus fuerzas le permitieron empujar o arrastrar frente a la puerta de casa para que yo no pudiera bajar a La Guaira y montarme en mi avión. Se lo agradecí un par de horas más tarde, cuando los noticieros comenzaron a transmitir las imágenes del peor desastre natural que el Estado Vargas haya visto jamás, cuando las lluvias torrenciales desplomaron el cerro en la peor avalancha imaginable. De no haber sido por la histeria de Julia habría bajado al aeropuerto esa madrugada como estaba previsto, lo que me habría situado en el momento mismo de la tragedia, en el lugar preciso para encabezar las listas de desaparecidos y los titulares de los noticieros, en primera fila para ser arrastrado por aquel lodazal que manaba a raudales sobre La Guaira, aquel litoral desbordado, reclamando un territorio que hacía milenios había dejado de pertenecerle, en ese nefasto día de diciembre, cuando el degenerado Presidente continuaba llamando al pueblo a salir a ejercer el derecho al voto, atreviéndose a desafiar a Dios y a la naturaleza, mal citando a Bolívar: "Si la naturaleza se opone, lucharemos contra ella" y donde tanta gente inocente pereció ante los ojos incrédulos del resto del país y del mundo.

Ya era demasiado tarde para nosotros, algo se había roto, de alguna manera el sueño de Julia era también un vaticinio de nuestro destino como pareja, un último acto de fe y por qué no decirlo, de amor de Julia hacia mí, y que mi insistencia en desecharlo, en invalidar su naturaleza premonitoria y sobre todo el error imperdonable de haber dudado de su cordura, habían sentenciado el final de esta unión, tal vez para siempre.

"Tú no entiendes, Guillermo", me había dicho Julia sollozando como una niña, mientras trataba de convencerme de que me quedara. "Es como si lo estuviera viendo todo claramente, como si lo estuviera viviendo de sólo recordarlo" me decía sentada sobre la cama mientras yo me frotaba los ojos y escuchaba la pesadilla completa, relatada como me había dicho, como si la estuviera viviendo mientras la contaba: "No sé cómo vinimos a parar a este bote de remos, tampoco sé qué estamos haciendo aquí. Me miras, pero tu boca no se mueve. Alguien rema, creo que eres tú, pero no estoy segura, la bruma no me deja distinguir con claridad; es de madrugada, pronto va a amanecer, lo sé por el color que tiene la noche. No me gusta estar aquí, este bote me altera los nervios, este mar, no me gusta este mar. '¡Vámonos, me quiero bajar, llévame a tierra ahora mismo!', te grito. Creo que el bote se va a volcar y nos vamos a caer al mar. No hay oleaje, es un mar muy extraño, de todas maneras sé que la caída es inminente. Te suplico una y otra vez que nos vayamos. Hay tanta calma en tu mirada, no lo puedo entender, ¿es que no te das cuenta?, ¿cómo no puedes notarlo? Hay algo, hay algo que no está bien en todo esto. Estoy llorando. Ahora sé que te hablo pero mi boca tampoco se mueve, creo que me escuchas de todos modos. No quiero caer a esta agua, no sé por qué no te das cuenta de que algo pasa, hay algo que está mal, es esta agua, esta agua y este bote, tenemos que salir de aquí, pero tú no te das cuenta. Luego tus zapatos se caen al mar y el miedo me paraliza, quiero sacarlos pero me aterra caerme al mar, quiero sacar tus zapatos del agua pero me da pánico, me da pánico acercarme a ella. Tal vez si estiro la mano sólo un poco los alcance… Por fin logro sacarlos y de alguna manera ese hecho hace que ahora tú también estés a salvo. Empieza a amanecer, aún no sale el sol pero la noche se pone clara, cambia su negro cerrado por un gris menos intenso. Siento una calma filosa, un instante de paz brevísimo antes de perderme en el infierno, un segundo suspendido en el tiempo, una coma en el espacio, en el momento último antes de presenciar el horror: el mar, este maldito mar es un mar de muerte. Hay cuerpos hasta donde se pierde la vista, están por todas partes, abarcan el mar entero hasta el horizonte y aún más. Un mar de muertos con sus rostros suplicantes y sus brazos levantados esperando el auxilio de otros brazos que jamás llegaron, este mar putrefacto, este mar apocalíptico. Navegamos sobre cadáveres hinchados de caras blancas y puntas de dedos negros. Quiero salir de aquí. Tú no los ves. Yo te grito pero mi boca no se mueve y tú sigues sonriendo inmutable; como un muñeco de cuerda continúas remando, remando y sonriendo. No lo ves, Guillermo, no ves el horror que nos rodea, no ves los cuerpos, son millones, están por todas partes, no entiendo cómo no percibes este olor a carne descompuesta y excremento".

En el fondo gris oscuro de la pantalla del televisor se leía "VIDEO 1" en verde neón, esquina superior derecha. Las pupilas de Julia libraban la consabida batalla en contra de la claridad inesperada, mientras su corazón mantenía implacable el ritmo impuesto por la adrenalina. Un sudor helado le corría por las sienes, helados también pies y manos: todo aquello que el hipotálamo había determinado como "no vital" padecía las consecuencias de su insignificante abolengo. Guillermo busca a tientas el control remoto para acabar de una vez con la tortura verde neón que le atraviesa las pupilas debilitadas por el sueño, tal como unos instantes atrás atormentara las de Julia, mientras ella relata su sueño procurando, con no poco esfuerzo, hilvanar las palabras de modo inteligible. Uno tras otro, todo argumento que Guillermo presenta ante Julia es rebatido sin piedad por una certeza histérica, un miedo surrealista, una súplica imponente, sorda ante cualquier vestigio de racionalidad aplicada a un sueño premonitorio, tan rotundo e inexorable como cada una de las palabras que se encuentran en ese tomo grueso de piel roja de Ediciones Paulinas.

Creo que, a pesar de todo, nunca me quedó muy claro cuándo ni cómo fue que todo se fue derecho a la mierda. Fue como si de pronto la realidad nos explotara en la cara. La insatisfacción de Julia, mi asunción de que había perdido la cordura, la gente siempre metiéndose en lo que no le incumbe y que hasta el día de hoy continúa pensando que soy un títere en manos de Julia, que soy capaz de complacerla en cualquier capricho -¡y lo soy!-, por loco que parezca. Siguen pensando, no todos, mas sí una cantidad nada despreciable, que Julia es la peor desgracia que me ha podido ocurrir en la vida y siguen deseando "por mi bien" que algún bienaventurado día me despierte, abra los ojos a la realidad que sólo yo no puedo ver y se acabe Julia para siempre. Mientras tanto, la gente sigue pensando de todo acerca de Julia, siguen apuntando con pulso firme en dirección a ella, señalando sin vacilar, denunciando sin titubeos a esta Magdalena moderna. Julia lo sabe, claro está, puesto que no es estúpida y aunque yo siempre traté de mantenerla al margen de los comentarios injustos e irracionales, en alguna que otra ocasión algún bestia tuvo el mal tino de decírselo en su cara. Julia es de esas personas que uno cree de acero, capaz de soportar las peores embestidas y devolverlas con precisión fulminante. Con una capacidad admirable del uso del vocabulario, razón tenía su papá, que en paz descanse: esa mujer nació para ser abogado litigante. Sin embargo, lo que la mayoría desconoce es que detrás de esa armadura de valentía y aplomo, se esconde una Julia sensible a quien los enfrentamientos le hacen temblar las manos y llorar a mares durante días, una Julia que hubiera preferido mil veces salir corriendo y esconderse debajo de las sábanas de su cama en lugar de tener que enfrentarse a insultos y acusaciones de nadie. Yo siempre la defendí, eso es algo que nadie me podrá quitar jamás, sin embargo fui un cobarde, fui bajo y lo sabía y aún así seguí adelante con este plan infantil y suicida de inventar peleas donde no las había, crear conflictos fantasmas para que Julia se terminara de cansar de todo y me mandara para la mierda, pero lo que verdaderamente ofendió a Julia fue que le quisiera ver la cara de idiota, que la tratara de engañar haciéndole creer todas esas estupideces en lugar de enfrentar mis pendejadas de frente y como un hombre. Fui débil, pero igual que ella, aposté a ser feliz, o mejor dicho, aposté a arrancarle retazos de felicidad a la vida, puesto que las cartas estuvieron echadas desde el comienzo y es bien sabido que a una mano llena de ases no hay manga que la derroque. Y fue así como la encerré en mis recuerdos, como construí esta especie de santuario que la gente llama estudio y lo atiborré de Julia, hice de ella mi musa y mi compañera eterna, mi amiga imaginaria si tuviera yo cinco años. Tengo aquí todos los discos de pasta que escuchaba papá cuando yo era niño y aunque nunca me ha gustado el tango, la Tana me acompaña de madrugada, algunas veces es "Sur", otras "Che Bandoneón" y las más graves, "Uno". "Clavel del aire", la versión instrumental, la reservo para las noches de aniversario, escuchándolo sólo cuando Julia Isabel y yo cumplimos años de aquel viaje a Buenos Aires, cuando yo le pedí que se casara conmigo y bailamos ese tango aunque no tenía idea de cómo se baila tango, en medio de una calle que ya no recuerdo cómo se llama y su carita de ángel regresa y se instala en mi diván y brindamos con tinto porque el mate nunca lo aprendí a cebar y porque francamente nunca me ha gustado. Entonces Julia se ríe y juega con sus piernas, se sitúa detrás de mí mientras escribo en mi máquina del año en que el diablo perdió las alas y hasta me corrige el estilo. Julia, Julia, y tu nombre se queda rebotando entre estas paredes, como un pajarito, Julia Isabel, un pajarito de los de aquel poema infame y pueril que me escribiste de los pajaritos en yo no sé dónde y que tanta risa nos dio después de que lo leímos en voz alta. Julia, y el cuervo alegórico que me regalaste sigue alegóricamente en el marco de la puerta, citando la misma sentencia: "Nunca más". Nunca más tus manos heladas, nunca más tu risa a las dos de la mañana, nunca más besarte en los cementerios, Julia, nunca más tu olor, tu voz diciendo "las noches se hicieron para fumar, para cebar mate, para escribir y para hacer el amor; lo de dormir es una excusa que los hombres inventaron para esconderse de los dragones de sus recuerdos". Buenos Aires querido de Julia, ¿será cierto eso de que cuando te vuelva a ver no habrá más penas ni olvido? Tomar tu mano y llevarte conmigo de un extremo a otro de Buenos Aires, recorrer contigo la calle Caminito en el barrio La Boca y ver tus ojos brillosos, suplicarle "Clavel del Aire" al bandoneonista y bailarlo en pleno; tomarnos fotos en cada esquina, besarnos bajo el farolito, besarnos bajo cada farolito que encontramos. Escucharte gritar, y más aún, gritar contigo: "Buenos Aires, te amo" y devolverle el saludo las doñas que nos agitan sus manos mientras tienden la colada de sábanas blancas, dándote más razones para continuar gritando lo mismo; escucharte la voz temblorosa –en este momento estoy seguro de que te vas a desmayar-, al responderle a la señora del último piso que acaba de preguntarte y vos de dónde sos nena, con un perfecto y recién adquirido acento porteño: "venezolana de nacimiento y argentina de corazón, señora".

Besarte otra vez frente al EXPECTAMUS DOMINUM y luego besarte una vez más estando ya adentro para no romper nuestro ritual de besarnos en los cementerios. Nos detenemos un rato y acaricias las cabecitas de los gatos que se acercan a ti y ronronean mientras les rascas entre las orejas y en la barbilla, y si nos fijamos con cuidado, tal vez divisemos algún fantasma de esos que dicen habitan en este magnífico lugar. Acto seguido, entrar en el Museo de Bellas Artes y después en la Basílica de Nuestra Señora del Pilar, luego ir a comer a La Biela, tú, con las energías intactas, yo, con dolor de cabeza del hambre. Por cierto, ¿ya te conté que me dijeron que hay un mimo chileno llamado Tuga que se para en plena calle frente a los muros de La Recoleta y divierte tanto a transeúntes como a conductores? No, creo que no te lo había comentado; seguramente te gustaría, mi Julia. Al día siguiente los helados, esos que nos comentó el taxista que nos condujo desde el aeropuerto, donde ni poniendo la barquilla en el suelo alcanzas a lamer el tope del helado de crema, sustantivo que nos tomó un cuarto de hora descifrar para poder pedir una barquilla de mantecado, tu sabor preferido, y nos reímos, Julia, nos reímos a carcajadas y la gente que pasa se ríe con nosotros y todo parece de mentira, parece uno de esos sueños lindos donde el despertador suele ser el aguafiestas.

Maniobra suicida estilo Jaime, la mujer biónica, yo, más atrás, sin una sola molécula de superhéroe en mí y nos hallamos en Nueve de Julio, de pie frente al Obelisco, fotos. Tercer día, Teatro Colón y Puerto Madero, que según el mismo taxista que nos recomendó los helados kilométricos, es imperativo visitemos tanto de día como de noche, lo mismo que Río de la Plata. Los días siguientes estarán enteramente dedicados a Julio, no solamente Banfield sino cuanto rincón guarde relación con tu amor platónico, Cortázar, es destino seguro. Para cerrar este tour porteño que ha durado una maravillosa e inolvidable semana, la Catedral Metropolitana, Plaza de Mayo, Casa Rosada y General Belgrano de fondo. De pronto un silencio capaz de tragarse al mundo invade la Plaza, callan las palomas, la sonrisa que traías desde Caminito, tan bien puesta en esa carita de Venus de Boticelli que más de un ángel te ha de envidiar, desaparece con el

53

aleteo del viento en tu pañuelo blanco que colocas cuidadosamente sobre tu cabeza, avanzas con la indignación a cuestas, con un dolor hondo que aun prestado se siente como propio.

Plaza de Mayo con sus palomas, con tu cara de ángel; no sé si esta ciudad es realmente tan maravillosa o si es que a través de tus ojos, a través de tu ilusión casi eufórica la vida tiene otro matiz, las auroras brillan como si no fueran, y es que a ti no hay pedestal que te aguante, Julia, santa Julia, argentina de corazón, mía aunque sea en las ganas de que lo seas.

Si la vida fuera eso, caminar a tu lado llevándote del brazo bajo aquel cielo bonaerense, si ese instante fuera la razón de ser, la respuesta a la auto flagelante rutina existencialista, si esta certeza de haber llegado a casa que lleva tu nombre impreso al derecho y al revés, si el mate y la yerba suelta, si la bombilla, si todo se concentrara en aquel justo momento, Julia, si la vida fuera quedarme en ti hasta que los años pesaran demasiado en el alma como para seguir cargando con ellos, entonces, chiquita, entonces estarías aquí conmigo y no en algún pueblo Yanqui viendo la nieve caer desde la ventana de tu cuarto.

V

Un olor a nogal y roble habitaba todos los rincones de aquel enorme caserón de arquitectura colonial, cuyo título de propiedad pasó a mi nombre como parte de una herencia que, de haber tenido la oportunidad de elegir, nunca habría canjeado por su testador; cuando el Alzheimer, ese monstruo silencioso y ladino, fue devorando, lento y ruin, la mente de mi abuela Marguerite a través de los años. Impúdico, sedujo el ego de una dama que no habría soportado vivir con la humillación de ser despojada públicamente de su lucidez y autosuficiencia. Engulló voraz, uno a uno sus recuerdos, hasta transformar a todos los que un día la amamos en seres desconocidos en quienes no se debía confiar. No nos dimos cuenta hasta que fue demasiado tarde, hasta que aquella serpiente innoble la ofrendara a sus falsos ídolos como cordero de ritual precolombino, y se la llevara, sigiloso, una húmeda noche de abril.

Todos los domingos, sin falta, íbamos a la misa de doce y al salir de allí, nos reuníamos en casa de la abuela Marguerite para el almuerzo. Comíamos en una enorme mesa de caoba que acomodaba perfectamente a sus tres hijas con sus maridos y a los hijos de estos. La grand-mère, como nos enseñaron a llamarla, siempre ocupó el puesto a la derecha del anfitrión, era su forma de rendirle tributo al único hombre que amó en su vida: mi abuelo Fernando, quien falleciera de un ataque al corazón el mismo año en que nació mi hermana Sabrina.

-Algún día todo esto será tuyo y vendrás a vivir aquí -me decía mi abuela.

-Pero grand-mère –le respondía-, esta casa es muy grande y yo no quiero quedarme aquí solo.

-Cuando seas grande te vas a casar y tendrás hijos. No te preocupes, Guillermo: tú nunca estarás solo.

Esto último es, quizás, lo único en lo que mi abuela Marguerite alguna vez se equivocó. Docenas de mujeres han desfilado por los corredores de este viejo caserón, la mayoría llega con intenciones de quedarse, tal como la grand-mère lo pronosticara, no obstante todas terminan marchándose. No las culpo, no es tarea fácil esto de vivir con el recuerdo de Julia paseándose libremente por esta, su casa. No es fácil compartir a quien se ama, no importa si esa otra persona vive a un millón de millas de distancia, como lo miden allá, en la tierra de la libertad de expresión y las cherry-colas.

Esas tardes de domingo, luego del almuerzo, nos daban permiso para ir a jugar en los jardines de la casa. Mi hermana Verónica y yo nos tumbábamos en la grama a ver pasar las nubes e inventábamos historias maravillosas a partir de las formas que éstas tomaban. Las reglas eran muy sencillas: nos alternábamos para comenzar, un domingo ella, el siguiente yo; la historia debía iniciarse a partir de la primera forma divisada, los siguientes elementos se iban agregando a la historia a medida que las nubes y sus formas iban sucediéndose unas a otras. No estaba permitido interrumpir la anécdota y crear una nueva, había que proseguir con el hilo del relato principal, sin importar los vericuetos que formas caprichosas nos hicieran dar. Al principio nos atropellábamos al contar la historia, puesto que no había un momento determinado que marcara el fin del turno de uno y el comienzo del turno del otro, pero pronto nos fuimos sincronizando y fue cuando las historias de nubes vivieron su edad de oro. De vez en cuando invitábamos a mi hermana Sabrina a que nos hiciera de escriba y copiara cuanto nosotros relatábamos, era una tarea ardua que ella desempeñaba admirablemente y sin un error ortográfico –Sabrina es la menor–. Sabrina se tomaba esto de transcribir nuestros relatos muy en serio, como siempre se ha tomado la vida; gracias a ella queda testimonio escrito de esas tardes, cuando vivir era únicamente placentero y no había dolor insondable ni pérdida abismal, cuando las derrotas eran insignificantes y siempre había una segunda oportunidad para todo. Gracias a mi hermana Sabrina y su capacidad organizacional innata, mi madre atesora recuerdos palpables de la imaginación sin límites de sus hijos.

El salón principal, así como el comedor, estaban decorados con muebles Louis XV originales, que la grand-mère Marguerite había heredado de su grand-mère, una dama de oscuros bucles que caían sobre sus hombros, de cara redonda, blanquísima, con una mirada lánguida que evocaba un paisaje bucólico; vestidos vaporosos en rojo y dorado y una diadema en el cuello adornaban el retrato de aquella mujer que la grand-mère Marguerite evocaba con nostalgia y admiración no disimuladas, y que yo siempre había percibido como un ser melancólico, semejante a esas imágenes de Nuestra Señora típicos del Renacimiento. La abuela Marguerite me explicaba que en aquella época era esa la manera en que una dama debía posar para un retrato y que aquello distaba con mucho de la verdadera personalidad de Geneviève Beaudouin.

Una cómoda laqueada de roble castaño y nogal, bronces cincelados y tapa de mármol gris veteado adornaba el salón principal. Sofás de Bergere en nogal y tapicería de Petit Point de flores de verano sobre un fondo que alguna vez fuera blanco, patas cabriolet y sillones del mismo estilo, de bordes acabados en bronce y oro, cuyas formas curvilíneas alguna vez fueron consideradas por los miembros de l'académie française como demasiado cómodas, valiéndoles la fama de indecentes e indignas de tan ilustre Compagnie.

Tapicerías de damascos, sedas y terciopelos, arañas recargadas en finos cristales y oro, que aún empleaban velas como método de alumbramiento y un chaise-longue de nogal, de tapicería igualmente bucólica, formaban parte de la formidable colección Louis XV de la abuela Marguerite. Además de eso había una cantidad abrumadora de vajillas de porcelana destinadas a servir un verdadero banquete, incontables adornos, jarrones, candelabros y demás piezas decorativas engrosaban la lista de tan exquisita colección.

En mi opinión, todo aquello era absolutamente horroroso y de mal gusto. Verónica me tildaba de bestia y de inculto, decía que lo único horroroso en la colección de la grand-mère era que hubiera quedado en mis manos. Más de un gran museo habría estado enormemente complacido con la donación de una selección como esa, pero yo nunca me habría atrevido a faltarle el respeto a mi abuela de esa manera.

Otro aroma compartía el protagonismo junto al roble y el nogal. Mi abuela mantenía lirios de Florencia frescos en cada habitación de la casa. Después de que mi abuela murió, mamá y las tías cubrieron con sábanas los muebles de la grand-mère, trancaron ventanas, corrieron cortinas y las puertas del salón se cerraron. Los lirios de Florencia fueron desterrados de sus floreros de cristal labrado. Los Aleros perdió su magia, se volvió una quinta más, un techo rojo más, corredores de terracota cualesquiera.

No había vuelto a pisar la casa de mi abuela desde entonces. Nadie de la familia lo había hecho. No había habido necesidad de contratar un guachimán porque, por alguna razón que todos ignorábamos, se había corrido el rumor de que la casa estaba embrujada, así que nadie se atrevía a acercarse, la gente que pasaba caminando cruzaba la calle para ir por la acera opuesta y no faltaban los que se persignaban invocando la protección divina mientras pasaban frente a sus puertas; estaban tan convencidos, que había sido imposible contratar un jardinero para que fuera a cuidar del jardín dos veces al mes y muy pronto la naturaleza se encargó de terminar de darle los últimos toques fantasmagóricos a Los Aleros. Unos días después de haber conocido a Julia, comencé a evaluar la posibilidad de mudarme a la casa. Decidí invitarla a echarle un vistazo juntos, tenía mis dudas de si después de todo la gente tendría razón y la casa de la grand-mère realmente estuviese habitada por fantasmas, que quizá la grand-mère y el abuelo hubieran decidido quedarse en aquella casa donde fueron tan felices. Demasiadas películas de terror en mi haber, tal vez. Lo cierto era que así no hubiera ningún fantasma, el espíritu de mi abuela estaría en cada rincón de la casa y lejos de miedo, temía que la tristeza me invadiera y ya no supiera cómo hacerla a un lado.

Nadie quiso acompañarnos. Primero porque nadie me creyó que efectivamente Los Aleros había pertenecido a mi abuela y ahora era mía, y segundo porque, como dijo Julia, parecíamos protagonistas de una película de terror: los amigos que deciden ir a explorar una casa presuntamente embrujada y ya se sabe cómo termina la historia. Facundo y Eloy ya habían dicho que no sin que yo hubiera terminado de hacerles la propuesta. "Pana, son unas nenitas", había dicho Andrés, quien tenía otro de sus ineludibles compromisos misteriosos, a los que ya nos tenía acostumbrados. De no haber sido porque lo conocíamos muy bien, habríamos pensado que lo del compromiso era una excusa, pero sabíamos que Andrés en verdad lamentaba perder la oportunidad de ir a una casa supuestamente embrujada. En conclusión, ese viernes después del taller, Julia y yo fuimos a casa de la abuela Marguerite, a mi casa, debería decir, aunque siempre me sentí más cómodo refiriéndome a ella como la casa de la grand-mère, cuestión de costumbre y también de respeto por la memoria de mi abuela.

Casi no hablamos de camino a Los Aleros. "Si me haces alguna broma para asustarme, Guillermo, te juro que no te vuelvo a hablar más nunca en mi vida", me dijo Julia muy enfáticamente antes de bajarnos del carro. Ese día aprendí que Julia percibía cosas paranormales. No sucedía siempre, pero tenía una larga lista de anécdotas en su haber. Veía sombras, escuchaba ruidos, murmullos, incluso le habían movido objetos de lugar. "En ese caso, soy yo el que te digo que si me juegas una broma para asustarme, no te voy a hablar nunca más en mi vida" le dije a Julia jugando.

Para nuestra tranquilidad, ningún ruido extraño se escuchó y ningún adorno salió volando por encima de nuestras cabezas. Los únicos invitados indeseables en la casa eran una que otra araña y el polvo en todos lados, aunque efectivamente, la casa tenía un aspecto macabro con todas esas sábanas tapando muebles y las telarañas, y por supuesto, la jungla fuera de control en la que se había convertido el jardín.

-Me temo que nos equivocamos de armas, Shaggy, no era agua bendita lo que necesitábamos traer, eran escobas, plumeros, coletos y demás enseres -dijo Julia riendo, una vez estuvimos seguros de estar "a salvo".

-Definitivamente. Ya podemos guardar las cruces y los ajos, Scooby.

-Ah, ¿yo soy el perro? -preguntó Julia riendo.

-Bueno mi amor, podemos ser Sonny and Cher si tú prefieres; no sé si viste alguna vez ese episodio...

-¡Uy no! Sonny se muere, prefiero seguir siendo un Gran Danés.

-Obvio tú serías Cher y yo Sonny...

-Da igual.

-¿Sonny se muere?

-En la vida real, quiero decir.

-Ah...

-Esta casa es bellísima, Guillermo –dijo Julia recorriendo el salón principal con la mirada.

-Debiste haberla visto cuando mi abuela estaba viva.

-Me imagino… ¿Estás bien?

-Sí, mi amor, estoy bien.

-¿Todavía quieres vivir aquí?

-Creo que sí.

-Bueno, si tú quieres puedo ayudarte a limpiarla antes de que te mudes.   Me imagino que la gente seguirá pensando que está embrujada hasta que alguien viva aquí y mientras tanto, dudo que consigas a alguien que esté dispuesto a venir a limpiarla.

-Estoy seguro de que a mi suegra le va a encantar que ponga a su hijita a limpiar mi casa –dije riendo.

-¡Ah, eso júralo! –respondió Julia riendo.

Volví a nacer el día que Julia entró por la puerta principal trayendo consigo un par de maletas y una caja enorme y terriblemente pesada, llena de libros, en su mayoría de su barbudito, como le gustaba llamar a Julio Cortázar. Imposible imaginarme entonces que las cosas acabarían de la manera en que terminaron y que yo estaría hoy solo en este caserón, recordando todo esto que pasó hace tanto tiempo, pero que sigue doliendo como si apenas hubiera sido ayer cuando se marchó.

Es difícil pensar sólo en los recuerdos bonitos que dejó Julia vagando libremente por estos pasillos y estas habitaciones, siempre terminan colándose los aciagos, o más bien debería decir que los recuerdos de Julia, incluso los bonitos, traen siempre consigo un halo de tristeza, tal vez porque evocar su risa y su voz es la confirmación de su ausencia y luego su recuerdo se vuelve las dos caras de una misma moneda.

Fuimos felices. Quizás no fue una felicidad constante, sostenida, pero hubo una época en que me siento con la confianza de aseverar que fuimos felices.

Guillermo continuaba fumando en su estudio, escuchando tangos y recordando a Julia hasta altas horas de la madrugada. A veces pasaba varios meses sin acordarse de ella y de pronto era como si la nostalgia lo asaltara y le cobrara con intereses este descuido. El ritual era una especie de catarsis, aunque no siempre los recuerdos eran infaustos, no se trataba de una sesión masoquista auto-inducida ni mucho menos; a veces era más una especie de tributo a Julia, a los años que vivieron juntos, a los momentos alegres, como las veces que jugaban a cantar canciones de bares de las más desagradables que podían recordar.

-¡Guillermo, Guillermo: te tengo otra! –Julia llegaba corriendo a la cocina donde Guillermo preparaba algo que olía exquisitamente y se le guindaba del cuello como una niña.

-¡Julia, te quemas!

-Escucha, escucha, que te tengo otra. –Decía Julia y los ojos le brillaban, sonreía con ansiedad anticipada, como quien está por comprobar que el último número de su ticket de lotería se corresponde exactamente con el número de la última bolita. Le encantaban estos juegos con su poeta. Cada vez parecía que era imposible acordarse de otra canción más vieja y más pavosa, pero al final siempre lograba dar con alguna que superaba la anterior, cosa que por lo demás siempre era motivo de sorpresa e infaliblemente de risas incontrolables, donde Guillermo le pedía que confesara de una vez por todas su pasado oscuro, metida hasta el amanecer en botiquines de mala muerte donde, trago tras trago, había memorizado todas esas canciones horrorosas. Y Julia confesaba, admitía haber pasado noches de borracheras interminables y despechos arrabaleros, sentada junto a él, en aquella barra donde Guillermo las cantaba a todo pulmón y de quien, finalmente, ella las había aprendido. Y luego volvían a reír, diciendo que en verdad algún día tendrían que visitar un antro de esos y hacerle honor al repertorio de boleros decadentes que, por alguna extraña y desconocida razón, coleccionaban en fragmentos.

-A ver, ¿qué me tienes hoy para agregar a nuestra antología de boleros de la mala calle?

-Te va a encantar. Además, esta sí que es insuperable. Después de esta, nos podemos ir olvidando del juego porque no hay nada más arrabalero que este bolero.

-Encantar como encantar, lo dudo mucho, mi corazón.

-Bueno, tú sabes lo que yo quiero decir. Cáptame el sarcasmo: te va a encantar, irónicamente hablando. ¿Mejor ahora?

-Mejor, bueno, termina de decirme la bendita canción.

-No, si te la digo se acaba el juego. Creo que mejor no te digo nada, me la callo hasta que a ti se te ocurra y quedemos atrapados en una calle ciega, porque ya a ti se te habrá ocurrido la misma última canción que a mí y ya no habrá para dónde agarrar y entonces sí, irremediablemente, el juego habrá llegado a su fin. ¿A qué jugaremos cuando esto se acabe, Guillermo?

-Mi amor, qué lío tan grande te has armado. Si se acaba ya se nos ocurrirá otro juego, no te preocupes por eso –dijo Guillermo, comprobando la sazón, besando a Julia la punta de la nariz-. Déjate de filosofías y cántame la dichosa canción, ya tengo curiosidad.

-Bueno, te doy una pista para que no sufras: habla de amores de madrugada.

-Por Dios, mi amor, todos los boleros de mala muerte hablan de amores de madrugada. Deja de torturarme.

-OK, está bien, escucha: "Virgen de medianoche, cubre tu desnudez, bajaré las estrellas, para alumbrar tus pies" –cantó Julia, haciendo un gran esfuerzo por acabar la estrofa sin reír. Guillermo soltó la carcajada, los ojos se le aguaron, trató de recobrarse pero a cada intento de serenarse y articular alguna frase, un nuevo ataque de risa le sobrevenía. Sonó la alarma y Guillermo apagó el horno, retiró la olla del fuego, hizo el cucharón a un lado, bebió del agua que Julia le alcanzaba. Respiró profundo y miró a Asimed, que lo observaba y también reía. Bebió de nuevo, se calmó un poco. Tomó a Julia por un brazo y la atrajo suave pero firmemente, le rodeó la cintura con los brazos, era por cosas como esas, la forma en que Julia se le había colgado del cuello al anunciarle que se había acordado de un nuevo y más espantoso bolero de botiquín, el modo de declarar el inicio del juego, la manera en que Julia le asomaba el preámbulo de la canción sin dársela a conocer del todo, haciéndola girar entre los dedos, acercándola y alejándola justo antes de que él pudiera alcanzarla, adivinarla, intuirla, retardándole la revelación final como una caricia lenta que no acaba de concretarse, una mano que se arrepiente apenas roza su destino, unos labios que rehúyen cuando van a ser besados, placer que se hace de rogar, que la vida de Julia en la suya era una trama

64

de filamentos entrelazados, enredados y superpuestos, donde los hilos de Julia destacaban en amarillo, en blanco, en carmín, en considerarse agregada cultural del gremio de las putas, en los boleros de botiquín que le venían a la mente, en la obsesión con Cortázar, en La Foule y en Milord y claro está, en los tangos de la Tana y de Gardel que cantaba con pasión porteña, en su rosal blanco e incluso en el traje de adulto responsable que se ponía en las mañanas para ir a trabajar. La vida de Julia en su vida, una puerta francesa de doble hoja, de vidrio y de marcos blancos que Asimed había cerrado a su paso.

VI

El taxi se detuvo puntualmente frente a las rejas negras de la última casa de la calle que hacía esquina con la avenida principal, donde una mujer terminaba de asegurar la puerta de madera de roble de doble hoja.

-Buenos días –dijo Julia, desde el zaguán.

El taxista devolvió el saludo y procedió a meter en la maleta del LTD vino tinto, año '76 el equipaje de Julia. Breve recuento antes de embarcar: pasaporte, pasaje, billetera.

El taxi arrancó rumbo a Maiquetía, arrastrando consigo recuerdos de los cuales Julia jamás podría desprenderse. La madrugada caraqueña, con su niebla y sus olores, despedía a Julia con un amargo sabor a derrota. Una calma zozobrante que mucho distaba de la resignación, invadía el alma de Julia: el ojo del huracán. Era sólo cuestión de esperar agazapados a que los recuerdos, la costumbre y las pasiones añejas azotaran sin piedad y sin tregua, como un Andrew o como un Floyd. Prohibido mirar atrás, so pena de convertirse en estatua de piedra. Prohibido llorar.

El olor a malecón y el viento húmedo del puerto de La Guaira pronto sustituyeron el azul verdoso del pico Naiguatá, el Obelisco, la estatua ecuestre del Libertador. Cada túnel que dejaban atrás, con su olor a diesel y aceite quemado, era otra puerta que se cerraba a espaldas de Julia. No había otro camino más que hacia adelante y había que recorrerlo aunque no se quisiera, aunque el mundo se estuviera viniendo abajo en pedazos tamaño industrial, todos sometidos, inexorablemente, al régimen despiadado del tiempo y ante el cual no hay súplica que valga. "Vive la vida como quieras vivirla, si no, es la vida la que te vive a ti", eran las palabras que siempre le repetía el papá de Julia desde que era una niña y sólo entendía de columpios y de morocotas de chocolate. El problema, claro está, es que la vida a veces se cansa de ser dócil y dejarse guiar por la voluntad humana y es entonces cuando arremete contra todo y contra todos, valiéndose de cuanto artilugio y ruin estrategia dispone para ser vivida como a ella le da la gana. "Estarías tan decepcionado de mí, papá, si pudieras verme ahora, huyendo como un maleante bajo el amparo de la madrugada, huyendo, papá. Y lo peor es que en este momento creo que no hay océano, ni aduana, ni frontera capaces de aniquilar con un 'welcome' la risa y el beso."

La espera en la puerta de embarque propiciaba el recuento de los hechos sucedidos en las últimas semanas, acontecimientos que habían determinado el rumbo que tomarían las vidas de Julia y de Guillermo y que estaban por llegar a su punto más álgido en cuanto aquel Boeing 767 de American Airlines despegara, llevándose a Julia y todos sus recuerdos a tierras del Tío Sam y del freedom. Una serie de peleas domésticas, una más absurda que la otra, habían hecho la convivencia con Guillermo simplemente insoportable. Aún así, no había que ser muy inteligente para darse cuenta de que no se trataba comer pollo dos días seguidos, de cambiar la estación de radio en el carro o de bañarse de noche y acostarse con el pelo mojado. No era haber comprado otra marca de leche, haber reorganizado los estantes de libros, ni haber pedido el café sin azúcar. Otras razones de peso se escondían bajo ese montón de nimios altercados, como sacados de un sombrero de copa, que Guillermo utilizaba como armas para propiciar un distanciamiento, motivado, tal vez, por la propia incapacidad de lidiar con el monstruo que acechaba detrás de tanta discusión prefabricada, incapacidad de quien no sabe cómo o no puede enfrentarse a las coyunturas que marcan hitos y dejan huellas en las vidas de los seres humanos, o incapacidad de la que inhibe a una persona de enfrentarse a sus demonios internos, exorcizarlos, darles la cara como un hombre de verdad y no un pelele que por afeitarse la barba en las mañanas y cobrar un cheque quince y último cree encajar en lo que es ser un verdadero hombre. Esa imposibilidad de llamar a las cosas por su nombre y entonces una salchicha, un perfume, una canción, un tubo de pasta de dientes sustituyen un "ya no te amo" y "quiero que nos separemos."

Julia se quitó los zapatos y los hizo pasar por la correa de rayos equis frente a la puerta de embarque, abrigo y cartera siguieron detrás. Hombres en traje verde-marrón y botas negras a media pantorrilla, con sus caras serias que nunca miran directo a los ojos, escondidos detrás del FAL que llevan al hombro y que les sirve para envalentonarse, vuelven a chequear el pasaporte de Julia mientras ella atraviesa el detector de metales y una alarma suena, la gente mira a su alrededor a la expectativa, en cola para atravesar ese marco de lucecitas rojas y verdes como puntos lejanos en la noche estrellada de Caracas que se van almacenando en el saco sin fondo donde Julia guarda sus recuerdos, sin orden alfabético ni cronológico; los milicos se paran firmes, se ajustan el fusil automático liviano, la inminencia de levantarlos en contra de un civil les entorpece los movimientos, pretenden intimidar pero Julia no se deja amedrentar: "¡A mí no me apuntes!" le había gritado a uno de ellos, con el cañón apuntándole al pecho y el dedo en el gatillo, durante una marcha de oposición al gobierno. Julia revisa los bolsillos de su pantalón y encuentra las llaves de la casa de Guillermo, con las que cerró la puerta de roble de doble hoja al salir esta madrugada. Julia las ve por un instante que parece durar horas y la mirada se le nubla, las pupilas se le empozan y el consabido nudo en la garganta amenaza con asfixiarla. Julia deja las llaves dentro de un contenedor sobre la máquina de rayos equis y esta vez el detector de metales guarda silencio. Las vuelve a tomar en sus manos como quien toma en brazos a un recién nacido. "Prohibido llorar", se repite mentalmente Julia, en lo que se ha convertido en un mantra desde la noche anterior, mientras hacía sus maletas. "Prohibido llorar" se repitió Julia, cuando besó apenas la frente de Guillermo y acarició levemente su cabeza, dejando a sus dedos enredarse suavemente, como niños juguetones, entre los rizos del poeta y susurrarle un último "te amo" antes caminar en dirección hacia la puerta principal, posando su mirada por última vez en cada rincón y cada objeto de aquella casa antañona, que había sido su hogar durante los últimos casi cinco años.

Han autorizado el despegue, el Boeing 767 comienza la carrera que le permitirá elevarse a treinta y cinco mil pies de altura y alejarla de Caracas, de Guillermo y de todo a una velocidad crucero de novecientos kilómetros por hora. No hay vuelta atrás. Julia aún sostiene las llaves en su mano derecha y las aprieta con fuerza hasta dejarse marcadas las palmas. Prohibido llorar.

En la vida hay leyes que no se pueden mantener por mucho tiempo y son quebrantadas a pesar de la mejor de las voluntades. El alma de Julia se rebela en su contra y arremete con todas sus fuerzas en un llanto desconsolador e incontenible, cuyos espasmos son enmudecidos por el ruido de los motores del avión preparándose para el despegue. Guillermo, que no se ha hecho ninguna promesa más que amar a Julia hasta las últimas consecuencias, no reprime el llanto que su corazón le impone sino que se entrega de lleno, mientras observa desde el muro que divide la zona de chequeo de la zona de embarque, con la pijama escondida bajo el sobretodo negro y el sueño delatándosele en el pelo revuelto y la sombra de la barba, a su Asimed atravesando el detector de metales, la ve sacarse las llaves de casa del bolsillo y acariciarlas brevemente, para entonces volver a pasar y verla desaparecer dentro de ese último Boquerón que la lleva a algún asiento, junto a alguna de las decenas de ventanitas de ese avión blanco de siglas anglosajonas en azul y rojo, como los colores de su bandera natal. Guillermo corre a la terraza para dar un último adiós a su Julia, su niña irreverente, a quien despide esta mañana de diciembre con un réquiem de versos que se irán amontonando, uno tras otro, en el estudio de su casa, en una absurda tonelada de papeles que no alcanzarán jamás para persuadir a su corazón de buscar albergue definitivo en otros muslos, en otra voz, en otra risa, en otro aliento. Guillermo permanece de pie en la terraza hasta que el avión de Julia ya no se distingue y aún después de que otros diez o quince aviones más también se han perdido en el cielo encapotado del Litoral Central. Ahora Guillermo va de regreso a su auto, de vuelta a una realidad que lo asusta y lo atormenta, una vida sin Julia. El peso de saberla aguantando estoicamente el llanto hasta que la tráquea le lacere la voz, saberla sola, no poderla consolar y más aún, saberse victimario de su chiquitica, de su Asimed, es algo con lo que no desea enfrentarse y con lo que tendrá que aprender a vivir. No está Julia pero está puesta su emisora de radio y el asiento está en la posición en que a ella le gusta, también está su suéter negro de cuello redondo en el asiento trasero. Y su risa, su risa que se quedó atrapada en todo aquello que alguna vez tocó o habitó. Si el futuro de Julia estaba en la patria de Mickey Mouse, ¿qué derecho tenía él de reclamarla para sí? Y dada la infinita capacidad de Julia para sacrificarse por los demás, estaba claro que medidas más drásticas habrían de acatarse para persuadirla de tomar una decisión que, finalmente, la haría ponerse a sí misma ante todo y ante todos, por primera vez en la historia. Con suerte, la vida se encargaría de reivindicar la nobleza de corazón que motivó a Guillermo a emplear tácticas rudimentarias y poco ortodoxas, pero asertivas, no ya para ser visto como mártir y mesías, sino para ahuyentar los fantasmas de esta despedida, que pudieran seguir persiguiendo a Julia a pesar del tiempo y la distancia, bajo una lluvia interminable de por qués y de rencores rancios.

-¡Oh! Disculpe.

-No se preocupe –dijo Julia haciéndose a un lado para evitar que la chaqueta de aquel desconocido le rozara la cara una vez más.

-Um, lo siento –volvió a decir el hombre.

-No hay problema –dijo Julia, encogiendo las rodillas para permitir que el hombre tomara asiento junto a ella.

-Oh, damn it! –susurró el hombre-. Lo siento –dijo el hombre terriblemente sonrojado-, olvidé algo muy importante en mi maletín, um…

-Claro –dijo Julia armándose de paciencia.

El hombre entonces volvió pasar delante de las rodillas encogidas -una vez más- de Julia y procedió a abrir el compartimiento del equipaje de mano y sacar el maletín que tan difícilmente había logrado meter allí hacía apenas unos segundos, sacó su pasaporte y lo metió dentro del bolsillo interno de su chaqueta, volvió a empujar con todas sus fuerzas el maletín de mano (¿una portátil?) y trancó tan rápido como pudo la portezuela, con la esperanza de que en pleno vuelo no se abriera y se vinieran abajo sus pertenencias y las de por lo menos otras dos o tres personas más, incluida probablemente la chica que ocupaba el asiento del pasillo, a quien ya había molestado más de lo tolerable por cualquier persona normal y a quien muy seguramente volvería a molestar durante el vuelo, por lo menos un par de veces más.

-Um, lo siento, lo siento.

-Está bien –dijo Julia ladeando la cabeza, chequeando si no habrían puestos vacíos alrededor para cambiarse, suficientes problemas tenía ella ya para de paso tener que lidiar con este lunático sentado a su lado por tres horas y media.

-Um, cuánta gente, huh? –dijo el gringo.

-Sí. –dijo Julia casi sin mirarle la cara al hombre que tenía a su lado.

El hombre suspiró, se acomodó, abrochó su cinturón de seguridad y miró por la ventanilla un rato.
-¡Oh! Ahí va nuestro equipaje. –dijo el hombre sonriendo.

-Ajá. –dijo Julia sin voltearse a ver los camiones cargados de maletas que el hombre le señalaba y que estaban siendo dispuestos bajo ellos.

-Ah –suspiró el hombre-, espero que nadie haya comprado el ticket de la ventana, así yo puedo sentarme en ese asiento y usted no tiene que seguir escuchando las tonterías que yo le estoy diciendo; usted se preguntará "¿por qué este hombre no se calla de una vez y me deja prestar atención a las interesantísimas instrucciones de emergencia que la sobrecargo está demonstrando en este momento?", o quizás usted esté pensando: "¿cuándo repartirán los audífonos para yo poder ponerlos en mis orejas y no tener que seguir contestando a este hombre que habla y habla y no sabe cuándo parar?"

Julia rió con esa risa que va dentro de un suspiro, risa cansada, risa de encontrarse una vez más en la vanguardia peleando una nueva batalla contra la vida a pesar de tantas derrotas.

-Oh, está bien, no me lo diga, déjeme adivinar: usted no puede resistir estar tan cerca de un hombre tan increíblemente atractivo como yo, lo entiendo, no me lo tiene que decir, y no, yo sé que usted no lo va a creer, nadie lo cree, pero no soy hermano gemelo de Tom Cruise, increíble, lo sé. ¡Oh! ¿Qué tenemos aquí? ¡Es una sonrisa! Oh, no, un momento, es algo más, es risa, sí, risa. Muy buen intento, bueno, no tan bueno para ser honesto, pero la felicito de todas maneras, estuvo mejor que la primera risa, um, espere un minuto, tache eso, no llamaremos a aquello "risa", eso no fue una risa, no sé qué fue lo que usted hizo hace un rato, pero eso no se llama risa, usted debe dejar que yo le enseñe lo que es reír, después de todo se lo debo por todas las molestias. Sé que debería ofrecerme a pagar la cuenta de su médico de los ojos, fíjese, le digo lo que vamos a hacer: yo le doy una tarjeta con mi nombre y usted pasa la cuenta por fax a mi oficina, lo difícil va a ser explicarle al médico que Tom Cruise, haciéndose pasar por un hombre cualquiera, le metió en sus ojos la chaqueta que llevaba puesta tratando de guardar su equipaje de mano.

Julia ahora reía de veras, como quizás no había reído en años, aunque aún distaba de ser aquella risa de, bueno, no valía la pena, las cosas que quedan en el pasado pertenecen al pasado, los cobardes no merecen ser recordados ni extrañados de esta forma, no merecen ser nombrados, no merecen una sola lágrimas (más).

-Ah, finalmente usted ríe como debe ser, aunque sus ojos siguen tristes, eso no es culpa de mi chaqueta pero si quiere puede decir a su doctor de los ojos que sí lo es.

-Es cansancio –dijo Julia, y no era mentira, estaba cansada, estaba agotada de tanta lucha sin tregua, de esta búsqueda sin descanso.

-Me llamo Peter Grant, mucho gusto.

-Julia Páez –dijo Julia estrechando la mano del hombre.

Para el momento en que el sobrecargo pasó ofreciendo los audífonos, que dicho sea de paso ya no los daban gratis, ahora los alquilaban, Julia estaba tan entretenida hablando con el americano que decidió no tomarlos. Peter era la antítesis del arquetipo de gringo que la mayoría de los extranjeros, sobre todo si son latinos, tiene en su mente, no en cuanto a su aspecto físico, pues en ese sentido sí era el caucásico típico, sino en lo que a personalidad se refería. Distaba mucho de ser apático, frío, distante, reservado: el estereotipo del americano. Era más bien completamente lo opuesto, gran conversador, carismático, cálido y con un formidable sentido de humor; el ochenta por ciento de la conversación consistió en Peter hablando y Julia escuchando y si bien era una proporción inusual para Julia, acostumbrada a un cincuenta y cincuenta o incluso ser ella la que hablara más, nunca sintió que se aburría o que quería salir corriendo a toda velocidad, lo más lejos posible, como cuando estaban embarcando y Peter entró y salió treinta y cinco veces de su asiento, molestándola en el proceso.

Era tan extraño sentirse tan triste, tan cansada y aún así tener la capacidad de reír y pasar un rato agradable hablando con un perfecto desconocido. Por supuesto siempre era mejor esto que llorar y deprimirse y visto desde ese punto de vista, tampoco venía nada mal que fuera Peter el que hablara sin descanso, siempre sería mejor que dar explicaciones esquivas sobre la vida propia.

Peter era un inversionista dedicado a la explotación de minas de diamantes, usualmente su destino era Sudáfrica, sin embargo expediciones en busca de nuevas fuentes de recursos lo habían llevado a Venezuela, más específicamente, al Estado Bolívar. Esta mañana el destino había querido llevarlo de vuelta a casa inesperadamente en un viaje de emergencia: su hija mayor acababa de anunciar su compromiso de boda con el vago, vividor y bueno para nada de su novio y su hijo había decidido dejar la universidad, de nuevo, todo esto en un lapso de treintaiséis horas. Peter era del tipo de persona que ve el vaso medio lleno, rara vez perdía la paciencia, siempre se enfocaba en el lado positivo de las situaciones y toda circunstancia indeseable que la vida ponía en su camino la veía como una oportunidad de aprendizaje y de crecimiento; era como un libro de autoayuda viviente, pero en la dosis perfecta para ser admirado en lugar de repudiado. Era esta actitud positiva, que si bien era auténtica, a menudo rayaba en los límites de la exageración, la que mantenía a Peter de tan buen humor a pesar de los motivos que lo hacían interrumpir compromisos de trabajo, así como de ser capaz de tomarse con calma el tener que viajar en clase turista porque primera y business estaban agotadas, no que esto fuera el fin del mundo, pero hay que admitir la diferencia considerable entre ir en primera y viajar en coach.

Nuestra relación era cualquier cosa menos aburrida, solamente con la diferencia de idiomas teníamos para mantenernos entretenidos un buen rato; su español era bueno y mi inglés no estaba nada mal, sin embargo ocurría de vez en cuando que nos enredábamos de tal forma en la explicación de ciertos términos o costumbres propias de la idiosincrasia de cada uno, que podíamos pasar horas de excelente conversación inteligente y carcajadas sonoras intentando descifrar lo que el otro trataba vanamente de expresar.

Cuando Peter no estaba de viaje, pasábamos los fines de semana de paseo en su yate. El mar me parecía tan hermoso como aterrador, para colmo, no es secreto para nadie que las costas de la Florida están minadas de tiburones, característica que no facilitaba mi proceso de sentirme a gusto en altamar. En realidad la otra opción no era precisamente mejor que el Atlántico, había que elegir entre tiburones en mar abierto o aligátores y cocodrilos en los Everglades.

Aprendí a pescar con la condición de que fueran especies que, uno, no estuvieran en peligro de extinción, dos, no contuvieran cantidades alarmantes de mercurio y tres, tuvieran buen sabor. Me negaba a matar un animal por el solo hecho de atraparlo y no comprendía el placer que podía tener dicha actividad. Las primeras veces me fue imposible comer los frutos de nuestra pesca, fue la época en que prácticamente me volví vegetariana. Peter se moría de la risa por mi actitud, decía que si quería podría trabajar para Green Peace o World Wildlife Fund, o mejor aún, PETA y que él, con todo gusto, me daría una carta de recomendación, pero que con mi lema "matar animales no es deporte" estaba seguro de que sería suficiente para que me aceptaran enseguida. No me daba nada de risa.

Peter era un perfecto caballero, sabía cómo enamorar a una mujer, arte que dominaba exquisitamente y con un buen gusto admirable, además era dueño de los ojos más azules que nunca he visto en mi vida y tenía ese aire a Clark Gable –a excepción del bigote-, que me hacía desear intensamente ser Vivien Leigh.

VII

Era lo mejor, levantarse, darse una ducha, estarse un buen rato, siempre a la misma hora, siempre a las dos de la mañana, y era lo mejor porque al fin y al cabo viviendo en la tierra del Tío Sam el teléfono igual no iba a sonar, así que para qué tenderse trampas absurdas donde ya ella no caía y mejor dejar de imaginarse el repique con su consecuente hello (aunque para qué hello, si a las dos de la mañana solamente podía ser una persona y esa persona solamente hablaba español; en todo caso hello para dismular las ansias contenidas durante cientos de dos de la mañanas desde hacía tanto tiempo y a la vez para frenar un poco la taquicardia de la certeza del "mi chiquitica" del otro lado de la línea).

Era casi un ejercicio mental lo de imaginarse el repique del teléfono, del cual cabe destacar Julia estaba tan aterrada de que sucediera como convencida de que eso jamás, porque por un lado estaría difícil explicarle a Peter lo del hello en plena madrugada, el número equivocado con el que te sientas amenamente a conversar hasta que amanece y Julia no se había dado a la tarea de practicar algunas excusas a tal efecto; y por el otro lado, estaban los fantasmas que tanta distancia, tanto silencio, tanta ausencia habían logrado instalarse de lleno en la mente de Julia.

De todos modos ya Asimed no se sentía con el coraje de otros tiempos de levantar la bocina y marcar ella misma, aún cuando se sabía con pleno derecho a seguir haciéndolo –derecho otorgado por el mismo Guillermo, cabe destacar-, quizás porque finalmente Dios se había apiadado de todos los involucrados, dándole a Julia la sensación de que cualquiera de las perras que Guillermo tuviera esa noche en su cama, seguramente estaría ejerciendo fielmente y a cabalidad su labor de custodia y, presta, se dispondría a cortar en seco el ring desde el primer tono, y si bien trancarle era la salida más fácil, Asimed no se sentía segura de poder seguir asumiendo a las mujeres del poeta bajo sus sábanas, apretándole las caderas entre sus muslos, sobre todo si era su propio repique el que la despertaba del todo y no se le ocurría sino consumar una vez más el concubinato a partir de ahí; pero al mismo tiempo Julia estaba segura de que así a Guillermo le tocara trancar al borracho que seguramente llamaba a esas horas (quedarse callado y colgar, qué carajo), o la perra de turno trancara malhumorada al gracioso que se ponía a llamar de madrugada, para Guillermo, no podía ser otra más que Julia y a eso ya ella podía verlo suspirar y reír apenas y en voz baja, sólo para él, con el regalito del no se ha olvidado de mí y todavía me ama arrullándole lo que le quedara de sueño.

Pero lo que detenía a Julia en el último número y la obligaba a trancar, a arrepentirse cobardemente, en verdad cobarde porque a las otras reacciones ya estaba acostumbrada, era que el poeta ya no esperara el repique, que ya no riera y ya no se quedara dormido con su nombre entre los labios, es decir, que la mandara a cosechar nabos, que por supuesto no tenía nada que ver con el hecho en sí de ser mandada a cosechar nabos, porque después de todo ella podía seguir evocándolo a su antojo, como lo hacía cada vez que se le ocurría cambiar de dirección postal o atravesar algún océano; no era eso, era al cierre de capítulo a lo que Julia le temía, el punto y final, no el que Guillermo no estuviera más en su vida, porque eso lo decidía ella, sino lo opuesto, no estar ella más en la vida de Guillermo, haber pasado de santa con pedestal y rosal exclusivo e inviolable, a ser una perra más de las que el poeta coleccionaba. Y lo era, en el fondo ella sabía que ya hacía rato había pasado a ser una perra más, justo en el momento en que comenzó a sentir celos, en el momento en que dejó de sentirse segura y dudó de sus privilegios, en ese justo momento se convirtió en otra perra más del poeta.

Julia se burlaba de sí misma pensando en qué raza escogería ahora para autodenominarse. Ya tenía algunas plazas cubiertas, por ejemplo, aquella loca que tenía la firme meta de atropellarla con el auto cuando la viera salir de la universidad, esa era la Dálmata y por aquel episodio comenzó Julia a llamar perras a las mujeres del poeta, asignándoles a cada una, una raza. A continuación vino una a quien Julia nunca le había dado raza y no estaba segura de por qué, más adelante vino la Doberman, que lo vigilaba a sol y sombra, al punto de montarle guardia al mejor estilo Holmes: hacía un chequeo minucioso de la tapicería de su auto en busca de cabellos que no fueran los de ella, olfateaba al poeta así como a su carro en busca de perfumes desconocidos y cosas por el estilo. Luego vinieron la Rodwailler y la Collie: la primera dejaba en pañales a la Doberman en cuanto a espionaje y cacería de infidelidades, contestaba su teléfono móvil, cambió su mensaje de la contestadora con un mensaje grabado por ella en un tono un tanto amenazador, e insistió en permanecer en la casa de Guillermo mientras le restauraban los pisos -¡todos los pisos!-, a Los Aleros (¿vigilando su territorio?), hasta el punto de haber tenido que ser trasladada de emergencias a la clínica más cercana con un ataque de asfixia. Por su parte, la Collie tenía un cabello largo hasta las nalgas que Julia siempre encontró asqueroso y pasado de moda (esas cosas que le meten los padres a uno en la cabeza de que tener las uñas y el pelo largo es desaseado, siendo que estos son desechos corporales, blah). La Collie fue la más cuerda de las perras que Julia le llegó a conocer al poeta.

Ya por último había venido la Yorkshire (Yorkie, de cariño), quien por cierto había resultado ser gran amiga de la Dálmata, lo que explicaba todo: la locura de la peligrosa es contagiosa, no la locura entendida como la vivían Guillermo y Asimed, sino la otra, la que vuelve intolerables a las personas, la que hace imposible coexistir armoniosamente con ellas.

Así podía pasar Julia noches enteras en vela. Eran noches dedicadas a Guillermo y a los recuerdos. Boots Randolph y su maravilloso saxo de fondo, la cruz en la pared opuesta a su lado de la cama, mosaico que imita

81

parte del muro de la terraza del Parc Güell, el cuervo en el dintel de la puerta del estudio, los mocasines vinotinto, las postales de Casa Batlló y Starry Night. Prosa del Observatorio, primera edición, Barcelona 1999. Dire qu'il suffit parfois/ Qu'il y ait un navire/ Pour que tout se déchire/ Quand le navire s'en va... Navire. Bateau. "Punta, talón, chassé, chassé" repetía Madame Lefebvre. Dos de la madrugada. Rieles de hierro labrados a punta de sudor y grillete, vagones de carga de la CSX, locomotora y silbido. Je soigne les remords/ Je chante la romance/ Je chante les milords/ Qui n'ont pas eu de chance! Teléfono que no repica, voz que no me llama, alma que no me añora. Cielo encapotado, lluvia que no perdona. Mate ya lavado que acompaña las penas y los llantos y las tormentas de enero, bombilla y yerba de palo, Product of Argentina. Estúpido corazón tozudo, trampa que no te derrota. Tiempo que inmerecidamente te enaltece y te beatifica. Poeta de símiles imposibles, de imágenes perfectas, que has puesto la etiqueta con tu nombre, propiedad privada, copyright y no trespassing hasta en las cosas más cotidianas, en el café de la mañana, en las noches en vela, en los escaparates de las tiendas de libros, en todos mis muertos del arte y las letras universales, en el olor del aire acondicionado de los centros comerciales, poeta de plagios absurdamente innecesarios, tú que me has seguido con el fantasma de tu recuerdo incólume a cuanta aduana ha puesto su sello aprobatorio en mi pasaporte vino tinto, que has invadido los aguaceros sin tregua, huracán nuestro de cada día, ciudad suspendida en un pantano que algún día reclamará su suelo arrebatado a los reptiles por grandes compañías multinacionales, shopping centers y convention centers de vanguardia, por ancianos que huyen del frío inmisericorde del norte y balseros de distintas latitudes que huyen de sus patrias por otras razones también inmisericordes. Recuerdo que no das tregua, instalado en las luces de las calles y semáforos de las avenidas de una ciudad que no te ha visto nunca y muy probablemente jamás te llegue a ver, pero que igual anda exhibiendo tu nombre donde quiera, pavoneándose sin pudor y sin vergüenza, como un animal en celo. Poeta de bares exclusivos donde lloras tus penas en los hombros de las putas más sofisticadas del jet set capitalino. Poeta de amores insurrectos, llévate tus falsos versos, adorna con ellos el lecho de tus perras, siémbraselos en sus vientres marchitos, arrúllales con ellos el sueño.

Te cambio tu Guaire River por mi Cortázar, tus cruces y tus perros por mis madrugadas y el Stardust de Lester Young con Oscar Peterson; te pensaba ofrecer tus empanadas de cazón a cambio de mis pastelitos maracuchos de queso y papa, pero la carcajada es instantánea, ya ves, no hay manera de decir eso y que suene a cosa seria, así que por los momentos, ese renglón ha quedado fuera de la lista. ¿Ves las cosas que haces, Guillermo? ¿Cómo se supone que termine de hacerte desaparecer de mi vida de una buena vez si en medio del despecho más arrabalero, la pataleta más estridente, tu imagen se me instala en el recuerdo como un papagayo en el cielo y me sabotea el sanseacabó?

Hora de hacer las maletas de nuevo y mudarse de la vida de Peter. Aunque él nunca se diera cuenta, que por supuesto que se daba, aunque no supiera bien qué era lo que estaba sucediendo, porque Peter no era estúpido y sabía que algo no estaba del todo bien y él no es de los que se auto-engañan o de los mártires que prefieren sacrificarse aunque sufran al lado de la persona que aman si no son correspondidos, o por lo menos no de la manera y el grado en que ellos desean ser queridos, Peter es muy práctico en ese sentido y así no se diera cuenta jamás, aunque el teléfono nunca repicara, aunque yo no volviera a hablar con Guillermo nunca más en mi vida, estaba mal seguir junto a alguien mientras no se ha olvidado completamente a otra persona. No era justo para Peter, no era justo para mí y era sobre todo una falta de respeto para alguien que no merecía que lo tratara de esa manera. Quizás la vida se encargaría de juntarnos de nuevo, tan casualmente como la primera vez. Y me dolía dejar a Peter, porque aunque no lo amaba como a Guillermo, lo quería mucho y era un hombre formidable. De hecho, me daba rabia conmigo misma ser tan estúpida y no poder enamorarme de él. No sé por qué algunos seres humanos le damos tanta importancia a estos asuntos del corazón, cuando sería muchísimo más fácil ser menos quisquillosos, ser más prácticos, hacer a un lado tantas cursilerías y aceptar la compañía y el afecto que se nos da, venga de parte de quien venga. Estar enamorado está sobrevalorado.

VIII

Mi vecino nuevo resultó ser un niño al que calculaba llevarle diez años, como mínimo, aunque seguramente no eran tantos, pero con esa carita de bebé no dudaba que le pidieran identificación para todo. Nos encontrábamos todas las mañanas cuando él bajaba las escaleras de su apartamento justo a la hora en que yo iba saliendo del mío y nos topábamos de frente, así como todas las tardes cuando cada uno regresaba de su trabajo. Solamente sonreíamos e intercambiábamos un "hola, ¿cómo estás?". Rodrigo era un hombre reservado, o al menos esa era la impresión que daba, parecía tímido, tal vez excesivamente educado o quizás una mezcla todas las anteriores.

La única razón por la que sabía su nombre fue por una confusión en nuestra correspondencia, cuando el cartero dejó en mi buzón una cuenta de electricidad dirigida a él. Di vueltas por todo el edificio buscando el número de su apartamento, la verdad, no se me ocurrió comenzar por el suyo, lástima, porque me habría ahorrado media hora larga de ejercicio aeróbico intensivo subiendo y bajando escaleras y recorriendo pasillos; comencé a despotricar y el primer aludido fue sin lugar a dudas el cartero, seguido por su madre -¡pobre señora!-, más atrás la oficina de correos, el servicio postal de los Estados Unidos, y no podía faltar la lumbrera del arquitecto que había diseñado aquel edificio cual si se tratara de una tumba de faraón egipcio o la casa de los espejos de alguna feria gitana; sudaba a mares, me faltaba el aire, los muslos me temblaban y en mi cabeza logré escuchar una vocecita interna que me decía: "¡Das pena, Julia; imperativo comenzar hacer acto de presencia en el gimnasio!".

Rodrigo me invitó a pasar una vez le hube entregado su cuenta de luz pero decliné amablemente, no veía la hora estar sola en mi casa y pasar la siguiente media hora sumergida en la tina de mi baño, acompañada de buena literatura y un buen vino. Era viernes en la noche y mi vecino tenía una reunión, a juzgar por las voces y la música; podría ser muy tímido y todo lo que uno quisiera, pero definitivamente sabía cómo dar una fiesta, en cambio yo, por mi parte, me daba cuenta de que me había convertido en una perfecta ermitaña. Mientras bajaba de regreso a casa iba pensando en que se me había caído la cédula con esa actitud, como dicen por ahí, o más bien la había sacado de la cartera y había comenzado a pregonar mi fecha de nacimiento a viva voz; además, noté que ya no confiaba en los extraños como solía hacerlo hasta hacía muy poco. De repente comencé a pensar que este mundo está lleno de locos y es imposible conocer las verdaderas intenciones de las personas, me daba pánico la sola idea de volverme paranoica y me sabía encaminada hacia ese destino. Quizá se tratara de algo pasajero, sentía que mi vida era un total desastre, entre la manera en que las cosas habían terminado con Guillermo y lo rápido que había iniciado una relación con Peter, sin darme tiempo siquiera de procesar lo que había pasado con el poeta y ahora haber terminado con Peter y sentirme terriblemente culpable e idiota y como si con eso no bastara, estaban las dudas -que la mayor parte del tiempo eran certeza- de seguir amando a Guillermo. Idiota, sumamente idiota, con la certidumbre de que todas estas cosas sólo podían estar pasándome porque Dios, o la vida, o ambos, querían que yo aprendiera una lección de todo esto, y como siempre, sin tener la más peregrina idea de qué era aquello que debía aprender. Siempre es el mismo lugar común: las cosas que pasan, pasan por una razón específica -razonamiento que, curiosamente, suele atribuírsele en mayor grado a los eventos desafortunados que a los de bonanza-, de acuerdo a un plan, divino para algunos, y dice la teoría que el motivo de todo esto es que aprendamos una lección, el problema es que yo nunca tengo idea de cuál es la lección que debería estar aprendiendo y por lo tanto no sé si la he aprendido o no. Tal vez la aprendo en un nivel muy básico del inconsciente (me espanta cómo empiezo a sonar a manual de autoayuda) y por eso no me doy cuenta, pero siempre me queda la duda de si volveré a cometer el mismo error mil veces por esta incapacidad de discernimiento consciente, o a lo mejor inconsciente (el discernimiento, se entiende) porque capaz no estoy aprendiendo nada a ningún nivel y punto. El hecho es que yo no estaba como para andar socializando y menos si me iba a tocar hacer el papel de chaperona rodeada de Rodrigo, alias "el cara de nené" y sus amigos, igualmente nenés. Me daba risa pensar como si estuviera acomplejada por mi edad, cuando yo nunca he sido de las que se quitan años o mienten sobre su fecha de nacimiento, muy por el contrario, creo firmemente que a mí los años me sientan bien, y eso de volver al pasado porque fueron tiempos mejores no va conmigo, en especial si se trata de la adolescencia: primero que ni muerta vuelvo al bachillerato, tuvo sus buenos momentos, tengo que admitirlo, pero los malos ratos fueron suficientemente espeluznantes como para haberme sentido inmensamente feliz el día de la graduación, y segundo, no tengo ganas de volver a vivir sintiendo que soy una incomprendida y el mundo es una basura (que lo es) y esa necesidad apremiante de rebelarme contra todos los factores alienantes que me rodean. ¡Qué etapa de mierda la adolescencia! Sospecho que los adolescentes estarán pensando exactamente lo mismo sobre la gente de mi edad. Volviendo al punto, me había dado de alta temporalmente de las relaciones sociales, por el bien del mundo entero y del mío propio. Pensándolo bien, esto se parecía bastante a la adolescencia.

Esta censura social auto-impuesta era un poco una relación amor-odio con la soledad, por un lado la aceptaba como parte de mi realidad y la favorecía, siendo que me daba el espacio necesario para tomar un respiro de todo este enredo sentimental-existencialista, donde el ser y el estar de este caos comenzaban a fundirse en un mismo concepto a una velocidad vertiginosa y por otro lado me sentía terriblemente sola y la idea de pasar el resto de mi vida sumida en esta soledad me daba pánico; de pronto me daban ganas de salir corriendo de regreso en el primer avión que saliera para Caracas, y es que, apartando mis sentimientos por Guillermo y mi terror a la inminencia de que este estado de soledad se tornara perenne, lo cierto es que, cuando se está lejos de la patria, el "Alma Llanera" es capaz de arrancarle lágrimas al más pintado. Añoraba mi valle caótico con sus peluquerías y sus trancas de pronóstico, el olor a Caracas que no lo hay en ninguna otra ciudad del mundo y el Ávila a la hora que sea, el día que sea, el Ávila siempre y siempre mi majestuosa Ávila, con su crucecita iluminada en Navidad, con sus tonos verdes y azules desde todos los rincones de mi hermosa y sucia ciudad. No cabe duda que no hay nada como vivir en el exilio para amar verdaderamente a la patria; no sé, a uno como que se le van quedando las cosas, la gente, los nombres de las avenidas, las paredes del Metro, el olor de los supermercados, el himno nacional, "dame cinco para darte veinte", el mural de la UCV, la leche Upaca y el juguito Sur del Lago, todo eso empieza como a desprenderse de uno a medida que uno va pasando Boquerón I , deja atrás Boquerón II y apenas si le da tiempo de mirar de soslayo la estatua del León por última vez; uno llega aquí y cuando el oficial de inmigración le estampa sonoramente el sello de entrada en el pasaporte y le dice "Welcome to the United States" es cuando uno reacciona y se da cuenta, pero ya es demasiado tarde.

Había decidido hacerle caso a mi vocecita interna y arrastrar al gimnasio la vergüenza de vaca lechera en la que me había convertido, solamente me faltaba el cencerro colgando del cuello. En el gimnasio me encontré a Rodrigo y por primera vez intercambiamos algunas palabras; las dificultades técnicas para sostener una conversación son obvias cuando se intenta llevar el ritmo en la respiración y los efectos del ácido láctico del maratón del día anterior empiezan a hacerse sentir cada vez más intensificados, afincando todo su potencial en mis extremidades inferiores; paradójicamente, para el nene lindo de mi vecino, conversar conmigo y trotar en la caminadora era algo que hacía sin mayor esfuerzo.

Reí cuando Rodrigo me confesó que la razón por la que nunca antes me había hablado era porque le daba la impresión de que yo era tímida y no quería ponerme en una situación incómoda, postulado que mi reacción la tarde anterior cuando había subido a llevarle su cuenta del servicio eléctrico y rechacé su invitación a pasar un rato, le había servido de confirmación. No era cuestión de entrar en detalles de índole personal contándole a mi vecino mis líos amorosos y el conflicto existencialista de mi soledad y quien sabe cuántos otros rollos mentales que a menudo me hago, así que opté por confesarle que yo tenía la misma apreciación de él por su actitud y había tomado justamente el mismo enfoque estratégico de no perturbarlo con conversaciones inoportunas que lo hicieran sentir incómodo. Eso y el principio de no confiar en desconocidos y por ende no entrar a sus casas, lección que Caperucita me había enseñado desde pequeña. Siguiendo esta línea de confesiones, el nene lindo admitió ser tímido y de personalidad reservada, aunque llevaba muchos años haciendo el esfuerzo por desinhibirse o al menos tratar de que la timidez no fuera tan evidente.

Dos semanas consecutivas de gimnasio y visitas regulares a la piscina, y Rodrigo y yo nos habíamos convertido en grandes amigos. Hablábamos de temas paranormales y vida extraterrestre y el nené lindo se divertía porque yo escuchaba cosas, veía sombras, tenía sueños proféticos, pero nada de eso me daba miedo, si bien debía admitir haber experimentado algún que otro momento medianamente escalofriante, mientras que los marcianos y las momias egipcias me paralizaban de terror.

Rodrigo era el hombre más enamoradizo que yo había conocido, cada novia nueva era el amor de su vida y la mujer con la que se quería casar. Lo decía completamente convencido de que estaba profundamente enamorado como se enamora la gente, pensando que lo que les está pasando y lo que están sintiendo no le ha pasado a nadie más en este mundo ni lo ha sentido nadie más en esta vida, y tan rápido como se enamoraba, se le pasaba la fiebre. Era difícil mantenerse al día con la vida sentimental del nene lindo, y pronto aprendí a no encariñarme con sus novias porque la que estaba hoy de turno, seguramente sería reemplazada dentro de un mes. No lo hacía por promiscuo, se trataba más bien de una especie de aventura de caballero andante, donde no podía evitar sentirse atraído por mujeres que parecían necesitadas, mujeres que él sentía que debía rescatar de algo o de alguien, rescatar a su doncella en apuros, y una vez puestas a buen resguardo, Rodrigo perdía el interés sin tener la menor idea de qué había pasado con la relación. Por supuesto, en cuanto me di cuenta del patrón se lo hice saber, pero es difícil para alguien que ve sus relaciones desde el punto de vista del príncipe valiente darse cuenta de que está repitiendo la misma conducta, convencido como se está de que esta vez sí ha encontrado a su compañera de vida. La parte buena era que Rodrigo no salía de sus relaciones con el corazón destrozado y un barranco descomunal, tal vez porque duraban tan poco que no daba tiempo, o quizás porque, una vez cumplida su labor mesiánica, culminaba asimismo el nexo emocional, y aquellas veces en que irremediablemente le tocaba llorar, el drama era como un cortadito: intenso pero breve.

Rodrigo se curó de sí mismo el día que se topó con una mujer cuyo plan era conseguir un esposo; ese día el nene lindo no pudo explicarse por qué las ganas de salir corriendo lo más lejos posible de su novia, cuando ella era la primera de todas las mujeres que habían pasado por su vida que estaba en verdad dispuesta a casarse con él. Ese día comprendió por fin que él no quería casarse con todas las novias que había tenido y era lo tangible de esta realidad inminente (y mi explicación, modestia aparte) lo que lo ayudó a entrar en razón. Irónicamente, Rodrigo comenzó a toparse constantemente con mujeres que querían una relación seria cuando él buscaba algo más relajado. Bromeábamos diciendo que la carita de inocente que tenía era el gancho con el que caían todas las que, ingenuamente, pensaban que en Rodrigo hallarían material para un buen marido. Y seguramente lo sería, pero no hasta dentro de diez o quince años, según sus propias estimaciones.

A pesar de vivir constantemente rodeado de mujeres bonitas, pues rara vez Rodrigo estaba soltero, seguía sintiéndose solo; esa extraña sensación de soledad que es más profunda y aplastante cuando se experimenta a pesar de estar rodeado de gente la conocía yo muy bien, puesto que era la reina de dicha sensación. Nos acompañábamos en nuestra suerte sin convertirlo en una fiesta de miseria y autocompasión. Rodrigo se maravillaba de mi claridad para ver las cosas tal cual son y mostrarle dónde se estaba equivocando y cuáles eran las posibles (mejores) opciones, aunque por supuesto que yo no tenía ningún poder extraordinario, sencillamente los problemas del nene lindo era fácilmente analizables porque yo no estaba directa y emocionalmente involucrada en ellos. La clásica ironía de ver las soluciones a los problemas de los demás y no poder hacer lo mismo con los propios.

No había necesidad de ser muy inteligente para darse cuenta de que tener algo con Rodrigo no solamente no era de las ideas más brillantes que alguna vez se me habían ocurrido, sino que era de las peores que se me podrían ocurrir jamás. Por supuesto que tener un romance con el nene lindo era una muy mala idea, y las razones saltaban a vista de todos; no era únicamente la diferencia de edad, que algunas veces se acentuaba inconmensurablemente, dependiendo del tema, sino que ninguno de los dos estaba realmente en condiciones de estar en una relación, aunque quizás esto último era la excusa perfecta para estar juntos, ya que ambos lo teníamos claro, y precisamente ahí estaba la trampa, en la convicción mutua de que esta unión, sin ningún tipo de compromiso ni expectativas, podía mantenerse de esa forma indefinidamente, que ninguno de los dos comenzaría a querer más, a necesitar más, a esperar más en algún momento; no es que fuera imposible mas sí poco probable y por eso pasé mucho tiempo evaluando la posibilidad de tomarle la palabra a Rodrigo, nos llevábamos bien y era mi amigo, no quería echarlo todo a perder por un error tonto y fácilmente previsible.

Fue el affaire más relajado de mi vida. Cero estrés y cien por ciento diversión. El tema de que yo le llevara un montón de años a Rodrigo acabó por influir positivamente, porque yo me sentía un poco más en control de la situación, no tenía esa zozobra típica de las relaciones menos dispares, y el asunto de tratarse de una unión sin expectativas también terminó jugando a nuestro favor, pues eliminó la posibilidad de experimentar frustración o de terminar enamorada y salir con las tablas en la cabeza. Digamos que todo lo que podía haber salido bien, salió bien. Jamás pensé que saldría con un hombre menor que yo, ni con uno cuyo pecho, espalda y brazos fueran un mural de tatuajes. Con Rodrigo había hecho montones de cosas a las que no estaba acostumbrada en una relación, desde salir vestidos iguales hasta celebrar el día de San Valentín. El tiempo en que estuvimos juntos me sirvió para evaluar qué cosas quería yo de una relación y cuáles no, qué estaba dispuesta a tolerar, qué cosas eran esenciales para sentirme plena y cuáles yo pensaba que necesitaba pero en realidad no me hacían falta y las respuestas a todas estas disyuntivas eran no solamente posibles sino radicalmente claras porque yo estaba en una unión "de práctica", donde podía probar varias combinaciones hasta hallar mi fórmula ideal, aquí estaba exenta de compromisos, libre de presiones, y por lo tanto tenía plena libertad para ser egoísta y enfocarme en mí.

Cuando la vida se encargó de ofrecerme una oportunidad que yo no podía dejar pasar, no fue nada fácil decirle adiós; fue triste despedirme del nene lindo, con quien tantos buenos ratos había pasado y que me había ayudado tanto sin saberlo, pensando tal vez que era él quien obtenía algún beneficio emocional por todo lo que había aprendido de esta experiencia, todo el crecimiento notable que había tomado lugar en él, cuando quizás yo podría haber dicho que el nene lindo fue un oasis, un paréntesis, un respiro, y era yo quien salía renovada y ciertamente enriquecida de esta relación. Juramos que siempre seríamos amigos y de vez en cuando nos encontramos en el Messenger y chateamos un rato, como en los buenos tiempos de pizza y cerveza con alguna comedia romántica los viernes por la noche. Es lindo saber de él cada cierto tiempo, su boda es en junio del año entrante y soy invitada de honor, no faltaré ni que ese día sea el día del Armagedón.

IX

-Ya me iba –dijo Julia, de pie frente a la mesa.

-Disculpa, me agarró una cola horrible y la pila de mi celular murió y por eso no te pude avisar, discúlpame, de verdad, no te vayas. Por favor.

Las palabras de Guillermo resonaban en la mente de Julia como dichas con la boca completamente metida dentro de un vaso. "No te vayas." De paso por favor. "No te vayas, por favor." Sonaba como si lo estuviera diciendo la maestra de Charlie Brown. Las palabras llegaban con años de retraso. Claro que fuera de contexto, no es lo mismo no te vayas, por favor y quedarse a almorzar en un restaurante donde se ha estado esperando sola por cuarenta y cinco minutos, a un "no te vayas" de mi vida/de la casa/del país, por favor. No es fácil mantener a los dragones encadenados. Mucho menos amordazados. Los recuerdos que duelen suelen ser así, salen de sus cuevas en estampida de quirópteros de costumbres transilvánicas.

-¿Ya sabes lo que vas a pedir?

-Guillermo, tengo cuarenta y cinco, no, una hora –dijo Julia, consultando su reloj- sentada aquí esperándote. Créeme: me sé la carta de memoria, es más, si tú quieres te puedo describir el especial del día, la recomendación del chef y la carta de los vinos.

-Perdóname, mi corazón, te juro que no fue mi intención hacerte esperar.

-Sí, sí, está bien. –dijo Julia con tono sarcástico.

95

El mesero tomó la orden y se retiró. "Una capressa para Karen Carpenter" había dicho Guillermo, burlándose juguetonamente de Julia.

-Pésimo chiste...

-Sí, me sentí mal y todo después de que lo dije.

-¡Pobre Karen!

-Y entonces, Julia Isabel, ¿cómo te va? –preguntó Guillermo. Julia apoyó el codo sobre la mesa y se llevó la mano derecha a la frente en un gesto tan suyo: pulgar sobre la sien, medio y anular sobre la ceja izquierda. Rió suavemente y miró a Guillermo negando con la cabeza.

-Ay, Méndez, pregúntame algo más fácil.

-Te va bien, tonta.

Julia ladeó la cabeza, devolviéndole la sonrisa a Guillermo. ¿Qué significaba estar bien? ¿Levantarse en la mañana, tomar un café leyendo el diario de atrás hacia delante, salir a la calle y asimilarse a "la fuerza laboral"; asumir el tráfico y su barahúnda, aferrarse al volante, al teléfono móvil, al aparatico de música cuya marca fue nombrada a partir de una fruta? Un montón de tácticas inútiles para procurar el resguardo de una micro-individualidad que ni siquiera existe, porque el del Camry de adelante también habla por su celular con ese pequeño alien saliéndole de la oreja cual ramificación coclear exógena, el Audi de la derecha igual sólo que su bluetooth viene incorporado en el carro (en este mundo moderno ir por la vida como si se estuviera hablando solo ya no es de locos sino de gente ocupada), y lo mismo el que viene detrás, los que están en diagonal y todos los carros a una milla a la redonda saben lo que viene escuchando en la radio el imbécil del Pontiac de la izquierda; irónicamente sumados a una masa de micro-individualidades formando una masa dentro de otra

96

masa más grande y otra cada vez mayor, matryoshka infinita, físicamente imposible de calcular. ¿Qué es estar bien, levantarse cada día y repetir el mismo ciclo, hacer de la propia existencia una emulación a grande escala, aunque tal vez menos evidente, del mito de Sísifo? Están los que son felices empujando su piedra de ida y de vuelta, los que ni siquiera se dan cuenta y poco les importa si la piedra cae cada vez que llega a la cima y hay que volver a subirla y venga que vuelve a caer y así vamos; están los que precisan tener la certeza de todo lo que le ocurrirá a la piedra una vez ésta haya alcanzado la cima, así como del recorrido de ascenso y de descenso, de cada escollo del camino, cada hueco, cada grieta. Eso se llama rutina. Se llama cotidianidad.

-Y a ti, ¿cómo te va? –preguntó Julia, retando con el tono de voz a Guillermo a que contestara una pregunta que él asumía sencilla de responder.

Guillermo rió con su clásica carcajada de niño sin prejuicios, alborotando una vez más los Desmodus draculae en su cueva, mucho más aterradores que los que fueron encontrados en Monagas.

-Está bien, está bien: tú tienes razón. –dijo Guillermo acabando de reír. Me fascina cuando te pones brava, te ves tan bella, Julia.

-Idiota –dijo Julia-. Además, ¿quién te dijo que yo estoy brava?

-Ok, está bien. Cuéntame algo.

-¿Qué quieres que te cuente?

-No sé, algo, lo que sea. Cuéntame de tu vida.

-Mi vida es muy poco interesante, mejor cuéntame tú, ¿qué nuevas peripecias te ha tocado llevar a cabo como agente súper secreto de

INTERPOL, cómo va la lucha contra Escila y Caribdis en el buque mercante que tienes en Margarita; no sé, cuéntame qué tal extracción de crudo en el medio oriente?

-¡Por Dios, qué falta de respeto, Julia! -dijo Guillermo entre risas-. Aquí no se salvó ni Homero, señores...

-Bueno, Guillermo, es que tienes que admitir que las cosas que tú cuentas son muy difíciles de creer, a nadie le pasan esas cosas, básicamente. Tu vida es una película.

-A mí me parece que tú te estás haciendo la loca y me diste la vuelta y te me fuiste por las ramas a ver si con esa lograbas distraerme y así no me tenías que contestar nada. No seas así, vale, cuéntame de tu vida que yo siempre soy el que se la pasa hablando.

-De mi vida… Hay un tren que pasa todas las madrugadas cerca de mi casa, lo escucho sonar su silbato, o como se llame. La primavera pasada descubrí que pasa justo por detrás del parque natural ese, enorme, que limita con mi patio y que comparto con todo el placer del mundo con familias de venados de cola blanca, que parecen encontrar extremo deleite en mi jardín. De día apenas se alcanza a oír, quiero decir el tren, pero de noche puedes escuchar incluso el sonido de la locomotora y los vagones corriendo sobre sus rieles. La Union Pacific. Es maravilloso. Creo que te encantaría; ¿tú no tienes un poema que dice no sé qué cosa de "los vagones de la Western Pacific"?

-¿Te acuerdas de ese poema? –dijo Guillermo sorprendido y a la vez alagado-. Así que trenes de la Union Pacific y venados de cola blanca. Qué surrealista suena todo eso desde esta ciudad cosmopolita y desquiciada, donde salir a la calle es un deporte extremo. Aquí se vive como si se fuera protagonista de un documental para la National Geographic sobre la in-civilización en el país del oro negro.

-En ese caso, que hagan otro sobre la paranoia asimilada y asumida como natural por las psiques de todos los balseros del aire que fuimos criados en este hermosísimo valle de locos –dijo Julia-: ni loco pasas por sitios oscuros, caminas mirando para todas partes a ver si te vienen siguiendo, entras al carro y bajas los seguros en una fracción de segundo, subes las ventanas cuando te toca pararte en la luz roja, puedo seguir pero para qué aburrirte con detalles que te son tan habituales.

-Y supongo que los venados no van a venir a encañonarte.

-Búrlate –dijo Julia ladeando la cabeza-. Por ahora hay un buen balance entre áreas naturales y áreas urbanas. El downtown es como Caracas, bueno, nada es como Caracas, pero tú me entiendes. Hay grandes centros urbanos rodeados de áreas verdes dondequiera. Los venados en mi patio me fascinan tanto como me remuerden en la conciencia, tengo esa sensación de que estoy invadiendo su territorio y por eso los pobres no tienen otro remedio que venir a acampar en mi jardín.

-Yo creo que tú echas Perrarina para venados por todo tu patio y después vas les dices a los demás que los venados llegan a tu jardín, misteriosamente atraídos por fuerzas magnéticas intergalácticas.

-¡Perrarina para venados! –dijo Julia con lágrimas de risa en los ojos-. ¿Qué fue lo otro que dijiste: "fuerzas magnéticas intergalácticas"? Qué loco estás, Guillermo, dices unas cosas. Qué tonto eres, vale. Hay que ver que tú no cambias.

-Bueno, dime algo: ¿aún tienes la cruz?

-¿Qué cruz?

-¿Cómo que qué cruz?

-Es que no sé de qué cruz me estás hablando.

-Mi amor –dijo Guillermo, cual padrino de boda a punto de hacer el brindis por los novios-, permíteme que te refresque la memoria: "-Guille, ¿sabes qué? Una cruz de pared con un mosaico de Gaudí quedaría perfecta en nuestro cuarto, ¿no crees? -Julia, eso no existe. –Ay, claro que no de verdad, pero a alguien se le debe haber ocurrido hacer cruces con mosaicos como los de Gaudí y venderlas como souvenir, y yo necesito tener una." ¿Te suena familiar?

-Ah, tú dices esa cruz –dijo Julia, fingiendo recordar recién en ese instante una cruz maravillosa que representaba tantas cosas para ambos-. La doné a la beneficencia.

-¡¿La donaste?!

-¡Shhh! -dijo Julia, tirando del brazo de Guillermo para hacerlo regresar a su silla-. Deja los gritos –le susurró Julia, echando un vistazo alrededor para ver si la gente en las demás mesas parecía alterada por la escena-. ¿Quieres que nos boten? Ojalá pudieras ver tu cara –dijo Julia soltando una carcajada.

-El coño de tu madre, Julia –dijo Guillermo sonriendo-. Casi me matas de un infarto. ¿La donaste o no la donaste?

-Claro que no, ¿cómo se te ocurre? Tendría que estar drogada para regalar esa cruz -dijo Julia, agregando tras una pausa-. ¿Aún tienes mis rosales?

-Por supuesto –dijo Guillermo.

-Pero quiero decir: ¿siguen vivos?

-¡Evidentemente, mi amor! –dijo Guillermo riendo-. ¿Por qué clase de persona me tomas?

-Bueno, es que nunca se sabe, por esa casa deben haber desfilado tantas mujeres y con la fama que tú tienes de conseguírtelas todas muy cuerdas, sería irreal de mi parte pensar que mis rosales hayan sobrevivido.

-¡Por Dios, Julia, qué irreverente! No has cambiado nada, sigues siendo la misma –dijo Guillermo entre carcajadas-. Claro que tus rosales siguen existiendo, han sobrevivido al aluvión de perras que han marchado por mi casa.

-La pobre grand-mère… -interrumpió Julia, negando con la cabeza.

-Y para tu tranquilidad, siguen hermosos y fragantes –dijo Guillermo-. Además, la verdad es que tampoco ha sido una legión de mujeres.

-Ajá, sí, Guillermo, lo que tú digas.

-Ay, déjame en paz, Julia, no te metas conmigo –dijo Guillermo juguetonamente, empujando apenas el brazo de Julia en un gesto más bien tierno-. No han sido tantas perras; no sé si aún las llamas así. Y además, ¿qué importa cuántas sean?

-¿Sean de hayan sido o sean de son? -preguntó Julia, incapaz de contenerse.

-No sabía que tuvieras tanto interés en saber si fueron o si son.

-¡Qué ego, panita! Sinceramente, no tengo tiempo para ponerme a pensar en tus perras, Guillermo.

-¡Eres una niñita, Julia! -dijo Guillermo en una risa interminable-. Asumo, entonces, que la alusión indirecta de la casa de mi abuela convertida en burdel por evolución natural, hecho derivado del harem que he mantenido desde que te fuiste, no es más que algo que se te acaba de ocurrir.

-Exacto.

-Por Dios –dijo Guillermo alargando la ese-, qué niña tan irreverente. Creo que nunca te había visto celosa, Julia.

-¿Celosa? ¡Quisieras tú! Aún no lo aclaras, que es lo peor. Es más, la lista debe ser tan larga que hasta se te debe haber olvidado el nombre de por lo menos la mitad; te las debes tropezar en el automercado o en el cine y ni te debes acordar de sus caras. Niégamelo –dijo Julia, retando.

Niégamelo. Era casi una súplica. Niégamelo, Guillermo, asumo mi patetismo: niégamelo aunque ambos sepamos que es mentira. Hacemos esto: yo cierro los ojos, tú lo niegas y de pronto se convierte en verdad. Y se nos olvidan todos los malos ratos, las desavenencias, las heridas mal curadas.

-No, lamentablemente no puedo negarlo –dijo Guillermo en un tono de voz grave-. Por Los Aleros ha desfilado un batallón mujeres y en ninguna te he encontrado, Julia.

-Mejor cambiemos de tema –interrumpió Julia, con la mirada clavada en la copa de Chardonnay frente a ella.

-He buscado inútilmente tu beso en otros labios, Julia; no ha sido fácil para mí, ni para todas las mujeres que he ofrendado injustamente a los dioses, en esta guerra de mi vida donde no tengo idea de cómo recuperarte, ni dónde está el maldito caballo de madera donde has permanecido escondiéndote de mí durante todos estos años.

-Ya, Guillermo –dijo Julia, la súplica casi inaudible, las manos sobre el rostro, los hombros encogidos-, vamos a cambiar de tema, por favor.

-No te acabas nunca, Julia. Saliste huyendo de todo, te montaste en ese avión en plena crisis de llanto, con las llaves de nuestra casa apretadas en la mano, tan fuerte que estoy seguro te quedaron marcadas en la palma, y te borraste del mapa, Julia, te tragó la tierra. Y mientras tú andabas reinventándote y rehaciendo tu vida en el norte, yo me encuentro de frente con tus rosales todos los hijos de puta días de mi vida. Te volviste como ese slogan del noticiero de la radio: "todo el tiempo y en todas partes". Ninguna de esas mujeres se ha merecido ser medida por la "vara-Julia" pero así ha sido desde que te fuiste y Verónica tiene razón: ninguna es suficientemente Julia para mí y es injusto con ellas y es injusto conmigo también. Mamá perdió las esperanzas conmigo, porque simplemente no tengo intenciones de tener hijos que no salgan de tu vientre, Julia.

-¡Cállate, Guillermo! Basta. No quiero seguir escuchando, ¿por qué salir ahora con todo eso? –dijo Julia tratando inútilmente de contener los sollozos, secándose rápidamente las lágrimas-. Ya está fuerte, no ves que esto parece una escenita de novela mexicana.

-No, Julia, ¿hasta cuándo piensas tú que vamos a estar con estas pendejadas?

-Bueno, Guillermo ¿es que tú no te das cuenta de que este no es el momento ni el lugar para que nos pongamos a discutir todo esto?

-Está bien, perdóname –dijo Guillermo, notablemente afectado-. Tú tienes razón, vamos a dejar la escenita. No llores más, por favor.

-Discúlpame tú a mí también, yo comencé con el jueguito.

El mesero se acercó a devolverle a Guillermo su tarjeta de crédito y desearles una feliz tarde. Salieron del restaurante y entregaron los tickets al valet parking.

-Julia, lo que quise decir fue: perdóname por haberte hecho llorar, mi amor –dijo Guillermo acariciando la mejilla de Julia-, pero tenemos que decirnos las cosas. No puedes pretender que nos sentemos a hablar del clima o de política como si entre tú y yo no hubiera historia de por medio. Perdóname si estoy alborotando los dragones en su cueva.

-Qué irónico que seas tú el que esté diciendo que "tenemos que decirnos las cosas".

-Para que veas –dijo Guillermo bajando la mirada-. Parece que hay ciertas cosas que yo sólo aprendo a punta de golpes.

-Más bien son vampiros…

-Está bien, vampiros –dijo Guillermo sonriendo.

-Y eso habría que verlo –dijo Julia con incredulidad juguetona.

-Déjame demostrártelo, entonces –dijo Guillermo apretándole la mano a Julia, buscando sus ojos con la mirada.

-Ay, Guillermo –dijo Julia suspirando. Hizo una pausa, respiró profundo, libró la siempre inútil batalla de contener el llanto, sus dedos se dieron a la tarea de enjugar un par de lágrimas que no vivieron lo suficiente para rodar por sus mejillas-. No es tan fácil. –consiguió agregar, suspirando, la única manera en que a veces se consigue burlar al consabido nudo en la garganta.

Guillermo acarició con sus pulgares las mejillas de Julia, retiró suavemente algunos cabellos que le enmarcaban el rostro, dejándolos con un cuidado casi frágil detrás de sus orejas.

-¿Cuándo lo ha sido, mi amor? -las palabras de Guillermo eran también una caricia-. Tienes un nudo en la garganta, ¿no es cierto?

-Yo diría que es un grillete –contestó Julia, tratando de sonreír.

Guillermo rió apenas, acercó su rostro al de Julia y chocó suavemente su frente con la de ella, tiernamente, rozó su nariz con la de Julia, la acercó firme pero suavemente contra su cuerpo, abrazándola con fuerza, ciñéndola de la cintura y la espalda.

-Vamos a llorar entonces, mi chiquitica –susurró Guillermo al oído de Julia, apretándola con fuerza contra él-, vamos a llorar toda esta tristeza y esta rabia, hagamos catarsis por cada una de las heridas que llevamos, por las cruces, por cada dragón y cada vampiro que tenemos atravesados aquí adentro, que no se nos quede ni uno solo sin llorar, Julia.

Escucharon el ruido de motores que se aproximaban y pronto sintieron el calor que emanaba de sus autos, ya estacionados junto a ellos.

-¿Dónde te estás quedando?

-En el Gran Meliá.

-Vamos entonces, dejamos tu carro y seguimos en el mío, ¿te parece?

Julia asintió. El empleado le abrió la puerta y la cerró una vez Julia estuvo acomodada frente al volante.

-Gracias, señorita, que pase buenas tardes –dijo el empleado recibiendo la propina.

-A usted; que pase buenas tardes.

Era tan extraño entrar a Los Aleros otra vez, luego de tantos años sin haber estado ahí, luego de haber salido por esa misma puerta pensando que nunca más volvería a estar bajo ese umbral. Más raro aún era recorrer los pasillos con la sensación de ser huésped en su propia casa, y aunque la casa fuera de Guillermo, también había sido suya en un momento y estar allí, ahora en calidad de invitada, sin poder reconocer nada propio alrededor, era una sensación bizarra, incómoda y ciertamente triste.

-¿Por qué volviste? –preguntó Guillermo, apoyando la cabeza sobre los nudillos de la mano derecha, retirando suavemente algunos cabellos que le caían a Julia sobre el rostro, con la mano que le quedaba libre.

-¿Es un reclamo? –preguntó Julia en voz baja.

-No, mi amor, no, te lo pregunto en serio. ¿Por qué regresaste? Han pasado tantos años, tienes tu casa, tus venados y tus trenes, tu preescolar... tu vida hecha allá. ¿Por qué volviste?

-Sí, supongo que tengo todo lo que muchos sueñan tener –dijo Julia, acariciando el crucifijo que Guillermo llevaba al cuello-. Todavía lo tienes –dijo sonriendo, refiriéndose al Cristo que la abuela Marguerite le había heredado a Guillermo. Julia bostezó.

-¿Tienes sueñito, mi chiquitica? –preguntó Guillermo besando la frente de Julia, apoyando luego su frente contra la de ella. Julia rió suavemente.

-Un poquito. Pero no quiero dormir. Quiero seguir hablando contigo, quiero quedarme así, como estoy ahora; así estoy perfectamente.

-My pleasure!

-¡Y mío! –rió Julia, escondiendo la cara en el pecho de Guillermo, sorprendida de sí misma, sabiéndose ruborizada por un comentario casi pueril, a esas alturas de la vida.

-¡Ay, cómo te amo, Julia Isabel! –dijo Guillermo alzando la voz, abrazando a Julia con fuerza-. Sí eres tonta, mi amor, después de que hemos besado, acariciado y explorado uno del otro cada milímetro de superficie que no requiere de un endoscopio para accederle, te vienes a sonrojar con un comentario tan inocentón como ese –dijo Guillermo entre risas.

-Ay, déjame, Méndez, no te estés metiendo conmigo, vale –dijo Julia acariciando el pecho de Guillermo.

-Pero mi amor, observa la escena: estamos desnudos en esta cama, tienes una rodilla en medio de mis muslos, tú hueles a mí y yo huelo a florecitas ricas.

Julia rió a carcajadas. Guillermo la apretó contra su cuerpo y le besó el cuello. Sí, la felicidad tenía que ser eso: estar con Asimed, desnudos en la cama, hacerle el amor, desaparecer en ella, dejarse caer de espaldas desde un precipicio con los ojos apretados y el corazón reventándole el pecho y saber que tras la caída no había muerte o tal vez una muerte dulce, de plumas y de aliento cálido, de ese olor a Julia que es tan suyo y tan irrepetible y tan jodidamente impregnado, estampado y remachado con una parafernalia de rudimentos de seguridad para mantenerlo bien plantado dentro de él, donde sea que la gente diga que se instalan el amor y los olores de las mujeres inolvidables.

-"A florecitas ricas" –citó Julia.- Inventas cada cosa, Guillermo. En todo caso creo que el asunto es un poco menos tierno, me recuerda mucho más ese soliloquio de Horacio: "...medias en un rincón, una cama que olía a sexo y a pelo..."

-"...Una mujer que me pasaba su mano fina y transparente por los muslos, retardando la caricia que me arrancaría por un rato a esa vigilancia en pleno vacío."

-Exacto. ¿Te has estado metiendo un puñal de Rayuela todos estos años? Porque déjame decirte que para no gustarte Julio, lo citas como catedrático en la materia, darling.

-¡Pero qué horror, qué falta de respeto! –dijo Guillermo riendo-. Primero que no sé de dónde sacas que a mí no me gusta Julio, claro que me gusta, es una cuestión de... ¿cómo es que dice ese dicho, el de tener a tus amigos cerca y a tus enemigos más cerca?

-¿Qué dicho es ese, Guillermo? ¿Estás inventando cosas?

-Claro que no, hay un dicho que dice algo así.

-"Del agua mala líbreme Dios que de la mansa me libro yo" es el único que me suena.

-No, no es ese.

-Ah, pues en ese caso, me temo que no, Chapulín, no hay ningún dicho que diga como tú dices.

Una tos leve puso fin lentamente a la risa de Guillermo.

-Será que mis antenitas de vinil me están fallando.

-Claro, si las sigues intentado usar para lo que no están hechas... ¿Quién dijo que las antenitas de vinil eran para inventar dichos? Te recuerdo que fueron diseñadas para detectar la presencia del enemigo y nada más.

-Me gustaría saber cómo fue que pasamos de Cortázar al Chapulín Colorado –dijo Guillermo.

-Dios, qué cantidad de bobadas hablamos, Guillermo –dijo Julia riendo-. ¿Te acuerdas de esa vez que me preguntaste en el carro que si le iba a cortar las patas a aquel novio que tenía yo en ese momento, porque no volaba? ¿Alguna vez te dije que pasé todo ese rato esperando que me besaras y tú te tardaste horas en hacerlo?

-¿Te he dicho que una de las cosas más maravillosas que tienes es esa capacidad de cambiar de un tema a otro que no tiene absolutamente nada que ver con el primero, como si estuvieras dando una cátedra magistral? Tú pasas de Julio Cortázar al Chapulín Colorado, a nosotros y luego a tus ex novios y todo tan armoniosamente.

-Para que veas como las cosas que menos se espera uno están hiladas.

-No, mi corazón, créeme que no tienen nada que ver unas con otras, tal vez en tu preciosa mente lo estén, pero no en las mentes de los mortales comunes y corrientes como yo y como el resto de la humanidad.

-¿Me vas a seguir queriendo cuando nos despertemos mañana y yo me haya convertido en un enorme cucarachón como Gregorio Samsa?

-¿Qué? ¿De qué me estás hablando, mi amor, qué cucaracha, qué, te sientes bien?

Julia se incorporó apoyando el codo sobre el colchón de la cama, miró a Guillermo con los ojos y la boca abiertos en señal de asombro.

-Ya me vas a llamar ignorante otra vez como me dijiste aquella tarde en la tranca de la autopista. –dijo Guillermo acariciando suavemente los pechos de Julia que acababan de quedar al descubierto luego de que la sábana que los cubría se deslizara.

-Guillermo…mi amor –dijo Julia, tomando en sus manos el rostro de Guillermo, sentándose de frente a él-, es que tú eres poeta, es medio grave que no sepas que te estoy hablando de "La Metamorfosis". ¿Sabes, Franz Kafka?

-Sí, sí, el mismo que escribió ese otro libro sobre un tipo que están enjuiciando pero que nunca sabe por qué o algo por el estilo.

-"El Proceso"

-Como sea. No me importa cómo se llamaba el tipo ni lo que escribió, no sé por qué me dijiste lo de la cucaracha ni por qué me preguntas tantas güevonadas, sinceramente, si sabes perfectamente que yo te amo, que te he amado toda la vida y que te puedes mudar al último rincón del mundo como ya lo has hecho, te puedes convertir en ostra o en cualquier otro ser de la naturaleza que te parezca, te pueden crecer ramas en la espalda y cayos en la barriga, no me importa, te voy a amar igualito, Julia, como siempre te he amado.

-Yo tenía un punto con la referencia que hice de Kafka pero ya no importa –susurró Julia cuando el beso hubo acabado.

-Es que no entiendo por qué dudas, me parece absurdo.

-Bueno no tenía nada que ver con dudas, pero ya que lo mencionas, no es para nada absurdo que yo tenga serias y graves dudas de tu amor.

-Ay Julia no vamos a comenzar, te lo agradezco, estábamos tan bien.

-No lo digas como si yo estuviera sacando un conejo de un sombrero de copa, porque el que malinterpretó lo que yo dije de Kafka fuiste tú.

-Bueno, ajá, entonces ¿cuál era tu punto, pues?

-Ya no importa, ni siquiera me acuerdo. Da igual.

-Ay Julia, yo no sé por qué tú eres tan enrollada.

-¿Perdón? ¿Yo soy la enrollada? O sea que tú te pones como un basilisco por un comentario sin importancia y empiezas a sacar un poco de conclusiones incoherentes y entonces sales con unas acusaciones y un poco de reclamos absurdos, que si dudo de lo que tú sientes por mí y yo no sé qué más; ah, pero la enrollada soy yo.

-Ay sí, Julia, es siempre como tú dices. Vamos a dejar esto hasta aquí, ¿te parece?

-¿Qué pasa, solamente tú te puedes molestar? ¿Los demás no tenemos ese mismo derecho?

-Arréchate todo lo que tú quieras, chica, no me interesa.

Guillermo se levantó de la cama colocándose su ropa interior y se dirigió hacia el balcón privado de su habitación. Abrió las puertas y permaneció un rato allí, apoyando las manos sobre la baranda de hierro, mirando las luces de la ciudad mezclarse con las estrellas en la noche cerrada de una típica madrugada caraqueña, recordó el olor de aquella otra madrugada en casa de Eloy y el sonido de los grillos cantando en el patio, mirando a Julia fijamente, diciéndole con ese silencio tantas cosas que ni el mejor de sus poemas podría nunca expresar, recordó el susto de pico de montaña rusa que sintió la primera vez que la amó y los sustos sucesivos de las siguientes veces, y cómo el amor se fue transformando en otras sensaciones más plenas, más reales y más verdaderas, menos parnasos, menos mariposas en el estómago, cómo Julia se volvió de carne y hueso, dejó de ser aquel ser de otro planeta que él veía flotar en lugar de caminar y se volvió mujer de verdad, de las que se enferman si se mojan en la lluvia, de las que aprendieron a cambiar cauchos, auxiliar baterías y prender sincrónicos empujados para no depender de ningún hombre si el carro se les queda, de menstruaciones cada veintiocho días, esclava de una especie de torturas medievales a las que le debe la suavidad de sus piernas y que ahora practica por costumbre o por vanidad porque para él las piernas de Asimed son hermosas, con cera caliente o sin ella. Qué cinismo, qué enorme ironía ser incapaz de amar plenamente a Julia una vez de carne y hueso, qué torre de Babel extraordinaria se erigía en medio de ambos ante el menor intercambio de ideas, habría valido la pena seguirle el ejemplo a Gandhi y callarnos la boca, aunque fuera a modo de experimento científico. Papá decía que amar no es llevar palos y en honor a la verdad tengo que admitir que yo jamás lo vi discutiendo con mamá; novios eternos, iban siempre tomados de la mano, se movían en perfecta sincronía, parecía que lo hubieran ensayado muchas veces, funcionaban con una armonía pasmosa. Lo que no nos dijo nunca papá, ni a mí ni a mis hermanas, es lo jodidamente difícil que es encontrar una pareja con quien te lleves como si formaras parte de una coreografía de Mery Cortés. Hubo un tiempo en el que me engañaba a mí mismo, como hacen a diario tantos otros pobres diablos, pensando que eso que tenían mis padres ni siquiera era lo que yo estaba buscando y que en cualquier caso le faltaba pasión, zozobra, emoción y no sé qué otras pendejadas más. Pero es mentira, es el embuste más animal que me he atrevido no sólo a pensar sino a enarbolar como banderita pusilánime de esta frustración, esta maldita soledad y la sensación de ser un enorme incomprendido.

Julia se acercó a Guillermo y puso en su mano una taza de café recién hecho, después, le colocó una cobija gruesa sobre los hombros para resguardarlo un poco del viento helado que invadía ya la casa entera:

-Toma –dijo Julia-, con café se piensa mejor, sobre todo si uno es de los que no puede callarse la mente, como vos.

-Gracias.

-De nada.

-Espérate, no te vayas.

-Voy a buscar café para mí.

-No, no te vayas; compartimos este.

Julia se quedó parada un momento mirando a Guillermo, sin responder.

-Por favor… -dijo Guillermo.

El poeta extendió su brazo hacia Julia, invitándola a cubrirse con la cobija que recién le había colocado encima. Le entregó la taza; aún en silencio, Julia bebió con sorbos pequeños para no quemarse, mientras Guillermo le daba un beso suave, apoyando apenas los labios sobre su frente fría.

Julia se vistió sin prisa y en silencio, mientras Guillermo permanecía aún parado frente al balcón de la habitación. "¿Por qué no te quedas esta noche?" había preguntado Guillermo. Julia esperó un momento antes de contestar, sin dejar de vestirse: "No creo que sea una buena idea". Conociendo a Julia como la conocía, sabía que esa batalla ya estaba perdida, era preferible concentrarse ahora en convencerla de que lo dejara llevarla hasta su hotel en lugar de tomar un taxi.

-¿Dónde se jode todo, mi amor? –preguntó el poeta de camino hacia el hotel.

-No tengo ni la menor idea, Guillermo –dijo Julia con voz cansada-, si lo supiera, esta historia tendría otro final, uno muy distinto y bastante más agradable que este.

-Te juro que no entiendo, yo por fin creo que te supero, creo que te pude sacar de mi vida, que manejo tu recuerdo con un barranco de nostalgia que me da de vez en cuando y eso es todo, hasta que un día me tropiezo contigo en una de esas locas coincidencias que siempre han regido nuestros encuentros y el mundo se me viene encima, Julia. Y no tengo cara para pedirte que regreses. Yo también me hubiera ido, yo también me habría montado en ese avión si me hubiera tocado vivir con alguien como yo en aquella época. Qué te puedo decir: soy un bastardo, animal y cobarde que no merece ser amado por ti, que merecía haber sido olvidado hace mucho, reemplazado por otro que te baje el cielo y las estrellas, que te ponga la maldita vía láctea completica a tus pies, mi amor. Porque yo, Julia, no tengo nada que ofrecerte que tú ya no conozcas y ya hayas inteligentísimamente comprendido que yo, aunque te amo como un desgraciado, no sé hacerte feliz.

X

Se me está olvidando tu cara, la forma de tus ojos, la punta de tu nariz, la curva de tus labios. Te me estás esfumando del recuerdo como una caja de música que va perdiendo la cuerda. Despacio, temo que tu pelo oscuro rozándome la mejilla sea la última nota de mi caja, bailarina que se dobla en el silencio, tutú que deja de girar; la perezosa bajada del caballito en el carrusel, incapaz de recuperar el brío y remontar cuesta arriba, encadenados inexorablemente a su cuerda y su melodía.

Tu olor se me perdió hace tiempo. De todos modos no he renunciado a mi tarea de sabueso de ir olfateándolo todo dondequiera que voy, con el claro fin en mi mente de recuperar tu olor a toda costa. He recorrido sin éxito todos los almacenes, he merodeado alrededor de todas las casas cosméticas, todo en vano. Mi próximo blanco es el aeropuerto: alguien tiene que venderte en frasquito de tres punto cuatro onzas.

Mi vida se ha llenado de rituales: despierto con pereza y desánimo, deseando volver al sueño redentor, único medio eficaz en estos últimos años para volver a tu lado. En mi sueño encuentro tu cara y tu risa y descubro con sorpresa que permanecen intactas, aún a pesar de los embates de esta ausencia en la que te has instalado. En mi sueño, la realidad se halla suspendida por una madeja de finos hilos de colores, reposa sobre una alfombra de conchas de mar, esas viejas y desoladas guaridas de caracoles y otros seres babosos donde se le da esquinazo a la vida por apenas un instante, donde finalmente se nos concede una tregua, donde tenemos permiso para ser, donde no hay amantes ni hay profesión, donde no hay novias desequilibradas, ni visas, ni fronteras, ni acuerdos internacionales, ni tanta paja comunista, ni tanta arma de destrucción masiva. Si alguien me dice que soñar contigo es nuestra plaza última, sin perros famélicos, sin paraguas desbaratados, sin auroras robadas a mi barrio, suplico a quien tenga la potestad de dejarme allí para siempre, que por piedad o por lo que quiera, no me obligue a despertar.

La siempre odiosa alarma del reloj me aparta bruscamente de tu lado, mientras lucho por recuperar los retazos de sueño que viví contigo, armarlos como un rompecabezas, regresar al banco de hierro forjado en medio de un jardín que provocaría la envidia del mismísimo Oz; sentados, con mis piernas sobre las tuyas, con tu brazo alrededor de mi hombro, contándonos tantas cosas sin pronunciar palabra, en un cálido atardecer perpetuo.

Es inútil, la infame alarma me ha echado a patadas, se me ha vedado la entrada hasta dentro de por lo menos dieciocho horas. Evocarte desde esta colección de fragmentos de sueños —materia en la cual me he vuelto experta-, me servirá para batallar durante el resto del día, del mismo modo que, a largo plazo, me ha valido de escudo que habrá de seguir resguardándome de la risita burlona de mi teléfono, que sabe antes que yo que no eres tú quien llama y que se mofa de la pausa helada que me suspende la diástole a cada ring.

Un café negro o con leche me devuelven el sabor de tus besos, en aquellas madrugadas en el valle de Caracas, desvelados, escuchando a Lester Young y a Édith Piaf, escribiendo poesía, haciéndola entre besos y caricias, de vez en cuando un cigarrillo o un emparedado.

El resto del día procuro pasarlo en modo automático, aunque cada croissant, cada tranca en la autopista, cada cementerio —y los hay en cantidades abrumadoras, lo que me pone a pensar si no será preferible entonces mudarse donde los santuarios de nuestro beso no estén esparcidos por cada rincón de la ciudad, donde sigamos escondiendo a nuestros muertos o los mudemos a un pueblo fronterizo, un tanto más al sur del Heartland-; cada hoja ocre que cruje bajo mis pies, esa alfombra naranja y marrón en una tarde helada de finales de octubre, que bien podría ser la tarde misma de tu cumpleaños; cada copo de nieve que cae levemente transformando los colores de esta ciudad, cubriéndola de un manto blanco que poco a poco invade los techos y los árboles, las calles y los autos, las plazas y los parques de niños que juegan a hundir sus cuerpos en tan suave y gélida materia; cada delicado copo de nieve que cae en mi guante, que lentamente va tapiando los dinteles de las puertas, los marcos de mis ventanas, tan armoniosamente como si siguieran los acordes de la Chacona de Purcell, tan intenso como un adagio para cuerdas de Albinoni, todo me conduce de vuelta a tu recuerdo.

Por las noches procuro mantenerme en constante actividad, le pongo trampas banales a mi mente, que se deshacen como muñequito de miga de pan en la boca de un chiquillo. No hay receta de cocina ni programa de televisión, no hay ciberespacio, no hay eternas conversaciones telefónicas locales o de larga distancia que sean capaces de solapar por un instante de gracia esta falta y este dolor de no tenerte, de asumirte con otra, de saberme archivada, engavetada en los anales de tu memoria.

Ya ni siquiera Cortázar es suficientemente grande.

XI

Al principio no me daba cuenta, pero con el tiempo ella comenzó a bajar la guardia y yo a afinar mis sentidos. Hacer el amor cuando Julia está en otro mundo no es precisamente agradable, pero cuando me doy cuenta de que está pensando en él me entran unas ganas de sacudirla y obligarla a pensar en mí; no es cuestión de que esté fantaseando que se estaba acostando con el tipito ese, porque de ser así, ella al menos lo disfrutara. No, es mucho peor, es saber que está conmigo por piedad, haciéndome el favor. Lo que más rabia me da es no ser capaz de enfrentarla. Mentira, mentira: todo me da rabia. Me duele más que si de plano se acostara con él y punto, me duele porque no me es infiel con el cuerpo, sino con el corazón, ¿no es eso acaso peor que revolcarse con mil hombres? Es cierto que no tengo manera de probar que Julia se ve secretamente con el imbécil de Guillermo, con su querido poeta, o con sus otros amiguitos, para los que siempre hay tiempo pero igual yo sé que es así, yo lo sé, no importa cuántas veces ella lo niegue porque, sencillamente, ella nunca lo va a admitir. No sé en qué consisten sus conversaciones, aunque a veces habla delante de mí, pero yo me doy cuenta, me doy cuenta de que hay algo que ella no me está diciendo, algo que está escondiendo de mí y se le nota en el tono de voz con que les habla, las expresiones faciales que ella cree que disimula muy bien, pero a mí no me engaña. Yo quisiera perdonarla, pero ella ni siquiera siente un poquito de remordimientos por amar a otros hombres en silencio y no está dispuesta a alejarse de ellos, ni siquiera es capaz de admitir que tiene algo con ellos, platónico o real. De cualquier manera en esta vida todo se sabe, tarde o temprano, y lo siento mucho por Julia y sus amantes, pero yo no soy ningún cabrón y no voy a permitir que nadie se burle de mí. Julia es mía y el que tenga algún problema con eso, va a tener que vérselas conmigo, y les advierto que no va a ser una pelea agradable; nadie sabe de lo que soy capaz por defender lo que me pertenece. No hay nada más fácil que instalar un programa que me permita averiguar la clave de la computadora de Julia y leer sus correos electrónicos y sus conversaciones por el chat. Yo preferiría no tener que hacer estas cosas, pero es culpa de Julia, ella me obliga a esto con su comportamiento. Nada que un par de llamadas telefónicas a esos gusanos, perdedores, no resuelva y una vez fuera de nuestras vidas, Julia y yo podremos ser felices de una vez por todas. Cuando esos cobardes salgan huyendo de su vida, cosa que no debe ser muy difícil de lograr, seré yo el que esté a su lado para consolarla, para demostrarle que conmigo cuenta siempre, incluso cuando todos los que ella cree que son sus amigos y que la quieren tanto deciden abandonarla. Ahí estaré yo para hacerle compañía, para levantarle el ánimo, para demostrarle que yo soy el único que la ama de verdad, el único al que le importa de verdad y el único que va a estar con ella siempre, cuidándola, queriéndola, siempre. Estoy en mi derecho de defender mi relación con Julia de todo aquel que tenga el descaro de interferir, los tipitos esos no me importan, ese es su problema, además, cada quien tiene lo que se merece y dudo mucho que les queden ganas de volver a acercarse a Julia nunca más en sus miserables vidas.

No fue fácil para Julia enfrentarse con la realidad. El tiempo en que estuvo en esta relación, pensó que había encontrado al hombre ideal. Todo el que lo conocía pensaba lo mismo, era imposible conseguir una persona que tuviera algo negativo que decir sobre él; no era fácil encontrar prueba tras prueba de cómo había sido constantemente espiada, manipulada, cuántas amenazas habían alejado inexplicablemente a buenos y queridos amigos de su vida, era casi imposible creer que algo así en verdad hubiera sucedido. Fue por casualidad que Julia descubrió todo esto, primero, cuando quiso entrar a revisar su correo electrónico y en lugar del suyo, la computadora la llevó directamente al de él, un descuido tonto que acababa de mostrarle a Julia una verdad que ella jamás sospechó, luego, estados de cuenta del celular mostrando pruebas de llamadas telefónicas a los días exactos a las horas precisas. Las evidencias eran abrumadoras. Si bien era cierto que en los últimos meses las discusiones se habían vuelto cada vez más violentas, comportamientos que ella encontraba incongruentes con la que ella creía era la personalidad del hombre con quien compartía su vida, como golpes en las puertas, gritos, reclamos injustificados, encontrarse con pruebas irrefutables de un comportamiento como este era devastador. Por primera vez Julia sintió miedo, mucho miedo; rabia también, indignación, vergüenza, pero sobre todo miedo. Vivía con un hombre capaz de manipularla a su antojo, que mantenía una imagen de hombre perfecto frente a los demás y lo hacía de manera impecable. Julia tuvo miedo de tomar acciones, no solamente por lo improbable de que alguna persona le creyera, sino por las implicaciones que suponía los extremos a los que era capaz de llegar este sujeto y por lo tanto el no saber hasta qué punto podía considerarse a salvo. Lo más absurdo de todo era que en medio de toda esta vorágine de sentimientos, Julia se sentía culpable, sentía que era responsable en mayor o en menor medida por todo lo que estaba sucediendo y que dejarlo sería infligir la estocada final a una persona a quien ya le había causado tanto daño como para llevarla a actuar de manera tan destructiva.

XII

Con Iker todo había sido como un perezoso abrir de ojos, un lento despertar a una nueva conciencia del ser, no una transformación, puesto que esta Julia no era nueva en lo absoluto, sino más bien una especie de ventana que se abría, un asomarse al balcón de mi mundo interno y verme a mí misma como en una película proyectándose en la pared del edificio vecino. De pronto me encontraba caminando un sendero que siempre creí incapaz de recorrer, de pronto un paso seguido de otro paso más ligero y rotundo a la vez, de repente era tan fácil estar allá, afuera y cuanto más me alejaba del balcón y la buhardilla, tanto más tangible se hacía esta realidad, esta libertad readquirida.

Durante un tiempo, al principio de cada encuentro, la interacción tenía un aire como de corte victoriana, donde las cortesías exageradas escondían (pésimamente) intenciones mucho menos moralistas y tanto más mundanas, pero como ni Iker ni yo hemos sido capaces de caernos a condescendencias burocráticas, al menos no por mucho tiempo, pronto hicimos a un lado los formalismos sociales para dar paso a una especie de danza cómplice, donde su mundo me mostraba en el espejo el reflejo de una Julia que yo apenas reconocía, mundo-Iker donde había Jim Morrison y había John Lennon y había rock en español de distintas latitudes, donde el alcohol hacía lo que le daba la gana y entre tanto caos había siempre una frase perfecta, un beso que no llegaba pero que estaba ahí, acechando, agazapado en lo oscuro, siempre tan cerca y tan a punto, una caricia suspendida esperando su turno, disfrazada a ratos de roce fraternal, traicionada otras veces por unas manos aparentemente torpes que se movían como si tuvieran voluntad propia.

Éramos tan distintos y sin embargo algo más profundo que toda esa amargura que yo había coleccionado durante años y que llevaba conmigo de puerta en puerta, como hacían aquellos vendedores ambulantes de Electrolux de mi infancia, algo más intenso que mi penosa necesidad de seguir aferrada al bolero rancio de mi autocompasión, a este existencialismo inútil, nos acercaba y nos atraía y sentíamos que en esa presencia del otro estaban todas las respuestas.

Nunca entendí qué razones pudo haber tenido Iker para establecer algún tipo de relación con una persona como yo, probablemente lo movía un secreto deseo de autodestrucción o algún motivo de carácter altruista, no lo sé. Él, que tantos tangos llevaba a cuestas, era un optimista a toda costa mientras que yo, que si bien no estaba exenta de tangos tampoco podían compararse nunca a los de Iker, mucho más agudos y punzantes, había decidido vivirlos pena a pena, enarbolarlos como una bandera izada, tatuármelos en los párpados que tan pocas veces alcanzaba a cerrar.

Nos habíamos conocido en una recepción a la que ambos habíamos asistido únicamente por el compromiso social y por ninguna otra cosa, cuando reconocí el famoso "cantadito" de mi país en ese inglés suyo que, al igual que el mío, mezclaba vocablos del slang americano con la jerga británica. Los temas de conversación se sucedían como en un cine continuado y yo había dejado de maquinar mi plan estratégico de huida, mientras reía como hacía tanto tiempo había olvidado que esto fuese posible, entonces, tumbé sin querer un vaso que estaba mal puesto en la mesa a mi derecha y derramé enteramente el líquido que contenía sobre el mantel y el piso. Iker, como todo un caballero, de esos que yo creía extintos hacía mucho, se apresuró a levantar el desastre que mi torpeza protagonizaba, se ocupó de todo sin dejarme mover un dedo y yo me encontré de pie ante este ex desconocido. No retrocedí cuando él se incorporó y quedamos frente a frente, tan cerca que podía sentir cómo su respiración y su aliento cálido donde aún se percibía dulcemente el contenido de su última copa, me rozaba las mejillas.

Por cosas así me había enamorado de Iker, esas discordancias en su personalidad, el rockero peludo disfrazado de gente para esta boda, con todo y clavel rosado en la solapa del frac; tan obstinado en hacer únicamente aquello que quisiera hacer, posición que en su mayor parte lo volvía un egocéntrico aunque él no lo viera o no lo quisiera admitir, y sin embargo no sólo estaba aquí, sino que había sido de los primeros en llegar. Así era Iker, la personificación de la contradicción, con una gruesa lista de pecados a cuestas, no había dejado de asistir a misa ni un solo domingo de su vida; tan él casi a cualquier precio, tan él y su mundo y su vida y todos los adjetivos posesivos posibles, y tan generoso y tan entregado a los demás al mismo tiempo.

Sentados en el piso del salón de casa, Iker apoyaba su espalda contra el sofá y sostenía el cigarrillo con la mano izquierda mientras que con la mano derecha me acariciaba las piernas, que descansaban sobre las suyas. Fumaba con la mirada perdida, el silencio al fin nos había ganado y yo lo veía exhalar el humo y quedarse contemplándolo como si tratara de descifrar algún código secreto escondido dentro de esa densa nube gris oscuro que por un instante permanecía suspendida frente a sus ojos, sintiendo cómo recorría mis muslos con su mano en una lenta y tibia caricia, mientras Oscar Peterson en su piano nos regalaba "Laura" como sólo él era capaz de interpretar; la sombra de la barba le daba un aire tan masculino a su sonrisa de niño travieso, irresistible desde el primer momento y ante la cual toda batalla estaba perdida.

El resultado lógico -o por lo menos predecible- de una escena como esa, sobre todo con semejante grado de alcohol en la sangre, habría sido otra bastante más subida de tono, la de una cama deshecha, de ropas regadas por el suelo de la habitación, de dedos inquietos que recorren suavemente la orografía de una piel nueva, una madeja de piernas que se entrelazan, se cruzan, se superponen, honda tregua compartida de un placer egoísta. En cambio la mañana nos había sorprendido aún en traje de gala, aunque ya sin zapatos, sin fajín, sin corbata y sin maquillaje, hablando de cualquier cosa; temas como la manera más digna de cocinar una papa derivaban en el debate de cadena perpetua versus pena capital e Iker admiraba con notable asombro mi capacidad de recitar todas las preposiciones del idioma castellano en perfecto orden alfabético. A esas alturas yo había aceptado mi derrota, decidida a no volver a emprender luchas inútiles, mucho menos contra mí misma y me di permiso de deshacerme ante la risa y las palabras bonitas de Iker, cerré los ojos, extendí mis brazos al infinito, sentí cómo la brisa suave jugaba con mi pelo suelto y me dejé caer de espaldas en ese maravilloso y siempre excitante salto al vacío que hay en toda nueva relación, en esta nueva doble aventura de reconciliarme con la verdadera Julia, que llevaba tanto tiempo exilada de sí misma, y la determinación de creerle todo a este coterráneo responsable de tanto revuelo emocional.

Iker había sugerido un día contarnos todo sobre nuestros amores pasados, idea que yo encontré por demás nefasta y a la cual me negué empecinadamente, y tanto más me negaba cuanto más presionaba Iker; llegué a preguntarle si había recibido entrenamiento profesional como PTJ, comentario que le causó muchísima gracia, aunque yo lo pregunté completamente convencida de que la única respuesta posible sería un rotundo sí. "Está bien", había accedido finalmente, "pero te voy a agradecer que me ahorres los detalles de cómo te las cogías divinamente; limítate a lo estrictamente necesario". La risa no le permitió a Iker hablar por un par de minutos, y sólo alcanzó a hacerlo luego de enjugarse un par de lagrimones y de poner en práctica algunos ejercicios de respiración improvisados. Estaba acostumbrado a que yo soltara frases de camioneros de vez en cuando, sin embargo esta última pasaría a la posteridad, porque a Iker le había encantado aquello de "cogérselas divinamente", por alguna razón que yo no entendía y que en verdad no me importaba entender, de manera que toda referencia sexual a partir de ese momento vendría encriptada en la palabra "divinamente" y todo esto siempre dentro de ese péndulo que era nuestra relación, un ir y venir constante de frases que siempre implicaban más de lo que develaban, de gestos cariñosos cada vez menos sutiles, que cada vez tenían más de amor y menos de cariño y que a cada momento se hacían más difíciles de disimular, siempre tan cerca, siempre tan a punto, cábalas inútiles de un destino seguro que no acababa de concretarse.

Cuando llegó mi turno me di cuenta de que, contrario a lo que yo pensaba hasta ese entonces, se me hacía mucho más difícil hablar de mis ex que escuchar la lista sin fin de Iker. El momento de hablar de Guillermo inevitablemente llegó y yo descubrí con agrado que finalmente era capaz de hablar de él sin que la evocación de su recuerdo me desajustara la vida. Fui justa, admití haberlo amado y no disimulé lo importante que había sido alguna vez en mi vida, sentí que se lo debía aunque en verdad no le debiera absolutamente nada al poeta, aunque mis cuentas con Guillermo estuvieran saldadas hacía mucho, sin embargo esa confesión tenía algo redención, escucharme a mí misma decir todo aquello de Guillermo sin que me afectara me produjo un sentimiento de libertad sereno pero definitivo. Esa sería la única vez que vería a Iker celoso, no estaba muy segura de si lo que decía era en serio o si sólo jugaba conmigo, por un rato pensé que fingía sentirse de alguna manera amenazado por este fantasma; pensé que los celos eran un sentimiento que cruzaba la delgada línea entre la familiaridad con que la mano de Iker resbalaba por mi espalda hasta la cintura, con cualquier excusa o con ninguna, y la aceptación vox populi de que todo eso obedecía a un sentimiento más profundo, con la asunción de las implicaciones que una verdad como esa traía siempre consigo. Pero me equivocaba, los celos no eran nada parecido para Iker, porque una vez hubo reconocido que estaba teniendo el más burdo de los ataques de celos posibles, recobró la compostura muy a su estilo, es decir, con la ayuda de un par de comentarios chistosos y no solamente nunca se decidió a admitir que tenía tantas ganas como yo de robarle un beso y de subirle la intensidad a esta relación de una vez por todas, sino que se instaló en un bunker del otro lado de la línea que, cabe resaltar, ya no me parecía tan delgada.

Parecía idiota que dos adultos de nuestra edad estuvieran con estos juegos de adolescentes, de alguna manera ambos estábamos esperando algo del otro, una confirmación, una iniciativa, algún tipo de señal divina quizás, alguna prueba concreta. Avanzábamos con cautela, si a eso se le podía llamar avanzar, Iker, obstinadamente aferrado a la idea de que era de idiotas morir de amor, porque por principio eso suponía poner al otro en primer lugar y eso jamás, en primer lugar en su vida estaba él, eso ni siquiera se discutía y sin embargo tampoco se decidía a tener un affaire de bajo perfil conmigo, a pesar de que era claro que las condiciones estaban dadas, mientras que yo me rompía la cabeza tratando de descifrar las señales contradictorias con las que Iker me bombardeaba a diario, y cuántas veces, en la sala de mi casa o en la grama del jardín, con mi cabeza apoyada sobre las piernas de Iker mientras él me acariciaba lentamente el pelo, le había escuchado decirme las frases más tiernas, esas cosas cursis que se oyen tan bien cuando se dicen bajito y al oído, para entonces levantarse de repente con algún pretexto poco elaborado, vagar sin rumbo fijo por la sala, tal vez otro trago y adiós. Las noches de los viernes (y a veces también las de los sábados), eran especialmente interesantes porque con el fin de semana en puertas Iker se permitía tomar más de la cuenta y, como todo buen borracho, las confesiones no se hacían esperar. Le había escuchado declaraciones de amor de esas que mueven pisos y suben faldas, y aunque yo me había propuesto desde el principio aceptar lo que viniese de Iker, sin reproches y sin escándalos, de esa misma manera había decidido no irme a la cama con él a menos que estuviera completamente sobrio. Lo mismo aplicaba para los besos y más aún, para la lluvia de te amos con que me cubría cuando el alcohol se le subía a la cabeza. No quería despertarme junto a un hombre que no pudiera recordar una sola frase ni un solo gesto de la noche anterior, y que ni siquiera supiera cómo había ido a parar entre mis sábanas. Y así pasaba que yo lo dejaba hablar y decirme que me amaba tiernamente o divinamente, o las dos cosas a la vez y él seguía amaneciendo en el sofá de mi casa o en el cuarto de invitados; jamás se le ocurrió tomar las llaves de su auto y regresar a su casa, de alguna manera siempre conservaba algo de sentido común para no manejar en semejante estado de ebriedad y cuando no lo tenía muy claro, me pedía mi opinión y la seguía a pie juntillas y a mí eso me derretía, me sentía halagada de que Iker confiara tanto en mí que siguiera mis recomendaciones sin siquiera detenerse a evaluar por sí mismo lo que fuera que yo le estuviera diciendo, él simplemente me escuchaba, confiaba y hacía, y estas cosas no se limitaban exclusivamente a los momentos en los que el alcohol le nublaba la capacidad de discernimiento, Iker tomaba muy en serio todo lo que yo le sugería, aunque nunca me lo dejaba saber. Jamás entendí bien por qué esta actitud, creo simplemente que Iker se cuidaba demasiado y sobre todo me cuidaba demasiado a mí, le aterraba la idea de que yo me hiciera falsas ilusiones sobre él y sobre nosotros, temía que alguna frase dicha a la ligera pudiera ser interpretada por mí como algún tipo de promesa, que yo me creara falsas expectativas con respecto a esta relación. Yo podía entender todo aquello y no sólo me parecía sensato de su parte sino que incluso se lo agradecía, sin embargo resultaba increíblemente frustrante para mí porque quedaba enfáticamente claro que Iker estaba enamorado de mí, pero no se atrevía a dar ese paso que le faltaba para admitirlo, asumirlo y vivirlo conmigo. El miedo es un monstruo silencioso que amordaza y ata de pies y manos a sus víctimas. Sólo en momentos en los que intuía que mi capacidad de aguante estaba rozando su límite se atrevía a confesarme algunas de esas anécdotas que custodiaba con tanto recelo, fue así como pude enterarme de que se había comprado una camisa rosada clara que usaba bastante a menudo para ir al trabajo y que, como yo había predicho, lo hacía ver insoportablemente sexy. Había comprado un pesticida especial que mataba específicamente una larva blanca, redonda y asquerosa que se transformaba en un escarabajo negro igualmente asqueroso en primavera, cuando le mencioné que sospechaba que el culpable de que su grama estuviese en un estado tan deplorable debía ser la dichosa larva repugnante. Hay mil ejemplos. No trataba de manipularme diciéndome todas esas cosas en momentos en que él presentía que yo estaba a punto de rendirme, cuando sabía que se le había pasado la mano en sus "desilusiones terapéuticas", como yo las había bautizado; no me manipulaba aunque él sabía perfectamente que, de haber querido, lo habría podido hacer sin ningún inconveniente, y es que Iker jamás abusó del poder que su miedo le confería y que nos condenaba a esta dinámica, para bien o para mal; él sólo recurría a estas confesiones cuando se sentía amenazado por la inminencia de mi salida definitiva de su vida.

Me preocupaba que tomara tanto, aunque en verdad no era tanto y no era tan seguido pero yo igual me preocupaba e igual me parecía que sí era bastante. El futuro de su hígado y la posibilidad de volverse miembro vitalicio de Alcohólicos Anónimos no eran lo único que me quitaba el sueño, sino más bien qué motivos podía tener Iker para echar mano de una salida tan fácil, aunque él dijera que no había motivos ulteriores, que sólo había el placer de estar prendido, pero mientras lo decía había algo en el tono de su voz, en la manera en que las explicaciones se parecía cada vez más a las excusas de quien comienza a sentirse criticado, aunque no fuera crítica y él lo supiera, o tal vez no era así, tal vez sí era como Iker decía, tan imposiblemente simple que yo no podía aceptarlo y en cambio me empeñaba en elucubraciones más dramáticas. No se lo decía pero estaba tácito que lo pensaba e Iker me abrazaba, me daba un enorme beso en la mejilla y me pregunta por qué era tan bella, me preguntaba por qué lo quería tanto y me daba las gracias por preocuparme así por él.

No tardé mucho en llegar a la conclusión de que se necesitaban cantidades obscenas de alcohol para que Iker me dijera lo que yo tanto habría querido oírle decir sobrio. Hasta el momento tenía dos hipótesis, por las que me paseaba libremente sin poder inclinarme por alguna en particular. Por un lado, se me ocurría que el alcohol lo ayudaba a desinhibirse y por lo tanto era capaz de decirme lo que, de otro modo, jamás habría tenido el valor de siquiera balbucear; a raíz de esta hipótesis nacía la siguiente: que todo eso no era más que una excusa patética de mi imaginación, una triste, absurda necesidad de vivir un cuento de hadas que acabara en final feliz, y que ese sinfín de palabras bonitas eran, sencillamente, un efecto secundario del alcohol sin ningún trasfondo de verdad de donde asirse. En los días en que amanecía más dramática se me ocurría que nada de eso era para mí, sino para alguna otra que por alguna razón no estaba en su vida. Huía a toda velocidad de pensamientos como ese porque hasta yo tenía un límite para lo cursi, sin embargo, la posibilidad existía.

¿En qué momento Iker se me había vuelto imprescindible? Tal vez el día en que le comenté que había soñado que se aparecía en la puerta de mi casa cargado de flores y, media hora más tarde, comenzaron a llover ramos de todos los tamaños y colores en mi oficina y en el último, de rosas blancas, mis preferidas, venía una nota que decía: "Sólo quise hacer tu sueño realidad." O el día que recogimos a Dalí de la calle, empapado, muerto de frío y de hambre y lo llevamos a mi casa, Iker lo traía en brazos como a un bebé de pecho y en medio de semejante aguacero volvió a salir a buscarle algo de comer. Regresó con más cosas de las que yo hubiera imaginado que un gato necesitara para vivir y además vino acompañado de un veterinario. Por todo eso y mucho más, por hacerme sentir hermosa los días que me sentía fea, por subirme el ánimo cuando me sentí derrotada, por recordarme mis cualidades cuando me sentí inútil. Por hacerme reír, siempre. Indispensable. Insustituible. Adicta a su pelo negro con el que jugaba incesante cuando estaba nervioso o cansado, a la mueca tierna que hacía con la boca cuando le regalaba algún piropo. Como una nena a la que se le ha escapado el globo de las manos y lo ve alejarse hacia su destino celeste, con los ojos nublados de lágrimas, así eran las discusiones con Iker, quien infaliblemente y una vez calmado volvía adonde yo estaba para abrazarme y decirme que, aun cuando lo sacaba de sus casillas como nadie en este mundo, no podía vivir sin mí. No era que nunca antes me hubieran movido el piso, sino que el sismo-Iker se salía de todas las escalas.

XIII

A comienzos del verano, mi amigo Felipe Narváez, quien había sido mi profesor de literatura y de latín en el colegio hacía ya tantos años, y que una vez graduada tuve el placer y el honor de contar como amigo cercano, me había llamado para avisarme que estaría de paso por la ciudad un par de días, aprovechando la escala en un viaje que lo llevaba a un curso en la principal universidad del estado, a unas casi tres horas de casa para mí. La oportunidad era sin duda irrepetible. Felipe había sido una gran influencia para mí, no sólo durante el bachillerato, sino en aquellos tiempos en que la literatura era mi mundo y se me ocurrió incursionar en la escritura, los tiempos en que conocí a Guillermo en el taller de poesía. Felipe siempre había creído en mí, decía que yo tenía un talento que él había visto en pocos y que por caprichos de la vida yo me empeñaba en no verlo. El vuelo que lo traía de Bogotá, su ciudad natal y de la cual estuvo fuera apenas los pocos años que dio clases en mi colegio en Caracas, aterrizaría la noche previa al festival de barbacoa que se celebra cada año en esa época, a unas pocas cuadras de mi casa.

Me llevó unos minutos reconocerlo, el tiempo se había encargado de darle un matiz plateado a aquella cabellera que alguna vez fuera café oscuro. Me sorprendió la barba, corta e igualmente blanca y que antes no llevaba. Lo recibí con un merecido y cálido abrazo, el que le debía a aquel mentor y amigo por esta ausencia de décadas.

"Los aeropuertos son un sitio mágico, ¿no le parece?", le comentaba a Felipe de camino al estacionamiento. "Están llenos de gente que se ama. Me gusta venir acá de vez en cuando, es un secreto que le estoy confesando así que guárdemelo, por favor, mire que suficientes excusas tiene ya la humanidad para catalogarme de loca, como para que venga yo a darle más motivos. Aquí se juntan las penas y las alegrías, corren libres por los pasillos, aglomerándose en las puertas de embarque y de llegada, y ambas proceden de una misma fuente: el amor. Déjeme decirle que es una gran terapia esto de ver a la gente recibiendo seres queridos y despidiéndolos cuando uno ya ha perdido la fe en el ser humano. Es bueno venir a pasearse por acá cuando la tristeza y la decepción no dejan salir el sol, porque es mentira eso de que el sol siempre sale, ya no sé ni cómo va ese dicho pero es completamente falso, sé que, siendo poeta, sabe que es cierto lo que digo y me dará la razón. Pero usted como que se ha vuelto muy buen oyente con los años, Felipe, o será que yo me he vuelto terrible en esto de las conversaciones y me acabo de soltar un monólogo aburridísimo y usted, tan caballero y tan cortés como siempre, no ha querido interrumpirme." Habíamos llegado al auto y Felipe guardaba su equipaje en la maleta del carro, yo conduciría, como era de esperarse. Felipe se apresuró a abrirme la puerta y cerrarla tras de mí una vez ubicada en mi puesto detrás del volante.

"Su monólogo no es para nada aburrido, Julia, si lo fuera, créame que ya la habría interrumpido para cambiar de tema. ¿Sí se da cuenta de que yo tengo razón y siempre la he tenido y que usted debería dedicarse a la escritura? Agarre todo eso que me estaba diciendo y siéntese frente al teclado de su computadora y lo transcribe entero. Yo no entiendo cuál es su miedo si además es una cosa tan sencilla esto de darle a las teclitas una por una", dijo Felipe mientras salíamos del estacionamiento y el paisaje de praderas que se pierden en el horizonte nos daban la bienvenida, en esta tarde eterna de junio donde el sol se niega obstinadamente a cederle el paso a la noche, atravesando el puente que conecta esta ciudad dividida entre dos estados, con la majestuosidad del río Missouri corriendo a todo caudal bajo nuestros pies, irrefutable prueba de la existencia de Dios. "Esto es una belleza, Julia, con razón me decía el otro día que estaba enamorada de esta ciudad, si es que no es para menos", me decía Felipe.

No sabía de nadie que no sintiera excepcional admiración por ese río. "Dios existe y tiene buen gusto", le dije bromeando. A Felipe le causaba gracia lo fácil que se me pegaban los acentos y cómo el intercambio de saludos había sido suficiente para que yo comenzara a hablar como una bogotana de pura cepa, a pesar de mis vanos esfuerzos por mantener mi acento de la capital vecina. Fuimos a cenar y luego lo dejé en su hotel, le había ofrecido hospedarlo en mi casa varias veces, desde que me comunicó sus intenciones de venir a visitarme, pero siempre se excusó, no sin antes agradecérmelo sinceramente. Felipe era así de respetuoso y de caballero, jamás habría aceptado hospedarse en casa de una dama que viviera sola, aunque fuéramos los mejores amigos del mundo desde hacía décadas. Ya no quedan hombres así.

Ya de regreso a casa, sola, en mi auto, pensé en Iker. Habían pasado tres semanas desde la última vez que había estado en mi casa y, salvo por alguna que otra llamada telefónica -cuando atendía y cabe destacar apenas si intercambiábamos dos palabras-, no había tenido más noticias suyas. Tampoco había querido ser muy insistente en las llamadas, ya se sabe que por alguna extraña razón (extraña para mí, al menos), cuando las mujeres llaman mucho a los hombres, a estos se les infla el ego a niveles inconmensurables, así que decidí aplicar la táctica de costumbre y no ponerme fastidiosa con el teléfono. No había que darle tantas vueltas al asunto, después de todo, yo muy bien sabía que Iker era el bohemio por excelencia, así que esta extraña desaparición en verdad no tenía nada de extraordinaria. Y si era así y yo lo tenía todo tan claro, ¿por qué entonces esta sensación de vértigo, este presentimiento de que algo está a punto de explotarme en la cara? Y luego esta lucha inútil por ahuyentar ese monstruo invisible y soez que es la incertidumbre, atrincherado como estaba en mi corazón, o donde sea que aniden los presagios.

Supe que me esperaba una noche larga. Conocía muy bien la manera en que mi mente reaccionaba ante este tipo de sentimientos. Primero, me costaría enormemente quedarme dormida, más que de costumbre, luego, los malos sueños no se harían esperar. Era preferible no dormir del todo y punto.

Mientras me ponía la bata pensé que la última vez que había visto el reloj eran cerca de las cuatro de la madrugada, caminé a tientas por los pasillos hasta llegar a la cocina y di gracias a Dios y a la ciencia por las cafeteras eléctricas programables; recordé que de niña me gustaba jugar a hacer las cosas con los ojos cerrados, por si acaso me llegaba a quedar ciega; quién hubiera pensado que un juego así terminaría siendo práctico en mi edad adulta. Calculé que había dormido unas tres horas y media, tal vez cuatro. Mal comienzo. Felipe y yo habíamos acordado ir a desayunar el clásico American Breakfast en uno de estos restaurantes que no cierran, donde lo mismo da si son las ocho de la mañana que si son las doce de la medianoche. Le había advertido a mi amigo que el café en este país era más bien una especie de agua caliente y oscura, donde lo único que guardaba cierta semejanza con un verdadero café era el aroma. "Guayoyo" se le dice en mi país al café negro suave, el café americano vendría siendo entonces un guayoyo aguado. Y no, no es una redundancia. Le prometí a Felipe que el café lo tomaríamos en mi casa y así fue, pasé por él, desayunamos y de salida pasamos por casa a tomar un café de verdad, que para mi deleite coló Felipe. Luego de un par de horas hablando sobre literatura, saltando de un autor a otro, de una obra a otra, bajo esa línea de pensamiento en espiral que suelen tener este tipo de conversaciones donde todo está ligado entre sí, llegó la hora de partir a nuestro evento principal del día. No hizo falta ir en auto, yo vivía realmente cerca del lugar donde se celebraba la feria y era un día hermoso. Después de todo parecía que el día no se perfilaba tan mal como yo lo había predicho.

El olor a parrilla era difícil de resistir. Felipe y yo decidimos que sólo había una manera posible de recorrer la feria, lo haríamos lúdicamente, en honor a nuestro querido Julio. Primero los kioscos terminados en número impar y cuyos toldos fueran blancos. Después los kioscos terminados en número par de toldo rojo, luego los impares de toldo rojo y finalmente los pares de toldo blanco. Yo tenía un bolígrafo y llevamos nota de los kioscos visitados en una servilleta. Imposible no reírnos de semejante sistema. Calculamos que pasaríamos por delante de un mismo puesto unas cuatro veces como mínimo. Estábamos bastante orgullosos de nuestro sistema y tuvimos la certeza de que si Julio hubiera estado con nosotros en ese momento, también se estaría divirtiendo a mares.

- ¿Felipe, esto no le recuerda a la feria de las vacas en "Madame Bovary"?

- ¡Pobre Flaubert, las faltas de respeto que le toca soportar! –dijo Felipe entre grandes risotadas. La risa de Felipe tenía la particularidad de ser contagiosa, la gente se volvía a mirarnos cada vez que Felipe soltaba una de sus carcajadas y acto seguido comenzaban a reír. De no ser porque yo estaba plenamente consciente de este efecto desde los años en el colegio, habría jurado que la gente hallaba divertido vernos dar vueltas y pasar una y otra vez delante del mismo puesto de barbacoa. Supongo que también algo de eso había. Fue delante de un kiosco impar de techo rojo, todavía masticando y con los dedos llenos de salsa, cuando nos topamos de frente con Iker, acompañado de Miss Más-bonita-y-me-mato, quien apoyaba su cabeza en el hombro de Iker y se le guindaba del brazo, como si estuviera tratando de aflojarlo para desprenderlo y llevárselo a su casa de souvenir. Aunque embarazosa en un comienzo, la mano pegajosa por la salsa resultó la excusa perfecta para no tener que estrechar la mano de Miss Portada-de-revista; seguramente daba la mano como esas mujeres que piensan que no apretar las hace más femeninas y dejan caer la mano en la de uno como si te estuvieran entregando un pez muerto. La verdad, yo no tenía nada personal en contra de ella, excepto por esta gigantesca

137

bola de celos que se movía, amorfa, y me engullía. Daba igual, estaba segura de que mi cara lo decía todo, que una mueca incomprensible se imponía a pesar de mis esfuerzos por sonreír. ¡Qué manera de hacer el ridículo, Dios mío! Estaba muy claro que yo no servía para ese tipo de juegos. Aún no sirvo para ellos, no los entiendo, no sé jugarlos, no me gustan. Creo que es cierto que soy ingenua y que me falta malicia. No sé ser de otro modo y eso en verdad a veces lo lamento. Si las palabras pudieran recogerse… tal vez necesitaría un camión de carga para llevármelas todas. Qué hecatombe, qué holocausto de palabras, qué suicidio masivo al que las envié sin piedad y sin perdón, y sin tener la menor idea de que las guiaba a una muerte segura. Es triste, es muy triste. Tan triste esta masacre de te amos y no sé cuántas cosas lindas que le dije a Iker, como patética la manera en que la vida me daba este sacudón de realidad en esta feria Flaubertiana. Mario se equivocó: hay que salvarse, o por lo menos debió advertirnos a todos los pobres pendejos que un día leímos su "No te salves" y pensamos que esa era la única manera en que valía la pena vivir, la única manera digna en que se puede pasar por este mundo, que vivir no salvándose es jodido y duele, duele y es jodido, porque el resto del mundo sí se salva, todos los días, a toda hora, constantemente; no salvarse es ir a la guerra a pelear con las manos y con el pecho mientras el enemigo llega con tanquetas y bombarderos. Ahora sólo queda exorcizar franelas negras, chocolates amargos, sábados por la mañana, exorcizarme yo, hacer una gran hoguera de noches de música y alcohol.

-Escríbalo –dijo Felipe mientras caminábamos hacia la salida.
-¿Que escriba qué cosa? –pregunté casi en un susurro.

-Pues eso que tiene atascado en el pecho y que está tratando de disimular. No lo hizo nada mal, déjeme decirle.

-¡Ay Felipe, qué cosas se le ocurren!

-No si no son ocurrencias, si es que lo estoy viendo.

-No me había dicho que sabía leer mentes, con razón nadie se le copiaba en los exámenes.

-¿Quién le dijo a usted que yo le estoy leyendo la mente, Julia? Si es que se le nota clarito en esos ojos transparentes que tiene. Escríbalo, escríbalo y sáquese todo eso del alma, que no es bueno cargar con tanto peso encima.

-¿Y si lo escribo y no pasa nada? –dije, con la mirada fija en el pavimento.

-Pues lo vuelve a escribir hasta que se le pase, lo escribe un millón de veces si es necesario, qué carajo si se vuelve su leitmotiv, si al final de cuentas todos tenemos uno –dijo Felipe. Sonreí apenas.

-Esa sonrisa le queda mejor; usted es tan bonita que de no ser por el orgullo, le diría que se dejara de estoicismos y se soltara a llorar con toda confianza, pero no le puede dar el gusto a ese mequetrefe.

-¡Ay Felipe, qué ocurrencias tiene! –dije riendo.

-Si es la pura verdad, mi niña. Y de paso le digo que la señorita con la que andaba no le llega a usted ni a los talones.

-Felipe, no exagere, ni que yo estuviera ciega… Parecía una modelo, seguramente lo es.

-¿Qué modelo ni qué ocho cuartos? Nunca en mi vida había visto una mujer con tanto maquillaje, eso no es belleza, mi Julia. Además, ese hombre debe tener el hombro dislocado, ¿se fijó cómo se le guindaba del brazo? Si esa muchacha estaba tan insegura de sí misma, por algo sería, ¿no le parece?

No, no me parecía. Me parecía más bien que era una reafirmación territorial "Me Jane, este ser mi macho, tú no tocarlo; quedarme con brazo suyo".

Durante todo el trayecto de regreso a casa así como la ida al aeropuerto, Felipe se encargó de hacerme reír y distraerme con los temas de conversación más inverosímiles. Di gracias a Dios que todo esto había pasado con tan buen amigo a mi lado o no estoy segura de haber podido reaccionar tan serenamente, aunque yo sabía que el guayabo me acechaba, estaba esperando a que Felipe desapareciera por la puerta de embarque para arremeter con toda su furia y tenerme llorando como idiota por semanas, comiendo comida chatarra, escuchando música que me hiciera sentir peor, haciéndome mil preguntas, imaginándome a Iker en todas las situaciones posibles: conmigo, con la top model, llamándome, tocando el timbre de mi casa, encontrándonos de nuevo por casualidad, no sabiendo de él en décadas y un sinfín de circunstancias más. Para remate este cansancio. Me preguntaba ¿dónde carajo había quedado aquel discurso que me di a mí misma de la Julia renovada o algo así, que me había soltado cuando conocí a Iker, dónde aquello de estar dispuesta a aceptar todo lo que viniera de él? Cuento, puro cuento. Primero que no había ninguna Julia renovada saliéndose por ninguna ventana, era la misma Julia de toda la vida, la misma tonta de siempre, enamorada de un tipo que no la quiere, cometiendo los mismos errores con él que con todos los anteriores y aún sin tener la más peregrina idea de por qué demonios me pasaba esto, de dónde estaba el error, cuál era el patrón, de en qué punto pasábamos de yo sentirme tan maravillosamente, tan Mr. Right, tan "el que vuela", a este golpe de realidad, este batazo de realidad por las costillas que me agarraba desprevenida y sin anestesia. Y segundo porque tal vez únicamente en un principio yo había estado dispuesta a tener lo que fuera con Iker, sin reclamos, sin exigencias, sin expectativas, pero la verdad era que las cosas habían cambiado y yo ahora lo quería todo con Iker, la casa y el perro, el anillo en el dedo, el vestido blanco, la luna de miel en Tailandia, las vacaciones en crucero, los bebés (cuatro, preferiblemente con nombres en euskera para que combinaran con el apellido de Iker), los veranos en Magic Kingdom, los fines de semana en la playa, Navidad y año nuevo, quería planes con Iker, futuro con Iker, día-a-día con Iker, vacas gordas y vacas flacas con Iker. Yo lo quería todo con Iker.

El celular comenzó a vibrar en cuanto pusimos un pie fuera de la feria. Calculo que lo apagué a eso de la cuarta vez que vibró y no me dio la gana de atenderle a Iker. Al llegar a casa le quité el tono a los teléfonos, desenchufé la contestadora tirando del cable sin siquiera tomarme la molestia de darle al botón del encendido e ignorando la lucecita de mensajes nuevos y me metí en la ducha para sacarme ese olor a carbón y salsa barbecue. El dolor de cabeza me taladraba las sienes. Ni modo, habría que recurrir al acetaminofén, dos cápsulas, para ser exactos; cafeína, ni loca, o no volvería a dormir en una semana. Estaba cansada pero no tenía sueño, me dejé caer en el sofá, apoyé la cabeza en el respaldo y me quedé mirando el techo un rato, mientras más trataba de no pensar, más se afanaban los pensamientos en amontonarse torpemente, atropellándose y superponiéndose unos a otros sin ningún tipo de coherencia. Por fortuna no pasó mucho tiempo antes de que el sueño finalmente me invadiera, pasé de no tener sueño a dudar si sería capaz de llegar hasta la cama, o tal vez me desplomaría en mitad de camino y dormiría en medio del pasillo, quién sabe hasta cuándo. Cerré las cortinas, me metí debajo de las sábanas y me dormí tan rápido que aún tengo dudas de haber entrado despierta en mi cama o si en cambio me habré dormido de camino a la habitación y habré llegado sonámbula hasta mi cama.

Tuve la sensación de apenas haber acabado de cerrar los ojos cuando el timbre de mi casa, sonando incesante y acompañado por fuertes golpes en la puerta, me despertaron sobresaltada. Primero sonaron como si vinieran de muy lejos, apenas si los alcanzaba a escuchar, cuando de repente resonaron con todo su estruendo haciéndome saltar literalmente de la cama. "Maldición, algo se tiene que estar quemando", pensé mientras corría hacia la puerta principal gritando en inglés que ya iba. Inútil porque con semejante escándalo era imposible que me escucharan. Dalí, quien me había estado maullando con todas sus fuerzas mientras yo dormía, con su triángulo de naricita rosada lo más cerca posible de mi cara a ver así conseguía que por fin lo escuchara -pobre ángel-, iba apretado debajo de mi brazo mientras yo corría por el pasillo en dirección a la puerta. "A lo mejor estoy soñando", pensé. Me sentía como en uno de esos sueños donde uno apaga el despertador, se levanta, se viste, se cepilla los dientes y justo cuando va a encender el carro se da cuenta de que sigue dormido, que con suerte le dará tiempo de cepillarse, que sólo en helicóptero va a llegar a tiempo al trabajo y que tal vez podría convencer a la gente de la oficina de que, con un poco de mente abierta, en realidad la pijama entra perfectamente dentro del concepto de "viernes casual". Por fin abrí la puerta, al llegar a ella me di cuenta de que acababa de violar todas las reglas de supervivencia durante incendios: no había gateado, andaba descalza, no tenía alguna tela mojada sobre boca y nariz y acababa de tomar la manilla de metal de la puerta con la mano. En fin, demasiado tarde.

Del otro lado de la puerta apareció Iker con cara de consternación; esto sí que no me lo esperaba. Suspiro de resignación, pausa, Dalí se escapa de mis brazos:

-Dime.

-Pana, ¿por qué carajo no atiendes ese teléfono? Tengo horas llamándote y no atiendes, he pasado por tu casa como diez veces y tu carro no estaba, no sé dónde carajo andabas metida, si te había pasado algo; te he dejado como mil mensajes, me podías haber contestado uno por lo menos, luego, por fin veo tu carro aquí y tengo media hora tocando el timbre y tumbándote la puerta, ¿qué, tampoco me pensabas abrir?

-Chao, Iker.

-¡No! ¿Cómo que "chao"? Julia, o sea, tengo horas desesperado pensando que te pasó algo malo, estaba a punto de irme a recorrer hospitales a ver si estabas allí.

-Primero, no me estés regañando. Te agradezco tu preocupación, no fue mi intención asustarte. No me pasó nada. Que tengas buenos días.

-Son las ocho y media de la noche, preciosa, de la tarde, si lo prefieres –dijo Iker con esa sonrisa de comercial de pasta de dientes que tiene. ¿Por qué hace todo esto, buscarme como loco, preocuparse por mí de esta manera, poner esa sonrisa? Sería mucho más fácil odiarlo si simplemente fuera un perro al cien por ciento. En palabras de la Tota: "¡El muy cornaputo!". Nada, la propia telenovela de mala muerte aunque no me gusten estos jueguitos, porque la imagen de la Miss guindada del brazo de Iker no se me olvida.

-Bueno, mañana, tarde, equis. Gracias otra vez. Que te vaya bien.

-Ok, cualquier vaina.

Cierro la puerta y me apoyo de espaldas a ella. Cierro los ojos, me llevo las manos a la frente. Conozco perfectamente ese "cualquier vaina" de Iker: está verde de la rabia, de todos colores de la rabia. Y con ese orgullo que tiene dudo mucho que vuelva a aparecerse por aquí en su vida. Mejor así. Creo. Tal vez sí se me pasó la mano de antipática. Quiero llorar. ¡Qué estúpida soy! Lo detesto, quiero ensuciarle los zapatos nuevos, meterle un pisotón, borrarle las emisoras que tiene programadas en la memoria del radio de su carro, darle un lepe, regar confeti por toda la alfombra de su casa. Bueno no, es mentira, en verdad no lo odio, no lo odio para nada, todo lo contrario, me fascina, me encanta, lo amo con locura, lo quiero cuchi y lo quiero divinamente. ¿Por qué tiene que ser tan imbécil y gustarle la Miss? Muero de rabia, juro que quiero tirarme en el piso aquí mismo e instalarme en el berrinche.

Tres golpes secos en la puerta estuvieron a punto de matarme de un infarto. "Si este día se pudiera acabar de una buena vez…" pensé. Suspiro antes de contestar:

-Who is it? –pregunto, resignada a que el reloj del universo se ha quedado sin pilas y este bendito día no tiene fin.

-Yo –voz severa de Iker que responde del otro lado del dintel. Si los golpes en la puerta no fueron suficientes para causarme una arritmia, el "Yo" de Iker al otro lado de la puerta está a punto de mandarme derecho al hospital. Suspiro, me paso las manos por las mejillas rápidamente, vuelvo a suspirar, si suspiro una vez más seguro hiperventilo, no me cabe dudas. Abro la puerta sin decir una palabra. Iker pasa sus dedos por mi cara y con el pulgar me seca ese minúsculo vestigio de lágrima escondido en la esquina de mi ojo que confirma lo que los párpados hinchados y la voz nasal confiesan a gritos. Parados en el umbral de la puerta, Iker me atrae hacia él acercándose a su vez hacia mí, me rodea con sus brazos y yo le devuelvo el abrazo, demasiado cansada ya para continuar con la farsa absurda de que no me importa para nada o me da igual, demasiado cansada de todo para poder pensar en lo de esta tarde, en lo de hace rato, en nada que no sea este instante, este abrazo, esta tregua tan merecida. "Boba, ¿acaso no sabes que te quiero, te quiero mucho, mucho?". Niego con la cabeza. "Bueno, es así, te quiero." Mi mente va más rápido de lo que sé mi boca es capaz de pronunciar, así que ni me molesto en hacer el intento, además, aún no decido si de verdad quiero escuchar lo que Iker vaya a

144

responder cuando le pida que me rinda cuentas, no estoy segura de estar en condiciones de enfrentarme a lo que Iker tenga que decirme y podría terminar arrepintiéndome. Elijo conscientemente el autoengaño, al final, es como dice Monterroso, al despertar el dinosaurio seguirá estando allí, ¿para qué azuzarlo esta noche? El beso de Iker reivindica mi boca, la certeza de que mis labios fueron hechos para besar los suyos, su aliento cálido invadiéndome los sentidos, esta especie de danza cómplice de labios y gemidos, de mordiscos sutiles, de saliva compartida. "¿Estás segura de que quieres hacer esto?", me pregunta Iker acariciándome los senos, deteniéndose ante el último botón de cerrado que queda en la camisa de mi pijama. "Come on, baby, light my fire!"

XIV

-Jules, si hubiera sabido que eras tan buena en la cama, hace tiempo que habríamos hecho esto.

-Perro.

Iker y Julia permanecieron en silencio un segundo antes de estallar en carcajadas. Iker quitó la vista antes fija en algún punto del cielo raso para ver a Julia a los ojos. Esperó a que terminara de besarle la parte interna del brazo derecho donde Julia tenía apoyada la cabeza, con besos pequeñitos y tiernos, de pasarle el costado de la nariz y la mejilla, para entonces pasarle él los dedos por las cejas y besarla suavemente.

-¿Sabes que te amo? Bella.

-Te amo, vasco de erres cortazarianas.

-¿Te gustó?

-Mucho.

-Mentirosa.

-¿Cómo que "mentirosa", qué te pasa? No es mentira, me encantó.

-Mmm, no te creo.

-¿Ah, no? ¿Y por qué no me crees, si se puede saber?

-Si te hubiera encantado me hubieras dicho: "Quiero más, papito rico" –Iker y Julia rieron un rato.

-Ah, es que no sabía que te tenía que decir así.

-¡Por supuesto!

-En ese caso: quiero más, papito rico –dijo Julia casi sin poder terminar la frase por la risa-. "Papito rico", qué horrible –continuó.

-Eres más bonita cuando te ríes. No me gusta cuando estás triste o cuando piensas pendejadas, como que no te quiero.

-¿No crees que tengo suficientes motivos para pensar que no me quieres?

-No. Si yo te digo que te quiero, es porque te quiero. Créeme y listo.

-Tus acciones hacen que esto de creer que me quieres sea todo un acto de fe.

-¿Por qué crees que no te quiero? ¿No sentiste todo lo que te quiero cuando hicimos el amor? ¿No te dije que te amo?

-Sí lo sentí, no me estoy refiriendo a este momento. Tú sabes de lo que te estoy hablando.

-Bueno Jules, te quiero y listo, es así. Te quiero, me encantas, eso es todo.

-Está bien, Iker, no hablemos más del tema por ahora.

-¿Qué, no me vas a decir que tú también me quieres?

-M, no, no te quiero, ni un poquitico.

-¿No?

-No.

-Mm, qué mal. Voy a tener que hacer algo al respecto.

Iker comenzó a besar el cuello de Julia haciéndole cosquillas sin querer, le susurró canciones al oído, frases bonitas que enamoran a las niñas buenas, frases subidas de tono capaz de hacer sonrojar al más experimentado de los amantes, le dijo "te amo" viéndola a los ojos, susurrando, gritando, jadeando, con las manos, con la boca, con las caderas, complació peticiones, pidió más, pidió tregua, pidió consideraciones extraordinarias que le fueron dadas sin necesidad de hacerse de rogar.

-Jules, bella, creo que te dejé una marca en el cuello.
-Tranqui, me pongo cuello tortuga.

-¿Cuello tortuga en verano?

-Claro, para pasar completamente desapercibida –dijo Julia sonriendo.

-Síp, desapercibida, mjm. Nadie va a sospechar que te pasaste la noche haciendo el amor divinamente y tienes un lindo morado en el cuello de recuerdo.

Julia rió mientras aceptaba la taza de café recién hecho que Iker le alcanzaba.

-Nadie.

-Y si se dan cuenta, qué carajo, ¿verdad?

-Si se dan cuenta, déjalos que se mueran de envidia.

-O que se alegren por ti.

-Sí, que digan: "Miren a la Julia, con esa carita de santa que tiene, quién diría que es de las que tiene sexo salvaje hasta que sale el sol" –dijo Julia mientras se llevaba la taza a la boca y sorbía un poco del café aún hirviendo, mirando a Iker como si escondiera la mirada de picardía y la sonrisa de complicidad detrás de la taza. Iker se reía, dejándose cautivar por la actitud de Julia.

-¿Eso es lo que van a decir? –le preguntó, halándola con suavidad hacia él.

-Y luego van a hacer conjeturas sobre quién será mi Latin Lover –dijo Julia y ambos se echaron a reír.

-"¡Latin Lover!"

-¿Ah, no? Técnicamente hablando...

-Bueno sí, pues, me imagino que sí –interrumpió Iker con la expresión que derretía a Julia y siempre era la misma cuando algo lo hacía sonrojar: levantaba las cejas un instante encogiéndose de hombros, mientras apretaba los labios como si contuviera la sonrisa, que acababa de hacer su aparición un segundo después.

-Ah, bueno.

-Demasiado bella.

-Gracias.

-¿Estás cansada?

-Estoy en trance.

-Ayer estabas durmiendo cuando yo llegué. Te desperté, ¿verdad?

-Sí, no había dormido nada la noche anterior. Estoy perdida en el tiempo, no sé ni qué día es hoy, ni hace cuánto que no duermo.

-Bueno, vente, vamos a acostarnos entonces, yo también tengo sueño –dijo Iker tomando a Julia de la mano-. Dios, eres demasiado bella.

-¿Sabes que eres un bellísimo y que me encantas?

-No –dijo Iker riendo-, no lo soy, bellísima eres tú.

-Claro que eres un bellísimo, yo no tengo mal gusto.

-Está bien, pues, soy bello –dijo Iker riendo, con la expresión que tanto le gustaba a Julia.

-¡Dios mío, qué melcocha! ¿No estás empalagado? -dijo Julia cubriéndose la cara con las manos con falso ademán de vergüenza-. Iker, te juro que yo no soy así, no entiendo qué es lo que me pasa.

-Bueno, yo tampoco soy así para nada, pero tengo que confesar que le estoy agarrando el gusto. ¿Me prestas un lado de tu cama?

Julia asintió con la cabeza. Iker le tomó rostro entre sus manos y la besó.

-Explícame cómo vamos a hacer para dormir –dijo Iker sonriendo.

-No tengo ni la menor idea.

-Yo lo veo muy difícil.

-Yo también –dijo Julia riendo-. La otra opción es esperar hasta que eventualmente colapsemos.

-Ok, buen plan: esperaremos a colapsar, entonces.

Julia rió. En algún momento se quedó dormida, sintiendo que la felicidad no podía ser otra cosa ni hallarse en otro lugar. El dinosaurio podía seguir esperando encerrado en el closet, ya habría tiempo para enfrentarlo. Por ahora esta calma y este placer era todo lo que importaba. Después de todo sí había una Julia renovada asomada a la ventana de la conciencia de su propio ser. Durante un tiempo dudó seriamente de su existencia, llegó a pensar que tal vez no había ninguna Julia de verdad detrás de esa fachada de pseudo-Julia con la que tenía que convivir, que esa mueca, ese teatro, tal vez eran la realidad y que vivir consistía en repetir una y otra y otra vez la rutina de todos los días sin que algo más grande y más profundo que el instinto de supervivencia -ese tren inclemente y riguroso-, estuviera aguardando al final de la jornada para aflorar; que la vida era asumir este automatismo y lo demás era una inconformidad estúpida e inútil que sólo conducía a la frustración, y sin embargo una especie de náusea de auto-traición y auto-derrota, una repulsión a esta entrega sumisa y cobarde, a esta venta del alma, siempre acababan por mantenerla, si no en busca, por lo menos en la espera de algún día ver a la verdadera Julia asomarse en el reflejo del espejo, despertarse con la convicción de que todos los miedos habían quedado enterrados bajo años de hastío y disconformidad, años de vegetar, de la vida pasando por uno en vez de uno pasar por la vida, y la ironía de haber estado convencida de que esa búsqueda sólo podía ser interior, que la respuesta sólo podía venir de adentro y darse cuenta ahora de que por alguna razón todavía incomprensible, Iker había sido el detonante de toda

152

esta revolución, Iker con su vida dentro de la vida de Julia, con sus inmadureces, con sus contradicciones, con la estrellita invisible en la frente con la que nacen algunas personas destinadas a señalar el camino de los demás, muchas veces sin siquiera darse cuenta de ello.

XV

Los días siguientes estuvieron llenos mensajitos en mi celular, cada uno más imposiblemente encantador que el siguiente y que me hacían dar saltitos de alegría cada vez que escuchaba la melodía del teléfono anunciándome que recibía uno nuevo. Había notado que tenía un tono de voz específico para hablar con Iker por teléfono y que el lenguaje corporal también me cambiaba cuando veía aparecer su nombre en la pantallita de mi celular. Grave, estaba grave, encaramadísima en mi nube y lo sabía, pero igual era demasiado tarde para bajarme ilesa, la caída, si llegaba a haberla, sería en picada y sin paracaídas y yo sabía que la personalidad de Iker era por naturaleza de las que sacuden nubes de vez en cuando. El dinosaurio en el closet era una especie de película de terror: quizás si cerraba los ojos y los apretaba muy duro, al abrirlos habría desaparecido. Tal vez si lo seguía ignorando moriría de inanición, el problema era que a fin de cuentas, no era yo quien lo alimentaba. Creer y confiar, dos verbos que históricamente habían sido un verdadero desafío para mí, parecían encontrar su punto cúspide en esta etapa de mi vida. Había resuelto tocar de oído, dejar que las cosas fluyeran, que lo que tuviera que pasar, pasara, a pesar de la sensación de ir con los ojos vendados, de ir a tientas por una habitación a oscuras.

La reacción inicial ante la respuesta de Iker cuando el dinosaurio asomó las garras y emitió tres rugidos desde su claustro, fue de shock del más puro y elemental. Permanecí un par de segundos en estado catatónico tratando de procesar los argumentos de Iker. Algunas veces, cuando el disparate es tan fenomenal, la mente humana tarda un poco en asimilar la información, ocurre entonces una especie de desfase entre el tiempo real y la percepción del mismo y es por ello que nos da la impresión de haber estado horas con la boca abierta, aún sin ser capaces de ordenar las ideas antes de poder balbucear un par de sílabas inteligibles. Es un proceso complejo, la primera fase es una especie de alarma contra incendios que se dispara dentro del cerebro indicando que algo no es ni lejanamente coherente y que si se tienen aspiraciones de comprender la situación por medios propios, se requerirá del esfuerzo conjunto de todas las áreas del cerebro; la segunda fase consiste en la verificación y corroboración de la información, que suele ser el momento de alta tensión, puesto que es entonces cuando las ideas comienzan a ir y venir de un lado a otro en un caos bastante semejante al de maíz para cotufas explotando en una olla destapada, la mente entonces intenta poner orden repitiendo lo que acaba de escuchar lentamente, palabra por palabra, cosa nada sencilla puesto que hay que recordar que se está tratando de analizar un absurdo; una vez repetida la frase, toma lugar el método de pregunta y respuesta, con lo cual suelen surgir las siguientes interrogantes: "¿Ah?", "¿Qué dijo?", "¿Será que yo escuché mal?", "¿Dónde está la cámara escondida?" y si se es bilingüe, entonces hay que agregar: "What the heck?". A continuación entramos en la fase final, donde el individuo se declara vencido, totalmente incapaz de comprender lo que se le ha dicho y pide que por favor se le aclare, o asume que el dislate, extraordinariamente, tiene sentido lógico para el emisor y acto seguido, el individuo manifiesta su réplica.

En honor a la verdad hube de admitir que hasta cierto punto Iker tenía razón, puesto que era cierto que él nunca me había prometido nada. De cualquier manera para mí estaba muy claro que la promesas estaban implícitas en el tipo de relación que llevábamos, en su manera de tratarme, en el modo de dirigirse a mí, a menos que para él todas las relaciones netamente de amistad con las féminas fueran iguales a la nuestra, cosa que habría requerido de cantidades infinitas de tiempo libre, creatividad e ingenio, una memoria extraordinaria y un poder de organización fuera de lo común.

Comprendí que Iker era fácilmente espantable. No tenía muy claro a qué le temía, mucho menos el porqué, pero estaba visto que yo tenía el don natural de presionarlo, lo que consecuentemente le hacía huir despavorido, lo más rápido y lejos posible de mí. Por lo menos temporalmente. No pasó mucho tiempo antes de que una especie de resentimiento fuera creciendo dentro de mí, producto del veto constante y de la autocensura forzada, esa sensación de caminar sobre vidrio en la que se había convertido interactuar con Iker y que me ponía de pésimo humor, más sarcástica que nunca, cosa que le irritaba todavía más y así íbamos, Iker diciéndome que simplemente fuera yo, que fuera auténtica y que le creyera cuando me decía que me quería, y yo con mi lista mental de temas a evitar, evaluando, sopesando continuamente hasta qué punto esta suerte de malabarismos verbales tenían sentido, cuál era el punto de tener una relación con Iker cuando yo en verdad no podía ser auténtica, mientras que del otro lado de la balanza estaba la posibilidad de estar siendo intransigente, de no querer ver el punto de vista de Iker y respetar su ritmo, de no poder aceptar que no todo tenía que ser a mi manera para que pudiera ser, para que entonces funcionara, y entonces volvía a respirar profundo, aceptaba que no todas las cosas están bajo mi control, que algunas cosas simplemente había que dejarlas fluir y que el destino se encargara. Y entonces, sólo entonces, era capaz de creer y confiar. A veces era duro, la sensación de que Iker ponía una barrera y me dejaba muy claro que hasta allí tenía derecho a llegar, como si eligiera meticulosamente qué parte de mi cariño le interesaba, rechazando lo demás, en vez de aceptarlo todo tal cual era y tal cual se lo ofrecía, no era algo fácil de manejar y no siempre me sentía con la fortaleza de espíritu para enfrentarme a esa situación. Como medida de supervivencia, opté por dejar de esperar. Fue durante una conversación con Iker, en uno de esos momentos en que yo aún no afinaba mi capacidad de callarme aquello que le hacía sentir presionado, cuando me dijo que él no quería que yo me creara falsas expectativas, soñando con cosas que tal vez jamás sucederían, en el que le dije con serena convicción que el día que yo viviera sin esperar nada de nada ni de nadie, el día que dejara de soñar, mi vida habría perdido sentido, y que vivir de ese modo me parecía triste y penoso. A partir de ese momento y a pesar de que seguía creyendo firmemente en lo que le había dicho a Iker, dejé de esperar. Le bajé la intensidad a la relación, cosa que no fue nada fácil. Para tratar de disminuir las ilusiones, comencé a sustituirlas por otras cosas, limpié cosas que ya estaban limpias, salí a correr todas las tardes cuando el clima lo permitía, me inscribí en clases de esgrima, si Iker llamaba, bien, si no, bien también. Si nos veíamos, bien, si no, no era el fin del mundo. Comencé a salvarme.

XVI

El sábado en la mañana un nuevo mensaje de Iker entró a mi celular. Me extrañó mucho pues en los últimos días parecía que cada una de nuestras conversaciones terminaba en discusión y que, aunque inconscientemente, elegíamos las palabras precisas para colmarle la paciencia y sacar de sus casillas al otro. Incluso le había sugerido a Iker tomar un break, a lo que me respondió que él no creía en tomarse tiempos en las relaciones y que, a menos que yo así lo quisiera, él no quería alejarse de mí. No obstante parecíamos hablar idiomas distintos, y yo juraba que a ese paso nos odiaríamos en cuestión de días.

Esperé a estacionarme para leerlo y contestar. Preguntaba que qué hacía, respondí que en el automercado. Nuevo mensaje mientras apago la radio. ¿Cuánto tiempo voy a estar allí? Respuesta: *acabo de llegar.* Esperé unos segundos a ver si llegaba otro. Nada. Abro la puerta del carro, nuevo mensaje. Cabeza y pierna izquierda de vuelta al auto, puerta cerrada, leo. *¿Podemos vernos?* Respuesta: *Ok, te aviso cuando salga.* Mensaje: *"Love me, love me, say that you love me".* Respuesta: *"I can't care about anything but you" I love you.* Sonrío, miro por la ventana y veo pasar tres ilusiones a toda velocidad. Respiro profundo, cierro los ojos, vuelvo a abrirlos, las ilusiones se han ido, puedo estar tranquila. Espero unos segundos. Hago una señal a otro conductor que no está muy feliz de saber que no me voy y que tendrá que seguir dando vueltas inútiles por el estacionamiento antes de conseguir un puesto. Con la mano en la manilla a punto de bajarme, sé que el mensaje va a llegar una vez afuera. Tranco la puerta tras de mí, hay un viento como el que se llevó la casa de Dorothy y yo voy en mangas de camisa; nuevo mensaje, por supuesto.

Ley de Murphy, no falla. Entro tiritando de frío al automercado, aún más frío. Leo: *¿Puedo acompañarte a hacer las compras?* Respuesta: *Sí. ¿Qué tienes?* Mensaje, sigo parada delante de los carritos, aún sin agarrar uno: *Estoy triste, no me gusta estar así contigo, me haces falta y extraño demasiado a mi familia.* Nudo en la garganta mientras leo. Respuesta: *No estés triste, preciosísimo. ¿Te mando conejitos para que te sientas mejor, o prefieres contarme tus penas primero?* Sigo inmóvil en el área de los carritos, con el celular en la mano viendo fijamente la pantalla, esperando un nuevo mensaje. *Primero conejitos.* Río mientras comienzo a mandarle caritas de conejito en el mensaje que le escribo de vuelta, una opción que aparece en mi celular y que un día descubrí y decidí enviarle, diciéndole en un juego muy tonto, más bien infantil, que esos eran los conejitos que lo acompañaban mientras corría todas las mañanas. *Ahí están, dicen que te extrañan.* En otro mensaje, no alcanzaron los caracteres: *Mi bellísimo vasco, bienvenido al mundo-Julia del cual no hay escapatoria. Es algo así como el Hotel California pero sin la parte creepy.* Río y lo pienso un minuto: en verdad tengo la impresión de que Iker ha decidido acercarse a mí, emocionalmente hablando, que comienza a bajar la guardia. "Primero conejitos". Estoy que no lo creo. Lo de los conejitos lo había dicho para hacerle reír solamente, haberme seguido el juego era algo que encontraba tan tierno y unido a que hubiera recurrido a mí confesando sentirse triste, asumiéndose vulnerable, me parecía como si me tendiera la mano y me invitara a pasar a su mundo. No hizo falta mirar a mi alrededor para saberme rodeada de centenares de ilusiones. Demasiado tarde ya y de todas formas no me importaba. Nuevo mensaje: *Jejeje, gracias, bella.* Respuesta: *¿Cuánto te falta para llegar, bellísimo?* Las ilusiones me llevan cargada. Mensaje: *Voltéate.*

Llegamos a casa y mientras organizábamos las compras en la nevera y la alacena, Iker propuso ir a su casa. "Acabo de comprar comida, Iker,

¿por qué no almorzamos aquí?", le había dicho, pero Iker insistió en ir a su casa, él cocinaría. En realidad no era ni tan mala idea puesto que era paella, sabía que la casa entera estaría oliendo a pescado y mariscos más o menos por una semana. Fuimos en el auto de Iker y apenas estacionamos frente a su casa me besó. No sé por qué, pero era algo que me gustaba tanto, nunca se lo había dicho, probablemente ni siquiera había hecho falta porque creo que yo era muy evidente; a pesar de la técnica del autocontrol, que ya tenía dominada, Iker siempre supo leerme, parecía intuirme, exceptuando, claro está, esta época extraña en la que parecíamos desfasados, es decir, entre el día en que las benditas presiones hicieron su debut y hoy. Hoy era un día diferente, había algo distinto en la mirada de Iker, en el tono de su voz, en su actitud, no podía apuntar específicamente qué era lo que había de diferente, pero ciertamente había algo y era bueno, era muy bueno. Me sentía bien, tenía una sensación de paz que hacía mucho no experimentaba, de confianza, de serenidad y creo que Iker también y lo irradiaba, y era eso lo que yo percibía que había distinto en el ambiente.

Apenas hubimos entrado a la casa estuvo muy claro que la paella tendría que esperar turno mientras otro tipo de prioridades ocupaban nuestra atención. Ya en la puerta del cuarto de Iker, el timbre nos hizo tomar una pausa. "Vamos a hacernos los locos, si los ignoramos, capaz se van y dejan de molestar", había dicho Iker, haciéndome reír. El timbre sonó una vez más y por un lapso de tiempo prolongado. "Pana, qué inoportuna es la gente" dijo Iker abotonándose el pantalón de camino a la puerta.

Desde el cuarto de Iker podía escuchar los murmullos de la conversación lejana entre Iker y un hombre que hablaba en castellano con acento venezolano. Luego de cinco minutos me quedó claro que la cosa iba para rato, cerré los botones de mi camisa, me subí el cierre de la falda y fui a reunirme con ellos. En el pasillo me topé con Iker, quien venía de regreso a buscarme en la habitación: "Ven para presentarte a un pana,

Jules", me dijo, tomándome de la mano. La cara de Iker no era normal, lo cual me causaba mucha gracia. Sabía cuánto estimaba él a sus amigos, sin embargo el corte de nota no lo tenía precisamente contento.

Una vez en la sala y tras las presentaciones formales, sostuvimos una charla ligera. Eduardo era muy simpático, era fácil darse cuenta por qué era tan buen amigo de Iker. Gran conversador, se sentía en plena confianza en casa de su amigo, fue hasta la cocina a buscar algo de tomar y desde allí preguntó si nosotros queríamos algo. Decidimos pasar del sofá a la mesa de la cocina cuando Eduardo se lavó las manos y comenzó a encargarse de limpiar el pescado y los mariscos y poner a remojar mejillones, almejas y demás. La cara de Iker era un verdadero poema. Yo, reía. No podía creer que Eduardo en verdad no se diera cuenta de que estaba interrumpiendo. Cada vez que Iker trataba de decirle que ese no era el mejor momento para visitar, algo pasaba. Iker, sentado a mi lado, apoyó su cabeza en mi hombro en ademán de quien se ha resignado a su destino y busca consuelo, entonces, Eduardo preguntó qué hacíamos cuando él llegó. Iker suspiró, apoyando los codos en la mesa y llevándose las manos al rostro y dijo "Ay, chamo…". ¿Se podía ser tan inocente como para no darse cuenta y de paso hacer una pregunta como esa? Puesto que no iba a decirle que nos había agarrado cuando nos disponíamos a tener sexo, dije lo primero que se me ocurrió: "Vinimos a estudiar". Era un absurdo tan descomunal decir que habíamos ido a estudiar y sin embargo Eduardo parecía tomarlo como la respuesta más normal del mundo. "Ah, ok, con razón la libreta y el bolígrafo aquí en la mesa", había dicho. Esto no podía estar pasando. "Sí, vinimos a estudiar, me imagino" dijo Iker encogiéndose de hombros con la expresión que tanto me gustaba. En ese momento sonó el timbre. Un grupo de unos cinco o seis amigos de Iker asomaron por la puerta cargados de comidas y bebidas, habían decidido aparecerse sin anunciarse para una reunión informal en su casa. Una vez más, presentaciones, mientras Eduardo informaba que también había paella y que Iker y yo íbamos a estudiar, pero que ya lo tendríamos que dejar para más tarde. Todo el mundo parecía tan a gusto, actuaban como si estuvieran en su propia casa. Era raro porque yo seguía preguntándome cómo era posible que nadie se diera cuenta de que estaban siendo absolutamente inoportunos y al mismo tiempo era normal, estaban acostumbrados a hacer cosas de este estilo. Era un grupo muy unido e incluso me sentí contenta de tener la oportunidad de conocerlos y de que me trataran como una más de ellos.

El timbre sonó una vez más, esto comenzaba a parecer casa de partera con el dichoso timbre sonando incesante y gente y más gente apareciendo cada vez. Hacía por lo menos media hora que no hablaba con Iker, lo veía ir y venir atendiendo a sus comensales, mientras sus amigos me mantenían en la cocina hablando con ellos y ayudando a cocinar. Vecinos de Iker pasaron tocando a su puerta con no sé qué excusa. Se presentaron solos, cosa que me extrañó muchísimo, no parecían americanos haciendo una cosa así y estuvieron muy agradados de conocer a la novia de Iker. "Novia", no usaba ese término desde que estaba en la universidad. Me causó gracia, me pareció tierno, "la novia de Iker".

Otra media hora larga transcurrió cuando de repente Iker se acercó a mí sin darme cuenta, me tomó de la mano y me susurró al oído: "Vente que nos vamos". Pensé que sólo jugaba pero luego me di cuenta de que llevaba en la mano izquierda mi cartera, mi suéter y las llaves de su carro y que halaba de mí mientras esquivábamos gente en el trayecto hacia la puerta que da al garaje. "¿Estás loco, Iker, cómo nos vamos a ir y vamos a dejar a todo este gentío botado en tu casa?" le dije. "No importa, déjalos, que se queden con la casa." Nadie nos vio salir y si nos vieron, no dijeron nada.

-Escapándote de tu propia casa: a que esto no te tocó ni de adolescente. –le dije a Iker una vez en su carro, ya de camino a mi casa. Iker negaba con la cabeza, aún no salía de su asombro ante lo inverosímil de todo este episodio absurdo que nos había tocado vivir las pasadas dos horas y pico.

-Pana, la gente es increíble –dijo Iker, negando con la cabeza y riendo un poco-. Mis amigos son todos estúpidos, definitivamente, o sea, pero cómo no se van a haber dado cuenta…

Iker cumplió con su promesa y cocinó para mí, aunque no ya paella, en otra oportunidad sería. Había notado que me gustaban los hombres que cocinaban, si bien nunca me había detenido a observar las similitudes entre los amantes que habían desfilado por mi vida, en este momento me daba cuenta de que probablemente había un patrón y una de las características seguras era que todos cocinaban bien. Algunos mejor que otros, por supuesto, con Guillermo e Iker a la cabeza. Guillermo, siglos sin acordarme de él, ni siquiera. Era una sensación rara acordarme de él en este momento, era sorpresa en primer lugar, sorpresa de haberme olvidado de él por completo. El poeta había sido en mi vida una de esas pocas personas que en verdad dejan huella, de esas que uno cree que nunca van a pasar y de un modo u otro siempre van a formar parte importante del presente, y ahora me daba cuenta de que Guillermo pertenecía a mi pasado, que por primera vez en todos estos años sentía que ese capítulo de mi vida estaba cerrado definitivamente, aunque había tenido una sensación similar hacía tiempo, la vez que Iker y yo conversábamos sobre nuestras relaciones pasadas, no obstante el sentimiento de hoy era como radical, y no solamente Guillermo ya no ocupaba el puesto que alguna vez ocupara en mi vida y en mi corazón, sino que todo ese amor que yo alguna vez creí inmenso, era en verdad minúsculo al lado de lo que sentía por Iker. Y yo que siempre pensé que Guillermo era lo más fuerte que me había pasado en la vida, me encontraba en esta cama, desnuda junto al hombre que me volteaba el mundo y me lo ponía a girar en reversa, dándome cuenta de que Guillermo había pasado a ser no más que un recuerdo bonito que rara vez se desempolva. Y estaba bien, estaba bien haber dejado atrás al poeta, no era algo triste, no dolía, no daba nada y quizás eso sí era un poco lamentable, que alguien que alguna vez significara tanto ahora no me diera nada, y sin embargo se trataba de una pena que estaba como fuera de mí, como si fuera la pena de otro, una pena que en verdad no duele.

-¿Te he dicho que te amo? –dijo Iker, interrumpiendo mis divagaciones.

-No, nunca –contesté jugando.

-Bueno, es así.

-Puedes repetirlo, ¿sabes? –respondí-. No pasa nada si lo dices varias veces.

-M, no, ya te lo dije una vez, no te lo pienso decir de nuevo.

-Está bien –respondí sin darle mayor relevancia al diálogo que acabábamos de sostener, la censura impuesta por el tema de las presiones se había convertido en un mecanismo de autodefensa y cosas que en algún otro momento me hubieran ofendido o dolido (palabras, silencios, acciones e inacciones), había aprendido a mantenerlas a raya antes de que me afectaran; las ilusiones rodeándome eufóricas esa mañana en el automercado habían sido una excepción momentánea.

-¿Por qué te tienes que tomar todo tan a pecho? –preguntó Iker un poco alterado.

-No me lo estoy tomando de ninguna manera, Iker –respondí, inexpresiva.

-O sea, pero ¿por qué te tienes que poner brava? No todo tiene que ser en serio.

-Yo no estoy brava, no estoy nada –respondí serena.

-Bueno, Ok, está bien, pues –dijo Iker.

-¿Quieres agua? –pregunté.

-No. Gracias.

Iker llegó a la cocina un minuto después de mí. Me sentía como si estuviera viendo todo lo que estaba pasando desde afuera, a través de un vidrio ahumado, tal vez como una película. Sabía que algo bueno había pasado ese día y que esta discusión absurda estaba echándolo todo a perder, y sin embargo no tenía idea de cómo detener la bola de nieve en la que comenzaba a convertirse todo esto.

-No entiendo por qué te tengo que jalar bolas.

-¿Jalarme? –pregunté sin entender lo que Iker trataba de decir con eso.

-Sí, sí, jalarte, o sea, si ya te dije que te amo ¿por qué me dices que te lo puedo repetir? O sea, no entiendo, pues –dijo Iker molesto.

-Bueno, yo lo dije en broma, pero no veo cuál es el problema en que me lo repitas –dije en el mismo tono de voz en que había llevado esta conversación hasta los momentos.

-Bueno es que parece que tú nunca estás satisfecha, o sea, si te digo que te amo entonces me dices que no pasa nada si te lo repito, o sea, no puede ser, qué rollo, simplemente toma lo que te estoy diciendo y ya.

-Te estoy diciendo que lo dije en broma…

-Bueno pero es que no ves que es una presión, pana –interrumpió Iker.

Respiré profundo, coloqué el vaso en el lavaplatos y miré a Iker a los ojos.

166

-¿Qué es lo que quieres de mí? –le pregunté. Estaba segura de que en cualquier momento se me saldrían las lágrimas. Me dolía la actitud de Iker pero también me daba rabia, me daban ganas de convertirme en una de esas arañas que se comen a la araña macho después de que éste las fertiliza.

-Quiero quererte, quiero que me quieras, quiero que no todo sea en serio, que nos riamos, que estés para mí y yo estar para ti, que si te digo algo lo tomes y listo, que no todo tenga que ser como si yo estuviera en un examen y tuviera que demostrarte a cada rato cosas que yo creo que te he dejado bien claras, qué ladilla esa vaina, pana.

-Ok –dije con un hilo de voz. Había tantas cosas que aparentemente yo hacía que no tenía idea de que estuviera haciendo. Los reclamos de Iker me parecían injustos y completamente fuera de lugar, yo no creía haber dicho ni hecho nada que justificara una reacción así de su parte, me parecía más bien que Iker estaba constantemente a la defensiva pero quizás no era que estuviera a la defensiva sino que por alguna razón que yo desconocía mis acciones y mis palabras llegaban a Iker completamente distorcionadas. Tenía que pensar tantas cosas, tratar de digerir todo esto, de sentarme a pensar lo más objetivamente posible, si es que eso era posible, si esta relación con Iker tenía algún sentido, cosa que sentía me había estado preguntando desde el primer día.

-No te pongas así, Julia -dijo Iker suavemente.

-Estoy bien –dije luchando con el nudo en la garganta, haciendo un esfuerzo por no llorar y por conservar algo de dignidad.

-Cónchale Jules, pero ¿ves lo que te digo? O sea, bella, déjate querer, déjame que te abrace, ¿cuál es el problema?

-No tienes que hacerlo.

-Ya sé que no tengo que hacerlo, lo hago porque quiero hacerlo –dijo Iker abrazándome-. Ven, te hablé feo, discúlpame, ¿sí? Ya, no te pongas así.

-Discúlpame.

-No tengo nada que disculparte.

-Bueno, yo no sabía que te sentías así. No es que no te crea, sí te creo, fue un mal chiste, eso fue todo. No sabía que yo fuera "una ladilla".

-Tú no eres una ladilla, Jules, eso no fue lo que quise decir.

-Ok.

-Solamente acepta lo que te doy, déjame que te quiera y listo.

-Bueno Iker, por lo visto no es tan fácil, tú tampoco aceptas lo que yo te doy, tú tampoco te dejas querer por mí "y listo". Yo no tengo súper poderes para saber cuándo estás de ganas para que yo sea cariñosa y cuándo lo tomas como presión y todo parece que depende de tu estado de ánimo, tus ganas, tus necesidades. No te sirve como yo quiero quererte porque para ti es presión y entonces esto parece más un salto al vacío, una montaña rusa donde yo voy vendada y nunca sé cuándo viene la bajada y cuando me dices cosas así, siento como si yo solamente te sirviera de vez en cuando. Tú tienes la capacidad de hacerme sentir como la mujer más especial del mundo y al mismo tiempo haces cosas y dices cosas que me hacen sentir como si, como si hubiera perdido el encanto, como un mueble viejo.

-No llores, bella. Yo no quiero hacerte sentir todas esas cosas feas. Yo te quiero, Jules, te quiero demasiado, ¿sí? Entiéndeme, por favor, yo no quiero prometerte nada que luego no pueda cumplir, eso es todo, pero tú me encantas, siempre, no de vez en cuando. Vamos a tener que encontrar un punto medio donde tú no te sientas así y yo no me sienta como me siento.

-Bueno… Ojalá quisieras prometerme cosas, ojalá quisieras prometerme el mundo entero.

Comencé a vestirme lentamente. Qué ironía que un hombre que me hacía sentir como si hubiera llegado a casa luego de un largo y extenuante viaje, con el que reía tanto, un hombre que hacía aflorar lo mejor de mí, que al estar con él me hacía sentir que eso era lo que sea que los seres humanos estamos buscando constantemente, tuviera al mismo tiempo la capacidad de hacerme sentir tan triste. La Julia de verdad no se salvaba y todo este tiempo calculando meticulosamente qué decir y qué callar y en qué momento, todo este acto de malabarismo que era dosificarle el cariño a Iker para que no saliera corriendo espantado, habían llegado a su límite el día de hoy. No me servía que Iker me dijera que me quería o que me amaba, y no porque no le creyera, porque sí le creía, era quizás que, usando la expresión que él mismo usaba, no estábamos en la misma etapa de la vida, tal vez la manera en que él necesitaba que lo quisieran no se la podía dar yo y viceversa. Iker tenía razón, yo no estaba satisfecha, me sentía como si tuviera mucha sed y él me diera agua con un gotero.

Iker entró a la habitación, me abrazó por detrás y puso en mis manos un montón de papelitos.

-Como no hay una floristería en la sala de tu casa ni en el patio, decidí dibujarte una flor y luego pensé "¿Por qué no un bouquet completo?" así que aquí tienes, un ramo de rosas para ti.

Reí. Ese era el tipo de cosas que me hacían amar a Iker.

-Gracias, están muy lindas.

-¡Huélelas!

-Mmm –dije aspirando los papeles-, tinta.

-Pero no cualquier tinta: tinta de bolígrafo.

-Sí, de bolígrafo azul, además.

-¡Claro! Tinta de bolígrafo azul que no ha de ser confundida con tinta de bolígrafo negro, mucho menos rojo, bajo ningún motivo, razón o circunstancia.

-Sí, sí, si el azul se le siente clarito –dije aspirando una vez más los papeles.

-Sí, ¿viste? –dijo Iker riendo.

-Mjm, muy rico. Iker, yo creo que lo mejor es que –dije y no pude terminar la frase pues Iker puso sus dedos sobre mis labios.

-No digas nada. Lo que me pasa contigo no me había pasado nunca antes con nadie y es más intenso de lo que yo esperaba y, como ves, lamentablemente, no estoy muy seguro de cómo manejarlo. Pero lo que sí sé que te necesito en mi vida, te quiero en mi vida y te quiero a ti, mucho. No digas eso que ibas a decir –dijo Iker quitándome algunos cabellos de la cara, gesto que me encantaba.

-Te amo.

-Y yo a ti, bella. Te amo.

-Yo también me quiero reír, me gusta mucho reírme contigo, no me gusta todo este drama.

-Si quieres te prendo, así sí que te vas a reír un buen rato.

-No se puede, Iker, alguien tiene que estar sobrio para manejar a tu casa, ¿o se te olvidó que tienes un batallón de amigos esperándote?

-En verdad sí se me había olvidado –dijo Iker.

-Tengo ganas de hacer cosas contigo, cosas que no hayamos hecho nunca.

-A ver, ¿como qué?

-Bueno, como ir al cine, por ejemplo.

-¿Y besarnos durante toda la película?

-Yo decía a ver la película de verdad. ¿No crees que estamos grandecitos para la gracia?

-Nop, para nada, si quieres entramos de nuevo y entonces sí vemos la película.

-Ok –dije riendo.

-Ok, entonces, cine juntos y besarnos durante toda la película, ¿qué más quieres hacer?

-Bueno, a lo mejor te parece tonto, pero quiero pasear agarrados de la mano.

-No, no me parece tonto, me parece cuchi, es más, me encanta la idea.

-Bueno, quiero compartir un helado contigo.

-¡Me encanta el helado! ¿Y te puedo dar en la boca?

-Ok… No sabía que fueras tan romántico, Iker –dije sonriendo.

-Bueno, para que tú veas, a veces soy así, pero no te malacostumbres –dijo mi vasco con los hombros encogidos y los labios apretados, levantando las cejas, esa expresión que me derretía.

-¿Y tú, hay alguna cosa en especial que quieras hacer?

-Solamente complacerte. Tú siempre me complaces a mí, me toca consentirte.

-Suena a que me puedo malacostumbrar muy fácilmente.

-No te puedes malacostumbrar porque tú ya me tienes malcriado a mí, entonces…

-Es que sabes qué pasa, que si me empiezas a tratar como una princesa no va a haber nada que tú me pidas que yo no te dé, entonces, si te pones a ver, hasta te conviene.

-¿Todo, todo lo que yo pida?

-Bueno, no sé si todo.

-Nada, tú dijiste que todo.

-Yo no dije "todo", sí te gusta inventar –dije mientras ambos reíamos.

-Dijiste que no iba a haber nada que yo te pidiera que tú no me dieras, eso es lo mismo que darme todo.

-Bueno… sí, pues, tienes razón, es lo mismo.

-Te prometo no abusar.

-Gracias, pero primero tienes que tratarme como una princesa, ¿recuerdas?

-Claro –dijo Iker y se quedó un momento pensando; aún me tenía entre sus brazos-. Me encanta esto.

-¿Qué cosa?

-Esto, esta conversación.

-¿Esta conversación?

-Sí; me gusta cuando hablamos de cosas serias, cuando discutimos temas importantes, pero esto también me gusta, esta conversación inocente, no ambiciosa. Me gusta estar aquí.

-A mí también me gusta.

-¿La conversación o estar aquí?

-Las dos cosas. Es increíble el tiempo que llevamos hablando tantas tonterías, es rico poder hablar así contigo, de cosas gafitas como si se tratara de grandes debates filosóficos –dije sonriendo-. ¿Te das cuenta de que estar contigo es como estar prendida? Me río de todo como una boba, como me reía de todas las tonterías que decía aquel niñito de quince años que fue mi primer novio y que me hacía resbalar las medias solamente por existir, cada vez que decía algo yo me reía como gafa. Es más o menos así. Peor, porque ya no tengo trece años.

XVII

Y los buenos tiempos comenzaron. Todos los eventos pasados parecían haber sido el preámbulo para estos días de felicidad. Estábamos idiotizados uno con el otro, todo lo que no fuera nosotros había sido, o bien relegado a un segundo plano, o modificado para adaptarse a nosotros. ¡Y decir "nosotros" se sentía tan bien! El trabajo estaba tan descuidado como era posible, sin llegar a colocarnos en una situación precaria y no inteligente; por fortuna, algo de sensatez quedaba en todo ese tumulto de emociones y sensaciones. Pasábamos el día conectados por mensajería instantánea, algunos días había menos tiempo que otros para hablarnos, pero lo importante era el hecho de poder dirigir la mirada al monitor de la computadora y ver la ventanita abierta del otro, con su nombre y su foto, haciéndonos compañía aunque fuera en silencio, aunque fuera de esta manera tan poco ortodoxa. A veces ayudaba a Iker cuando le tocaba traducir documentos, solía ser una tarea ardua puesto que estaban llenos de términos legales para los cuales no conocíamos traducción, ya que no estaban dentro de nuestro vocabulario cotidiano y dada la envergadura de dichos documentos no podíamos permitirnos un error.

Había dos motivos por los cuales me gustaba ayudar a Iker con su trabajo, el primero era totalmente desinteresado, basado únicamente en la disposición de hacerle la vida más fácil, en castellano simple, las ganas de ayudarlo; el segundo motivo era justamente lo opuesto al primero, el júbilo personal que yo obtenía del hecho de prestarle ayuda, era la necesidad de que Iker me necesitara, el placer de saber que era mi mano la que se extendía para sujetar la suya cuando del lado de Iker una mano se abría buscando otra que le satisficiera alguna carencia o necesidad. Y esa persona era yo. Los papeles se invertían cuando Iker revisaba los libros de la empresa una vez al mes para constatar que todo estuviera en orden.

Las complicidades no se limitaban al ámbito laboral, claro está; teníamos una lista mental de todas las cosas que queríamos hacer juntos, algunas de las cuales tenían entradas reiteradas, bien porque queríamos llevarlas a cabo varias veces, o porque la experiencia había sido de tal magnitud que sería un crimen no repetirlas.

Nuestra primera cita como tal fue un lunes por la tarde, el día estaba hermoso pero hacía un calor insoportable. Iker me había invitado a salir sin ningún plan en específico; era nuestra primera cita oficial y no queríamos combinarla con algún otro ítem de la lista que aún no hubiéramos hecho, queríamos mantener la relevancia de esta primera salida en un lugar aparte, reservarle un carácter único. No tuve que voltear el closet y ponerlo patas arriba para decidir qué me pondría, lo tenía claro desde el día en que Iker me había contado acerca de un sueño que había tenido, donde estábamos en su casa familiar en Caracas y yo me hallaba en su cama de la infancia, vestida con una falda blanca. Gracias a la estación en que estábamos no fue difícil conseguir una falda blanca en las tiendas, quería una falda nueva, que fuera la falda de nuestra primera cita.

Iker llegó a mi casa con la emoción de un adolescente que invita a la niña que le gusta a comer helados y sabe que ese día la va a besar aunque se caiga el mundo. Fuimos al parque; caminábamos tomados de las manos como dos adolescentes, era un poco raro porque yo estaba acostumbrada a la etiqueta de "el novio en la mano derecha y la cartera en la mano izquierda", pero a Iker le gustaba llevarme de su mano derecha. Tratamos de sentarnos en la grama y tomar turnos con la cabeza sobre el regazo del otro, como tanto le gustaba a Iker y como hacíamos a menudo en el patio de mi casa, pero los mosquitos estaban insufribles aquella tarde, por lo que tuvimos que sentarnos en unas mesas de picnic en un área menos retirada.

Fue mágico, aunque no hicimos nada particularmente especial, sólo hablamos, nos reímos, de vez en cuando Iker me besaba y me susurraba "te amo", era todo tan inocente y precisamente en esa candidez residía la magia del momento.

Ya éramos fanáticos del cine de toda la vida, en especial del cine internacional y los filmes independientes, cuando descubrimos cuánto mejor era ir juntos. La primera ida al cine tuvo poco que envidiarle a nuestra cita en el parque. Hicimos exactamente lo que Iker había dicho que le gustaría hacer aquella tarde de la paella, es decir, entramos a la sala y pasamos una hora y cuarenta y cinco minutos besándonos casi sin descanso, después volvimos a entrar para entonces poder ver la película. Era muy tonto actuar como niños de quince años y nos daba risa sentirnos tan a gusto con semejante actitud. Pronto aprendimos a combinar ambos ítems en la lista y fuimos capaces de besarnos durante la película sin perder grandes detalles de la misma y ya no tuvimos que quedarnos en la sala a esperar a que comenzara de nuevo. Vimos todas las películas que exhibían, hasta las malas, y acordamos guardarnos el secreto mutuo de nuestra predilección por el género de películas animadas, que no solamente veíamos el mismo día que las estrenaban, sino que las coleccionábamos en cuanto salían en DVD o Blu-ray y las veíamos en casa de vez en cuando. Iker veía los thrillers psicológicos conmigo sin entender cómo podía gustarme tanto algo que me causaba miedo. Yo le explicaba que era algo similar a la razón por la que a tanta gente, incluido él e incluida yo, por supuesto, les gustan las montañas rusas, él decía que no era para nada lo mismo y yo le daba la razón, aunque no siempre, a veces Iker me pedía que no cediera tan fácilmente, disfrutaba argumentar conmigo y yo no tenía ningún problema, siempre y cuando no termináramos peleando de verdad, cosa que inevitablemente ocurría cada cierto tiempo porque Iker no sabe cuándo parar, es de los que sigue aunque la otra persona esté visiblemente molesta y así lo haya expresado, Iker continúa hasta que el juego ya no es más un juego, hasta que yo opto por hacer silencio porque, llegados a ese punto, cualquier cosa que yo diga, para Iker, sigue siendo parte del juego.

En nuestra lista teníamos hacer alguna actividad juntos. Salíamos a correr juntos todas las mañanas aquellos días en que Iker se quedaba a dormir en casa o yo me quedaba en la suya, así como los fines de semana. Mirábamos juntos las tonterías que Craig Ferguson decía en su Late Show, y que jamás fallaban en hacernos doblar de risa, principalmente durante el monólogo inicial. Nos encantaba la Fórmula 1 que veíamos juntos y ambos le íbamos al mismo corredor, es decir, a Alonso; teníamos un artilugio digital de esos donde uno graba los programas que elige y luego los puede ver cuando mejor le convenga, pero no tenía gracia enterarse de los resultados antes de ver las carreras, así que preferíamos verlas en vivo, aunque algunos destinos planteaban un verdadero reto contra el sueño. También veíamos el fútbol juntos, aun cuando en este deporte las cosas eran menos ideales puesto que yo le iba al Barça e Iker al Real Madrid. Los amigos nos decían que nos veíamos cuchis abrazados o tomados de la mano cuando cada uno llevaba puesta la camisa de su equipo, éramos una especie de slogan ambulante de la tolerancia y el espíritu deportivo, a pesar de que a Iker no le gustaba que el Madrid perdiera, mucho menos contra el Barcelona, era algo que se tomaba muy a pecho, mientras que yo me alegraba por él cuando ganaba su equipo, aunque siguiera prefiriendo que el mío hubiera ganado. Una noche, después de un juego donde el Barça le había dado una paliza al Real Madrid, Iker estaba de pésimo humor y me había contestado groseramente cuando le pregunté por qué no podía alegrarse por mí, porque mi equipo hubiera ganado, aunque siguiera molesto por la parte que le tocaba, además de que era un simple juego de fútbol, no era para ponerse de esa manera, a menos que él fuera el dueño del equipo o uno de los jugadores. Aprendí que decirle una cosa como esa era peor que un insulto para Iker y esa noche Iker también aprendió que en verdad era idiota tomárselo tan a pecho: salí a la tienda y regresé a casa con una caja de témpera y un pincel y cuando salí del baño para irnos a la cama, traía la cara pintada de franjas blaugrana, me acosté y apagué la lámpara de mi lado sin decir una sola palabra. Iker me preguntó si pensaba dormir así y le respondí que sí y que si quería, en el baño había suficiente témpera blanca para que se pintara la cara color merengue y dejara la envidia. Iker estalló en carcajadas y me pidió que fuera a quitarme la pintura de la cara para poder darme un beso y se disculpó por su actitud.

Bajo la misma tónica de hacer cosas juntos, un día se me ocurrió proponerle a Iker que tomáramos un curso de decoración de tortas, pensé que se reiría y así fue, no obstante accedió. Iker tenía una vena culinaria que me encantaba pero los postres no eran su fuerte y ciertamente esculpir figuritas en pastillage no estaba dentro de sus destrezas, por lo que nunca pensé que se mostraría interesado en hacer el curso conmigo. Compramos nuestras boquillas y demás utensilios que estaban en la lista, además de los ingredientes para los distintos tipos de cubiertas para poder practicar en casa y fuimos a inscribirnos juntos.   Puesto que el curso lo dictaban en una tienda de manualidades, aprovechamos para comprar delantales unicolores, el de Iker, negro, el mío, beige. Iker quería un diseño como el de Pink Floyd para el suyo, con el prisma y el rayo de luz que lo atraviesa y el arcoíris que sale luego de atravesar el prisma. Sonaba más fácil de lo que fue en realidad hacerlo, pero al final quedó de lo mejor. Por su parte el mío tenía, entre otras cosas, un grupo de lirios rosados con blanco y toques carmesí que Iker pintó para mí y eran mi parte favorita del delantal. Era un delantal "muy Jules", calificativo que le dio Iker por la combinación de todos, o casi todos los elementos que me identificaban. Para cuando terminamos el curso básico la habíamos pasado tan bien que no podíamos esperar a que abrieran las inscripciones del intermedio y fue así como acabamos haciendo todos los cursos que ofrecían hasta "Profesional algo" e incluso unos de moldeado de azúcar y dulces de figuras de chocolate. Iker resultó ser mucho más diestro vertiendo chocolate en moldes y decorando bombones de lo que era haciendo figuras con la manga, de hecho, le quedaban increíbles, no solamente en forma y en sabor, pues tiene su truco calentar el chocolate a la temperatura correcta y mezclarlo con sabores en las proporciones ideales, sino que se veían muy atractivos a la vista una vez decorados; sus flores, por otro lado, siempre quedaron menos que perfectas, aunque jamás fallaron en hacernos reír.

Un viernes por la noche, después de habernos bañado juntos durante un largo rato, Iker salió de la ducha antes que yo y mientras se secaba, me dijo que necesitaba confirmar algo conmigo. Me asusté, no me imaginé nada en particular, pero sabía que se trataba de algo serio por la cara de Iker y la solemnidad del tono de su voz. Salí de la ducha, coloqué la toalla alrededor de mi torso y me acerqué a Iker, quien estaba parado frente al espejo, con ambas manos apoyadas en el mueble de los lavamanos, me detuve junto a él, puse mi mano sobre su hombro y le pregunté preocupada pero serena: "¿Qué pasa, bellísimo?". Iker me miró, se mordió el labio inferior, no dijo nada y volvió a verse en el espejo; me acerqué más a él, deslicé mi mano acariciándole la espalda, Iker volvió a mirarme y entonces me preguntó: "¿Bella, tú crees que me estoy quedando calvo?". Lo abracé riendo inconteniblemente, no muy segura de si era por los nervios o por lo que me acababa de decir, seguramente por ambas cosas. Le dije que no pensaba que se estuviera quedando calvo y entonces Iker procedió a mostrarme el tope de su cabeza: sí, sí se estaba quedando calvo. "Creo que lo hemos detectado en su fase inicial, bellísimo: nada que Rogaine no pueda solucionar". Esta vez fue Iker el que rió y como se negara a mi propuesta alegando que no tenía sentido utilizar un método que sólo sería momentáneo a menos que se volviera un esclavo de él, situación a la que se oponía rotundamente, traté de convencerlo de que al menos me permitiera intentar paliar el status quo con champú para cuerpo y volumen y demás productos similares. Iker rió alegando que no tenía sentido negarse a usar algún artificio específicamente formulado para contrarrestar la caída del cabello cuando su argumento para ello era aceptarse tal cual era y dejar que las cosas que tuvieran que pasar pasaran, si luego iba a echar mano de otro tipo de trucos para disimular la realidad. De todas maneras logré convencerlo de que me dejara intentarlo y tengo que decir que los resultados fueron mucho mejores de lo que esperábamos. "Las cosas que me dejo hacer por ti, Jules" me había dicho Iker mientras le untaba espuma en las raíces. Una vez el nuevo look fue logrado y ya que estábamos en el baño e Iker estaba de tan buena disposición, le propuse nos aplicáramos tratamientos faciales. Nunca voy a olvidar la cara de Iker en cuanto terminó de escuchar mi propuesta y sin embargo, aceptó. Fue imposible esperar a que la mascarilla de arcilla terminara de hacer su efecto porque Iker hacía cada vez un comentario más gracioso que el anterior y porque vernos las caras embadurnadas de mejunjes color pastel no nos permitía mantenernos serios. "¿Sabes que te amo?", me había dicho Iker, fue una manera muy tierna de terminar una velada que había comenzado tan divinamente. Entonces, Iker me confesó que le había encantado el rato que habíamos compartido juntos pero que se estaba desmayando de hambre y que le provocaban perros calientes, aunque sabía que no tenían nada de románticos ni de cuchis y mucho menos podían considerarse en la categoría de divinamente, pero era lo que le provocaba y tenía toda la intención de ir a prepararse unos, y que si yo quería unirme a su antojo estaba cordialmente invitada. Nunca he sido melindrosa para comer, aunque admito tener mis manías, pero Iker es el extremo opuesto y como dicen en mi país, come hasta piedra. Perros calientes no está precisamente en mi lista de alimentos predilectos, pero aquella noche la idea de unos caraqueñitos no me pareció nada despreciable. Yo me comí dos y el segundo fue completamente de gula, Iker se comió cinco y pensó en qué podríamos tomar a continuación de postre.

Intentamos bañarnos bajo la lluvia, como toda persona que haya crecido en Venezuela ha hecho en algún momento de su infancia, pero las tormentas en este país son extremas y cuando llueve la naturaleza no acostumbra a hacer concesiones, por lo que la aventura de salir a mojarnos en la lluvia no nos duró más allá de cinco minutos; entramos a casa empapados, con el frío metido hasta los huesos y muertos de risa. Eran días felices, la vida era hermosa y nuestro mundo era un lugar cálido y acogedor, el sol salía en las mañanas, no había problema que no tuviera solución ni preocupación demasiado grande. Iker llenaba mis vacíos y le impartía color a mi vida, me llenaba el alma de florecitas y pajaritos y demás clichés rosa y yo era feliz, absoluta, indiscutible e inconmensurablemente feliz. Y me sentía plena; Iker llenaba mi vida.

XVIII

Era la primera vez que una cosa así me sucedía. Sabía que mis ciclos eran largos pero esto era ridículo. Intenté achacárselo al estrés en el trabajo, al reciente cambio de marca de anticonceptivos y la preocupación por esta situación que ciertamente no ayudaba para nada. Trataba de convencerme a mí misma que en cuanto dejara de obsesionarme con la posibilidad imposible de estar embarazada, tendría la confirmación irrefutable que llevaba casi quince días esperando. Sería la primera vez en que tener la menstruación me parecería algo agradable.

Repasé una y otra vez lo mejor que mi memoria me permitía los eventos del pasado mes y medio tratando de recordar algo, alguna pista que apuntara hacia algún descuido que hubiera pasado desapercibido pero nada, nunca en mi vida había olvidado tomarme mi pastilla y hacerlo a la misma hora cada día era casi un acto religioso para mí, además la mayoría de las veces Iker y yo usábamos preservativos a pesar de que yo tomaba pastillas y de habernos hecho exámenes de enfermedades de transmisión sexual y llevar un tiempo considerable juntos, era una cuestión de estar doblemente seguros y no recordaba una sola vez en que hubiéramos tenido un incidente en el que se rompieran, se movieran, o alguna otra cosa. Simplemente, era imposible, pero los chances de estar en esa fracción decimal de porcentaje de que algo improbable ocurriera, mejor conocida como "milagro", estaban acabando con mis nervios.

Aún no se lo decía a Iker. No estaba muy segura de cómo abordar el tema, no era cuestión de recibirlo en casa un viernes por la noche, abrir la puerta y decirle: "Hola bellísimo, creo que vas a ser papá. ¿Qué te provoca cenar hoy?". Sabía que se lo tenía que decir, pero esto podía llevar a una conversación que yo no estaba muy segura de cómo terminaría y por lo tanto prefería evitarla mientras no sintiera que ambos, como individuos y como integrantes de esta relación, no estuviéramos listos para sostener.

Iker llegó a casa esa noche y yo lo estaba esperando con una copa de vino. "¿Solamente para mí?", me preguntó. Respondí que sí. Iker se notaba incómodo con la situación, pero, típico de él, decidió encarar el asunto sin rodeos y preguntarme directamente qué me pasaba y si pensaba terminar con la relación, cosa que dijo no pensaba permitir y fue enfático en ese punto. Yo tenía mis dudas de que al final de esta conversación Iker siguiera pensando de la misma manera. No sé si le temía más a la posibilidad de un embarazo no planificado o a las implicaciones que una prueba como esta tendría en nuestra relación, cuando fuera falsa alarma y ya hubiéramos discutido tópicos para los cuales no estábamos listos, por eso había pospuesto tanto esta conversación, porque tenía la esperanza de que las cosas se resolvieran solas, pero la mayoría de las veces los problemas no se esfuman por sí solos si los ignoramos y estaba claro que esta vez no iba a ser la excepción. Y eso por no mencionar el tema de las presiones, que si bien parecían ser cosa del pasado, yo no tenía la certeza de que así fuera y esto definitivamente calificaba como Presión Mayor.

Lo primero que hizo Iker fue abrazarme, acto seguido me dio un largo y dulce beso y tomándome la cara entre sus manos, me aseguró que todo iba a estar bien. Me daba miedo que Iker no quisiera ser parte de esto, y aunque la responsabilidad de un ser humano recayendo completamente sobre mis hombros me asustaba, lo que en verdad me tenía preocupada era el momento en que todo esto estaba sucediendo, porque la responsabilidad iba a estar ahí siempre, el punto era estar o no en la etapa adecuada de mi vida para asumir dicha responsabilidad. "El tiempo de Dios es perfecto", había contestado mi bellísimo católico dejándome boquiabierta. Tenía razón, así como tenía razón en que si estaba embarazada, estaba, no había vuelta atrás, no había nada que pudiéramos hacer excepto celebrarlo y pasar los siguientes nueve meses haciendo ajustes en nuestras vidas para estar lo mejor preparados posible para la llegada de este bebé. "Más bien como siete y medio", corregí sonriendo.

-Julia, ¿te das cuenta de que si tú y yo tenemos un bebé, va a tener apellidos bastante patrióticos? –me dijo Iker, tratando de subirme el ánimo.

-Tienes razón –dije, riendo.

-Síp –dijo Iker riendo-. Supongo que eso anula toda posibilidad de que, si es niña, le pongamos Miranda.

-Me imagino que sí, aunque Miranda es muy lindo y total, si te pones a ver, el que tiene dos apellidos de Próceres de la Independencia, tiene un nombre.

-Entonces, ¿estás a favor de tener una hija llamada: Miranda Urdaneta Páez?

-Totalmente –dije con una sonrisa-, de hecho, creo que suena muy bonito.

Iker salió a comprar una prueba de embarazo casera conmigo, ninguno de los dos había comprado una en nuestras vidas y había una isla completa de opciones, yo quería elegir la mejor pero sin experiencia de ningún tipo, elegir era una especie de lotería y sólo podíamos ligarla que el departamento de marketing hubiera mostrado objetivamente las bondades de su producto.

Ya de vuelta en casa llegó la hora de la verdad. Leímos juntos las instrucciones y nos cercioramos de que las habíamos entendido claramente. La caja decía que había que esperar un par de minutos antes de leer el resultado y que se descartara la prueba una vez transcurridos diez minutos, eran muy claros en que después de esta ventana el resultado podía no ser preciso y por lo tanto no debía tomarse en cuenta. Eran un montón de pasos, veinte segundos, dos minutos, diez minutos, ponga la tapa y coloque la prueba en posición horizontal, no toque la ventana del resultado, lea ahora, no lea antes, descarte la prueba, línea de control, doble línea, positivo, ignore el resultado… No era así como me había imaginado que tomaría mi primera prueba de embarazo, se suponía que las ansias debían ser positivas y me sentía culpable pensando que si en verdad estaba encinta, cuando ese bebé creciera y me preguntara cómo fue el día que me enteré de que lo estaba esperando, no tendría una historia muy dulce que contar. Iker me abrazó diciéndome que, aunque no conocía a ninguna mujer que hubiera estado embarazada, salvo su mamá, mis nervios le parecían perfectamente normales. La verdad es que me daba miedo emocionarme con la idea de tener un bebé de Iker y que luego no ocurriera. "Bueno, si te sirve de consuelo, ya es demasiado tarde para mí, yo ya estoy ilusionado con este bebé", dijo Iker pasando suavemente su mano por mi vientre.

Esperamos juntos los dos minutos más largos de nuestras vidas. Iker tomó la prueba del borde del lavamanos y la leímos juntos. Negativo. Demasiado tarde para sentir alivio por este resultado, ya estábamos ilusionados. Iker me abrazó muy duro sin decir nada, finalmente me miró a los ojos y me dijo: "Vendrá cuando tenga que venir, bellísima Jules" y la voz se le quebró y dos lágrimas le rodaron por las mejillas. Asentí colocando mi frente contra la suya, sequé sus lágrimas y dejé que Iker secara las mías. La ironía de haber pasado tantos malos ratos por las presiones que ponía inconscientemente en Iker y que ahora, frente a una de las más grandes presiones posibles, resultara que mi bellísimo vasco añoraba las mismas cosas que yo. Superaríamos este momento, que aunque nos dejaba tristes y con una sensación de vacío, nos había acercado creando un nexo entre nosotros más fuerte y más profundo de lo que hubiéramos sospechado.

XIX

Decidí seguir el consejo de Felipe y comenzar a escribir. No tenía un tema definido y además no tenía la menor idea de cómo comenzar, por lo que estuve durante semanas sentada delante de mi computadora con la página de Word frente a mí, completamente en blanco. Dudé de que, después de todo, esto fuera una buena idea. Felipe me preguntaba cómo iba la escritura periódicamente en los correos electrónicos que intercambiábamos y me daba ánimos. Me recordaba constantemente las palabras de Ernesto Sábato: "No se debe elegir el tema de una novela o de un drama; es el tema quien lo elige a uno." Según Sábato, debía esperar a que el tema me acosara, me persiguiera y me presionara, cosa que podía durar años. Y algo más sobre vivir obsesionado con determinado tema, supongo que se refería al leitmotiv.

Como siempre, mi querido amigo y mentor tenía más confianza en mí de lo que yo misma tenía en mis propias destrezas. Esto de mis incursiones -hasta el momento fallidas- en el mundo de la literatura del lado creador, era algo que sólo le había confesado a Felipe.

Un buen día ocurrió el milagro: una noche, sentada en el sofá de Iker, quien se había quedado dormido con la cabeza apoyada en mi regazo mientras le acariciaba el pelo, a ratos la sien o la frente y escuchando música, me quedé mirando por la ventana de la sala el parque que desde allí alcanzaba a verse, el tobogán, los columpios vacíos mecidos de cuando en cuando por el viento y fue entonces cuando llegaron a mi mente todas las palabras juntas, atropellándose en estampida, una maraña ininteligible en un comienzo, para después fluir maravillosas, perfectas, en versos que salían tan naturales que me daba la impresión de que alguien me dictaba todo aquello.

Jamás fue mi intención dedicarme a la escritura como profesión ni nada por el estilo, esto era una especie de salida de emergencia, no porque escribiera únicamente cuando tuviera algún tipo de conflicto emocional, ese no era el caso, sino que, basados en la premisa de Sábato, escribía cuando el tema me obligaba a escribir. Escribir o morir. A ratos era conjuro, a ratos exorcismo, válvula de escape.

Una fría mañana de principios de diciembre abrí los ojos y me quedé unos minutos pensando en el sueño que acababa de tener. Llevaba tanto tiempo sin saber de Guillermo, no había hablado con él por teléfono, no nos habíamos enviado correos electrónicos, ni nos habíamos visto en años, más de diez, estaba segura. No podía recordar la última vez que había pensado en el poeta y sin embargo acababa de soñar con él. No era su cumpleaños ni la efeméride de alguna fecha otrora significativa para nosotros, al menos no que pudiera recordar en ese momento. Quizás tuviera algo que ver todo este asunto de estar escribiendo, sonaba lógico asociar, aun cuando no fuera de manera consciente, a Guillermo con escribir y por hallarse este nexo en algún lugar recóndito de mi mente, había aflorado en un sueño. Creo que Jung me habría puesto 20 puntos por este análisis.

Yo siempre creí firmemente que Guillermo y yo teníamos una especie de conexión que iba más allá de la química, de estar enamorados o de algún otro motivo lógico. Eventualmente desistí de tal idea y se la achaqué a razones menos, digamos esotéricas, como lo importante que había llegado a ser en mi vida y el amor que alguna vez sentí por él. Cosas de las que uno se convence a sí mismo cuando está enamorado de alguien y jura haber hallado a su alma gemela. Sólo eso. Lo curioso era que desde que nos conocimos, cada vez que soñaba con él, no fallaba que me llamara o me lo encontrara. Me quedé pensando si esta vez sería como las anteriores y recibiría una llamada de Guillermo. Las posibilidades de que eso sucediera eran remotas, por no decir inexistentes. Guillermo no tenía mi teléfono ni mi dirección y yo había cambiado mi correo electrónico hacía mucho, estaba segura de no habérselo dado jamás.

Me quedé de piedra cuando salí del baño y mi teléfono tenía una llamada perdida y un mensaje de voz nuevo. Claro que podía no ser el poeta pero ¡por Dios, qué casualidad! Si era él, saldría a comprar un ticket de lotería.

Tuve que escuchar el mensaje tres veces, porque las primeras dos no pude entender una sola palabra de lo que Guillermo decía, no porque hubiera problemas con la comunicación, sino porque tal era mi estado de shock que no era capaz de procesar la información. Estuve ensayando varias veces lo que le diría antes de marcar y ninguna de las formas que se me ocurrían me convencía. Tenía las manos heladas y temblorosas, estaba segura de que no quedaba un ápice de cariño de pareja en mí hacia él y sin embargo me ponía sumamente nerviosa esta incursión inesperada del poeta en mi vida, que me tomaba completamente desprevenida, yo, que era de las que necesitaba planificar las cosas, hacer listas; honestamente no estaba muy segura de que me agradara toda esta situación.

Me di cuenta de lo tarde que era, me vestí y salí corriendo de casa, ahora con la excusa perfecta para posponer la llamada y darme tiempo para asimilar todo esto, tal vez inventar una excusa creíble para no ver a Guillermo, aunque me remordía la conciencia saber que estaba en la ciudad y yo no solamente no lo veía, sino que iba a inventarle una mentira. Yo y mis moralismos, ¡bendito colegio de monjas! ¿Qué podía importar si le decía una mentira? No se iba a acabar el mundo por eso y seguramente hasta sería mejor para todos, léase Guillermo, ¡Iker! y yo.

Aunque Iker era la persona menos celosa sobre la Tierra, esto tenía pinta de que podía enredarse muy fácilmente y todo iba tan bien, tan rosa, tan divinamente, ¿para qué arriesgarme a dramas innecesarios? Y además, decirle una mentira a Guillermo para no verlo tampoco sería lo peor que había hecho en mi vida, mis moralismos tenían cosas mucho más escandalosas que reclamarme antes de ponerse a emitir juicios de valor sobre esta mentira.

Iker y yo habíamos acordado almorzar juntos esa tarde así que aproveché para contarle. Su respuesta: "Buenísimo, diviértete mucho". Yo sabía que esto era una mala idea. Ni siquiera había salido con Guillermo y ya el asunto estaba trayendo problemas.

-En realidad no tengo que ir...

-No, por mí ve, yo no tengo problema, te dije que te divirtieras, ¿no te lo dije?

-Sí, pero pensé que era sarcástico.

-No, para nada, ve y pásala excelente.

-¿Puedo saber por qué la cara y el tono, entonces?

-¿Cuál cara? No tengo ninguna cara ni ningún tono, yo estoy bien. Si quieres ir a verte con tu ex, ese es tu problema, pues, tú haces lo que tú quieras.

-Ok.

-Ok.

-¿Por qué no mejor me dices que prefieres que no vaya y ya?

-No pana, ya te dije, tú haces lo que tú quieras, o sea, a mí no me molesta.

-M, Ok.

-Yo no te voy a estar diciendo que hagas o no hagas vainas, tú puedes hacer lo que te dé la gana y punto.

-Yo no te estoy pidiendo permiso, te estoy pidiendo tu opinión.

-Bueno, ya te la di, pues, esa es mi opinión: esa es tu vida, lo que tú hagas con tu vida es asunto tuyo solamente.

-Ah, Ok. Entiendo. Mi vida es solamente asunto mío, ¿correcto?

-Correcto.

-Bueno saberlo.

-M, sí, me imagino.

Terminamos de almorzar en silencio, ni siquiera nos miramos. Hacía un enorme esfuerzo por no pensar en esta conversación por demás desagradable porque sabía que comenzaría a llorar como una estúpida y no estaba dispuesta a darle el gusto a Iker. No sabía si sentía más rabia por lo grosero de su tono y las palabras que había elegido, o si el dolor de que no le importara ni medio que yo saliera con quien me diera la gana, en el plan que fuera, porque al final mi vida era asunto mío y no tenía nada que ver con él, era más grande. Y sentirme así me daba rabia conmigo misma, por idiota, por estar enamora da de un tipo que insistía en dejarme muy claro en cada oportunidad que se le presentaba que yo no era algo serio para él, que él no tenía ningún tipo de compromiso conmigo y que yo le daba perfectamente igual. Sabía que en verdad lo que tenía Iker era un ataque monstruoso de celos y que en su afán por no demostrarlos actuaba como un perfecto patán, restándole importancia a nuestra relación, pero de todas maneras pensar todo esto me hacía sentir más estúpida todavía, porque lo estaba justificando y aunque sí, era verdad que estaba celoso -no había que ser muy brillante para darse cuenta de eso-, también era verdad que muy en el fondo Iker pensaba y sentía todo lo que me había reiterado una y otra vez durante esta conversación: yo no era su prioridad y entre nosotros no había ningún compromiso.

Me excusé para ir al baño y entonces pude llorar un par de minutos. Era eso o llorar de regreso en el auto, o peor aún, una úlcera. Regresé con el maquillaje perfecto, ni rastro de haber llorado. Sabía que Iker no era tonto y me conocía y sabía a lo que me había levantado, pero no me importaba, al menos no le habría dado el gusto de hacerlo delante de él y además no le constaba, era sólo una sospecha. Cuando llegó la cuenta, entregamos las tarjetas de crédito al mismo tiempo. El mesero, muy cortés, en un gesto probablemente ensayado hasta lograr que saliera tan decorosamente, me entregó mi tarjeta de vuelta, sin embargo un "insisto" combinado con la expresión de mi rostro fue todo lo que hizo falta para que la aceptara y se retirara. Sabía que a Iker le gustaba invitarme cuando comíamos fuera, y aun cuando no lo hice por molestarlo, sino más bien para no tener que darle las gracias al salir, se lo tenía bien merecido si se molestaba por eso.

Ni siquiera nos despedimos. Qué manera tan triste de separarse de una persona a la que se ha amado –y se sigue amando- tanto. La fantasía que me había inventado y que solamente me había creído yo, acababa de llegar a su fin. Después de todo, la salida con Guillermo no me caería nada mal, me haría bien salir un rato, distraerme, pensar en otras cosas, reírme. Lo llamé de vuelta antes de bajarme del carro. De inmediato me preguntó qué me pasaba. Repliqué que nada, que seguramente ya no tenía la voz de niñita que él recordaba. "No, no es eso, chiquita, pero no importa, ya me contarás cuando nos veamos" fue su respuesta. Nos veríamos esa misma tarde, en cuanto yo saliera del trabajo. La conversación fue breve y noté que ya no estaba nerviosa ni ansiosa, ni nada. Estaba en automático. Mejor así. Sería mucho más fácil trabajar si me sentía como si tuviera el corazón anestesiado.

Le había dicho a Guillermo que yo lo pasaría recogiendo en su hotel, pues habían pronosticado nieve y lluvia helada y él no estaba acostumbrado a manejar bajo esas condiciones climáticas, así que era más seguro si yo manejaba, apartando que no conocía la ciudad y no se le había ocurrido pedir que le dieran un carro con sistema de navegación satelital. "Yo pensé que eso venía estándar en todos los carros del Imperio 'mejmo', mi corazón", me había dicho por teléfono, haciéndome reír.

Lo llamé desde el lobby para que bajara. Fue emocionante verlo acercarse, no pude evitar que se me salieran las lágrimas. Sentí un cariño tan grande por Guillermo desde el momento en que lo vi salir del ascensor y venir caminando hacia mí, mas no era del amor romántico, de hecho, en ese momento me quedó claro que yo ya no volvería a amar al poeta de esa manera, nunca más. Tal vez él sí era mi alma gemela, pero por alguna razón no estábamos destinados a ser pareja en esta vida. O tal vez había varias clases de almas gemelas y no todas eran del tipo que todos conocemos como tal. Tal vez "alma gemela" definía a todas aquellas personas con las que mantenemos un lazo especial, como ese mejor amigo que es un hermano para nosotros desde el día en que lo conocemos, como si más que conocerlo estuviéramos reconociéndolo. Como sentir el abrazo de Guillermo como un refugio, saber que donde fuera que estuviéramos, cerca, lejos, a pesar de los años, a pesar de la vida, había una persona que me quería y que se preocupaba genuinamente por mí. A lo mejor Guillermo era un ángel y yo no lo sabía, porque mientras pensaba esto recordaba el día en que pensé justamente lo contrario, es decir, ¿qué clase de alma gemela se olvida completamente de su contraparte y dice no sentir absolutamente nada por ella? Y eso era justamente lo que yo había pensado aquella tarde del sabotaje de la paella, en mi cama, junto a Iker. Y quizás Guillermo era un ángel que venía en mi rescate de vez en cuando, aunque dudaba que los ángeles tuvieran vida sexual y esto anulaba la teoría del ángel por completo. Lo que fuera, el poeta llegaba en el mejor momento para levantarme el ánimo.

Casi no había cambiado, algunas canas más que antes, tal vez, pero de resto estaba idéntico a como yo lo recordaba. Yo, en cambio, estaba más bella que nunca.

-Tú no cambias, Guillermo –le dije.

-Pero si es un piropo inocente, mi amor.

-Un piropo político, si te pones a ver. No creo estar "más bella que nunca" nada y tú lo sabes, pero me dices eso porque ni modo que me digas que estoy horrenda.

-Tan irreverente como siempre.

-Gracias. No por lo de irreverente, sino por decirme que estoy bonita.

-Es la verdad, chiquita, estás muy bella, a pesar de la tristeza.

-¿Qué tristeza?

-Ay no, mira, Julia, no nos vamos a caer a cobas a estas alturas de la vida, si no me quieres decir por qué estás triste y no me quieres contar qué es lo que te pasa, está bien, pero no me digas que no tienes nada cuando yo te conozco perfectamente y sé que a ti te pasa algo.

-Está bien, tienes razón. Discúlpame. Me pasa algo pero no tengo ganas de hablar de eso en este momento.

-Está bien, no hablemos de eso entonces. Y no me pidas disculpas, Asi.

-¡"Asi", cuántos años sin oírme llamar de ese modo! –dije riendo.

-Sí, ¿no?

-Mjm.

-Bueno, cuéntame entonces, ¿cuál es el itinerario?

-Bueno, la verdad es que no tengo nada planeado, lo que menos me imaginé fue que llamarías hoy en la mañana para decir que estabas aquí y así, a última hora, pues, no hay mucho que se pueda planificar.

-¿Qué te parece si comenzamos por ir a comer? Me desmayo de hambre.

-Ok, vamos, ¿te provoca algo en especial?

-No, ¿a ti?

-Yo no tengo hambre.

-¡Qué raro!

-Ay no te metas conmigo, Guillermo, por favor.

-Es jugando, mi amor, estás sensible hoy, ¿verdad?

-No, yo también lo dije jugando, bueno, sí estoy sensible pero de verdad lo dije jugando y yo sé que tú también estabas jugando conmigo.

-Hagamos algo, chiquita: vamos al carro y cuando comencemos a rodar se nos atravesará algo que nos provoque y entonces nos paramos, ¿te parece?

-Ok.

Nos decidimos por italiano. Hablamos de tantas cosas, eran demasiados años, demasiadas anécdotas que actualizar. No logré que Guillermo me dijera cómo había hecho para encontrarme, si se hubiera tratado de cualquier otra persona me habría resultado muy sospechoso y tal vez habría temido por mi vida, pero en Guillermo confiaba plenamente, es la persona que querría a mi lado si tuviera que ir a la guerra. Por mi parte, decidí admitir haber soñado con él la noche anterior, no sin antes hacerle prometer que no me haría ningún comentario al respecto que no fuera en un tono y dentro de un contexto estrictamente amistoso.

-Hablemos de ti porque ya yo te he contado toda mi vida. Entonces, ¿cómo estás? –preguntó el poeta después de los aperitivos.

-No estoy segura –contesté.

-Y me imagino que eso tiene que ver con la tristeza que cargas.

-Sí.

-A ver, chiquita, cuéntame tus penas.

-No vale la pena –dije negando con la cabeza.

-¿Cómo se llama?

-Iker –dije después de reír- ¿No te dije que no te iba a contar?

-Yo no escuché nada.

-¡Se nota!

-Bueno, veo que algunas cosas no cambian, es decir, que voy a tener que sacarte las palabras a cucharadas de la boca. Tú y tus misterios, Julia Isabel.

-¿Qué te puedo decir? –dije, encogiéndome de hombros.

-¡Ay, chiquita! –dijo el poeta suspirando- ¿Por qué será que siempre nos enamoramos de quienes no nos corresponden?

-¿Qué te hace pensar que se trata de eso? –pregunté sonriendo.

-¿De qué se trata, entonces?

-No sé, Guillermo. Iker es muy raro.

-Mi amor, ¿acaso no hemos hablado de esto ya? ¿No te he dicho antes que si el tipo no se muere por ti, no vale la pena?

-Sí, yo sé eso, pero es que yo no sé qué es lo que me pasa a mí con Iker. Yo creo que tengo problemas psicológicos –dije riendo.

-Eso lo hemos sabido siempre, mi amor, lo que pasa es que tratamos de ocultártelo para no causarte traumas mayores; sabes, a los locos no hay que decirles que están locos…

-Bobo.

-¿Por qué lo dices? ¿Qué es lo que te pasa con Iker que te hace pensar que algo no está bien contigo?

-Quererlo. Eso es lo que me hace pensar que tengo problemas mentales serios.

-Pero eso pasa, Julia –dijo Guillermo sosteniendo la copa de Pinot Grigio en la mano.

-No, no, Guillermo, es que tú no entiendes.

-Explícame entonces, para poder entenderte –dijo Guillermo-. Mira, Julia, está visto que tú y yo como pareja nunca vamos a funcionar, eso creo que ya nos quedó claro, a los coñazos, pero por fin lo entendimos. De todas maneras yo quiero seguir estando en tu vida de una u otra manera, mi amor. Yo te amé demasiado, tú no eres cualquiera de las perras que han desfilado por mi vida, tú eres Julia, y si Dios o la vida o el destino o yo no sé quién, no le da la gana de que vivamos una vida de novela rosa juntos, yo igual siempre voy a estar aquí para ti, chiquita, cuando tú me necesites, para lo que sea. Tú sabes todo esto, y si necesitas que te lo recuerde, pues te lo recuerdo.

-Me vas a hacer llorar, Guillermo –dije con un nudo en la garganta-. Yo también quiero ser parte de tu vida, aunque no sea como pareja.

-Y lo eres, siempre lo has sido y siempre lo serás. Eso también lo sabes. Bueno, entonces, dime bien lo que te pasa, porque me parece que estás midiendo las palabras para no hacerme daño y no hace falta, mi amor, ya yo te lloré todo lo que te iba a llorar, ahora estoy listo para ser tu amigo de verdad.

-Qué lindo eres, Guillermo.

-Y tú eres la mujer más hermosa de este planeta, mi amor –dijo Guillermo riendo.

-Bueno, lo que pasa es que lo quiero mucho. Mucho.

-Lo amas, querrás decir…

-Sí. Qué cursi suena.

-No es cursi, Julia, a las cosas hay que llamarlas por su nombre.

-Bueno, lo amo –hice una pausa y bebí un poco de agua antes de continuar-. Es que, sabes, parece que decir todo esto en voz alta es una especie de sentencia. Pensarlas es una cosa, pero decirlas en voz alta es como asumirlas sin vuelta atrás.

-Te entiendo, chiquita. Y es así, tienes toda la razón del mundo.

-El punto es que con él encontré eso que me faltaba, eso que yo tanto había buscado en vano durante tantos años.

-Eso se te nota, mi amor, ni siquiera me lo tienes que decir. Pero, aunque lo hayas encontrado gracias a este señor, sigue estando dentro de ti y ahora que lo has encontrado no lo vas a perder por no estar con él, ¿me explico?

-Sí, yo sé eso, Guille, ese no es el problema. Es que, ¿te das cuenta de lo especial, de lo único que es ese hombre para mí, si es gracias a él que me veo en el espejo y por fin me reconozco en la imagen que se refleja?

-Ok, pero entonces, ¿cuál es el problema, Julia?

-El problema es que yo no vuelo.

-Ok, Julia, ya va: eso no es posible –dijo Guillermo sonriendo.

-Claro que sí, Guillermo.

-Mi amor, tú eres la mujer más maravillosa que hay sobre la tierra, eres sumamente inteligente, eres bella, eres sexy, eres una diosa, tienes sentido del humor y tienes algo que hace que uno se vuelva loco por ti. Créeme: tú vuelas. ¿Cómo me vas a decir que el pana no te ama?

-Es que ese es el problema. Mira, suponiendo que fuera como tú dices y que yo fuera todas esas cosas maravillosas y espectaculares, me siento como un vestido de gala, muy lindo, sí, alta costura y todo lo que tú quieras, pero ese tipo de vestidos se miran de lejos, desde la vitrina de alguna tienda siempre vacía, o en un maniquí de algún atelier; si alguien alguna vez se lo lleva a casa, no lo saca del plástico protector sino para admirarlo de vez en cuando, pero sería una locura ponérselo todos los días para ir al trabajo, para salir a trotar, a comer con los amigos, de paseo por el campo. ¿Entiendes lo que te quiero decir? Entonces, todos esos atributos no me sirven de nada si Iker me ve en una vitrina y pasa de largo.

-Nunca lo había visto desde ese punto de vista –dijo Guillermo-, pero tal vez sea cuestión de encontrar alguien que quiera un vestido de gala para diario.

-No sé, Guillermo, yo creo que esa persona no existe –dije, secándome las lágrimas antes de que rodaran por mis mejillas-, y además, ya yo me enamoré del hombre perfecto y no funcionó; míralo aquí, consolándome el despecho por otro tipo.

-Sí, para lo que hemos quedado algunos –dijo Guillermo haciéndome reír.

-Vale, es en serio.

-Yo sé que es en serio, chiquita. Es que me duele mucho verte así y trato de hacerte reír un poquito a ver si ayuda.

-Gracias.

-No sé qué hacer por ti, Julia. En verdad no sé qué decirte.

-No me digas nada, no hace falta. Lo irónico es que Iker es el más imperfecto de todos los hombres, es inmaduro, contradictorio, egocéntrico e insensible.

-Y te voltea el mundo –interrumpió Guillermo.

-Juega polo con mi mundo.

-¿Y cómo es que alguien con todos esos defectos te tiene así?

-Porque es de verdad. Es real, es de carne y hueso, es humano. No te lo puedo explicar. Y, claro, para cada defecto tiene su contraparte positiva que siempre aflora justo cuando debe salir a relucir: siempre está para apoyarme cuando lo necesito, no me deja sin antes asegurarse de que yo sepa que me quiere, mucho más si sabe que dijo algo o hizo algo que me hace pensar que yo no le importo para nada. Bueno, menos hoy. No sé, Guillermo, como te dije, no te sé explicar, es difícil describir a Iker.

-Bueno Julia, pero si te has estado escuchando a ti misma, estarás de acuerdo conmigo en que sí te quiere, pero que tiene su carácter, por decirlo de alguna forma.

-Sí, él me quiere, pero yo no quiero que me quiera, Guillermo, yo quiero que Iker me ame, que me ame con locura. Yo quiero el final feliz de cuento de hadas con Iker. Y estoy obtusa, estoy obtusa e irracional, es con él y no quiero a otro, no me sirve más nadie, tiene que ser Iker.

-¿Pero por qué, mi amor, por qué estás tan empeñada en que sea él?

-Porque lo amo, porque sé que es Iker, Guillermo, por eso. Porque estoy segura de que él es el hombre para mí. ¿Ves que estoy loca?

-No estás loca, Julia, si tu sexto sentido, para llamarlo de alguna forma, te dice que es él, pues debe ser así. Tú sabes cómo eres tú con estas cosas de las intuiciones.

-Es que a veces tengo mis dudas y no sé si estoy obsesionada con Iker y no es ninguna intuición nada, sino el producto de mi psique enferma.

-Ninguna psique enferma, Julia –dijo el poeta riendo-. Mi amor, pero si estás tan segura de que el tipo es el hombre de tu vida, entonces deja el estrés, las cosas se van a dar solas, "lo que es del cura va pa' la iglesia", ¿no es así?

-No sé, Guillermo, no siempre. No todo es destino inexorable, las cosas también dependen de las decisiones que uno toma. Además, Iker siempre se encarga de bajarme de la nube y recordarme que mi fantasía no es más que eso, una fantasía que solamente me creo yo. ¿De qué me sirve estar segura de que él es el hombre para mí, si él no piensa lo mismo?

-Te veo mal, Julia Isabel –dijo Guillermo pensativo.

-Te dije que estaba grave.

-Estás grave.

-En fin, dejemos de hablar de este tema, suficiente drama por esta noche –dije sonriendo-. Cuéntame algo.

-Creo que ya te lo conté todo, mi amor.

-Tú siempre tienes más cosas que contar, Guillermo -dije-. ¿Qué le vas a pedir al niño Jesús?

-Le pediré una Julia de plástico, de las inflables, ¿sabes?, pero que no sea tan peleona como la de verdad, que sea muda, mejor.

-Qué imbécil eres, pana –dije riendo.

Continuamos la conversación en el auto. Llevé a Guillermo en un tour improvisado por las partes más significativas de la ciudad, o al menos aquellas que yo creía valían la pena ser vistas. Le mostré mi preescolar, aunque no nos bajamos, la estación de tren "Union Station", que casi lo hace delirar de alegría. Lo acompañé a hacer algunas compras, ya había olvidado lo divertido que era ir de compras con Guillermo. Los centros comerciales estaban abiertos hasta cerca de la medianoche por horario navideño y a esa hora salimos de allí camino a casa, le había prometido a al poeta enseñarle donde veía venados de cola blanca en mi jardín, aunque no le garantizaba que estuvieran esta noche. Tampoco podía garantizar que pasara el tren y lo pudiera escuchar, sobre todo a esa hora y con semejante tormenta, pero a lo mejor teníamos a los dioses de nuestro lado esta noche y Guillermo no se iría sin ver ambos.

El poeta casi se muere de risa cuando me vio abrir la puerta de la cocina que da a la terraza y regresar con una botella de Chardonnay en la mano.

-¿Qué pasa, nunca habías visto una nevera exógena natural? -pregunté riendo-. Se enfría más rápido afuera y aparte el método es conservacionista.

-No emitiré opinión alguna al respecto –dijo Guillermo, aún riendo.

-Espero que la que esté de turno me esté cuidando mis rosales y los lirios de la abuela Marguerite –dije, entregándole la copa a Guillermo.

-No te preocupes, que ambos están perfectamente bien cuidados, de eso me encargo yo personalmente.

Mi celular comenzó a vibrar y yo me quedé mirándolo un par de segundos, viéndolo girar, acercarse al borde de la isla de la cocina, a punto de caerse. "Respóndele, mi amor", me dijo el poeta. Por un momento dudé si tomar la llamada o dejar que atendiera la contestadora. No sabía si Iker me diría alguna otra cosa desagradable o no y en cualquier caso no tenía ganas de lidiar con ese asunto en este momento, tanto por mi estado de ánimo, como porque aún atendía a Guillermo.

Del otro lado de la línea, un Iker sereno y hasta dulce me dijo estar sorprendido de que le hubiera atendido y que estaba preparando en la mente el mensaje que dejaría en mi contestadora.

-Bueno, ¿qué querías decirme?

-Quería preguntarte si podemos vernos mañana. Tengo que hablar contigo y preferiría que fuera en persona.

-No sé si voy a poder mañana. Yo te llamo cuando me desocupe, ¿sí?

-Bueno, dale.

-Buenas noches, entonces.

-Buenas noches. Espero que la hayas pasado, o que la estés pasando muy bien, de verdad.

-Gracias. Tú también.

Tranqué el celular sintiéndome fatal. No era un jueguito como el que otras veces me había visto forzada a jugar por la situación. Estaba cansada de sentirme así y no era sano continuar mermando lo poco que quedaba de mi autoestima, seguir con esta relación de insecto golpeándose obstinadamente contra el bombillo del techo y todo por un capricho.

-Por tu cara deduzco que lo mandaste para la mierda –dijo Guillermo cuando me vio entrar de nuevo a la cocina.

-Digamos que en teoría –dije apoyando la cabeza en el hombro de Guillermo, dejando que me abrazara-. En realidad, tengo el presentimiento de que es él el que quiere terminar conmigo. Aunque yo había asumido esta tarde que esto se había acabado, pero como que no es así o no sé, será que lo quiere hacer oficial...

-¿Por qué no haces algo: te acuestas a dormir como una niña buena y mañana, cuando estés más tranquila, lo llamas, se ven, hablan y arreglan todo esto?

-Mientras más lo pienso más convencida estoy de que es eso lo que quiere. Terminar conmigo, me refiero ¡Quiero una varita mágica! Una varita mágica para arreglar mi vida de una vez por todas y "vivir felices para siempre" –dije-. Te voy a agradecer que te abstengas de hacer un chiste sexual a partir de mi comentario de la varita mágica.

-¡Qué lástima! Ya lo tenía pensado y todo –dijo Guillermo-. La varita va a estar difícil, mi amor, con la crisis mundial, los dioses han recortado el presupuesto y ya no andan repartiendo varitas mágicas ni bolas de cristal como solían hacer en el pasado.

-¿Sabes qué? Estoy como saturada del tema. Siento como si lleváramos semanas hablando de esto únicamente y ya no lo soporto más, aparte de que si sigo pensando en esto voy a entrar en crisis porque no me puedo sacar de la cabeza que eso es lo que quiere decirme en persona, que esto se acabó –dije llevándome la mano a la frente.

-Está bien, chiquita –dijo Guillermo-, no hablemos más de esto, ¿te parece? Te prometo que te ayudo a pensar en otra cosa, pero no me tienes que regañar.

-No te estoy regañando, discúlpame. Quise decir que estoy verde del tema pero es por mí, tengo horas de horas con esto en la cabeza y ya quiero que se acabe y bueno, ahora esta llamada y este presentimiento horrible.

-Tranquila, chiquita. Todo va a estar bien. ¿Sabes que ese gesto que acabas de hacer, el de llevarte la mano a la frente, es tan tuyo?

-No lo creo, Guillermo. ¿Qué gesto?

-Ese: te llevas la mano a la frente… la próxima vez que lo hagas te voy a decir a ver si te das cuenta. Es más, te voy a agarrar la mano en la posición y te voy a llevar hasta un espejo para que te puedas ver.

Reí. Cerca de las dos de la mañana decidimos regresar al hotel. Milagrosamente, los venados habían decidido asomarse por mi patio esa noche helada de diciembre a pesar de la tormenta, para ser admirados y fotografiados por Guillermo. El tren de la Union Pacific también quiso colaborar dejándose oír con su nunca tímido silbato.

Las luces de la calle se reflejaban en la nieve y daba la sensación de estar amaneciendo. Era tan extraño estar rodeados de toda esa nieve, verla caer suavemente, imagen que yo siempre había asociado con el poeta sin saber por qué. Sentir su mano firme sujetando la mía para no resbalar, un guante apretando otro guante, nunca antes nuestras manos se habían tomado de esta manera, mientras nuestros pies se hundían hasta más arriba de los tobillos en este gélido manto blanco. Me quedé mirando fijamente a Guillermo, quien aún agarraba mi mano con firmeza y toda nuestra historia juntos pasó delante de mí como una película, como la locomotora que se escuchaba de fondo; recordé el taller de poesía y el ducto de aire caliente sobre mi cabeza, recordé que ese día había sido Eloy el que me había llamado la atención, hasta que este poeta dulce y malhablado me fue ganando poco a poco, haciéndome reír, inventándome apodos absurdos, hablándome de bicicletas y televisores en blanco y negro que mantienen un punto en el centro de la pantalla un segundo antes de apagarse por completo, de un cielo lleno de nubes en el jardín inmenso de la casa donde alguna vez soñé con ver correr varios pares de piecitos de arriba abajo. Me acordé de la madrugada fría de Caracas la primera vez que hicimos el amor, me acordé de Buenos Aires, de los cuatro puntos en la base de la nuca el día que resbalé en la ducha y el terror sembrado en la mirada de Guillermo de camino a emergencia. Una a una, las imágenes se iban sucediendo en mi mente sin un orden específico, me vi empacando mis cosas, cerrando la puerta de roble tras de mí con las llaves que aún están guardadas en el último cajón de mi escritorio. Recordé extrañarlo a rabiar, recordé haber inventado vanamente toda clase de sortilegios para mantener su recuerdo a raya, recordé haberlo convertido en mi amigo imaginario y hablar con él aun cuando no estaba a mi lado, convencida de que de alguna u otra forma me estaba escuchando.

No podía sentir la punta de mi nariz, ni mis labios, las mejillas también las tenía dormidas, sentía que el frío me robaba la vida cada vez que se colaba en mis pulmones con sus centígrados negativos de doble dígito. "Qué maldición", dijo Guillermo, abrazándome. ¿Cómo se había echado a perder todo? ¿En qué momento todas esas razones para no seguir juntos y que ahora ni siquiera podíamos recordar, se habían vuelto determinantes? ¿Cómo se podía hacer tan infeliz a quien se amaba tanto?

Guillermo besó suavemente mi frente en un largo y pausado beso y se sacó los guantes para secarme las lágrimas con sus dedos. No hacía falta que dijéramos nada y al mismo tiempo no había nada que decir. Sabíamos perfectamente lo que el otro estaba sintiendo y pensando y a pesar del vacío en el alma, la vida seguía siendo lo que era, la realidad no había cambiado ni cambiaría nunca y nosotros seguiríamos despidiéndonos al final de cada encuentro como gesto último de amor.

-Ven, tengo una idea –le dije a Guillermo tomándolo de la mano. Entramos al garaje y entre los dos bajamos del estante más alto un trineo de plástico.

-¿Estás segura de que esto es una buena idea, mi amor? –preguntó Guillermo entre nervioso y entusiasmado.

-Claro que sí, confía en mí –dije-. Eso sí, no puedes gritar ni reírte muy duro o nos van a llamar a la policía.

-Prometo no hacer ruido.

-¿Palabra de honor?

-Palabra de honor.

-Giddy yap!

Nos lanzamos por la pendiente del patio de mi casa, que había resultado ser un tobogán natural espléndido para este tipo de actividades. Era difícil concebir un momento de mayor distensión que este; a pesar del frío, de las ropas mojadas y en plena madrugada, nada podía ganarle a la adrenalina de deslizarnos colina abajo a toda velocidad y aterrizar cincuenta metros más allá de nuestro punto de partida, luego de dar dos o tres volteretas en la nieve una vez alcanzada la parte llana del terreno, correr cuesta arriba tomados de la mano y comenzar todo de nuevo.

Corrimos a casa para cambiarme esa ropa mojada por una seca; en la cocina, Guillermo preparaba un par de tazas de té negro para calentarnos, mientras dábamos tiempo a que la calefacción del carro comenzara a echar aire caliente. Pusimos los tés en vasos térmicos para llevarlos en el camino hacia el hotel, pues me preocupaba que Guillermo estuviera mucho tiempo con esa ropa empapada y helada encima, aunque en realidad sólo las piernas se le habían mojado.

A esas alturas ni siquiera valía la pena preguntarse si dormiríamos algo aquella noche, es decir, el par de horas que quedaban de ella. Subimos a la habitación del poeta y mientras él se cambiaba, busqué en la portátil los textos que había escrito últimamente para mostrárselos. Dentro de aquella conexión inexplicable entre Guillermo y yo figuraba la capacidad de editarnos mutuamente los textos, siempre encontrando la palabra precisa, la coma y el punto en su justo lugar, el adjetivo perfecto. Guillermo seguía siendo un maestro de la palabra, era absurdo y hasta pretensioso de mi parte querer editar sus poemas, pero él insistía en que no estarían completos si yo no los revisaba. Por un instante la vida era como en los viejos tiempos, aunque en otras latitudes y bajo un clima hostil. "Tengo algo para ti", había dicho el poeta levantándose de su silla; dirigiéndose al closet, buscó un rato y desde allí me gritó que cerrara los ojos. Obedecí sin protestar y a la orden de Guillermo volví a abrirlos para hallar frente a mí al poeta sosteniendo en sus manos un rosal blanco envuelto en plásticos y una malla protectora.

-¿Qué es esto, Guillermo? –pregunté, sin comprender muy bien de qué se trataba todo aquel asunto.

-Es tu rosal, chiquita –dijo Guillermo.

-¿Mi rosal? ¿Cómo va a ser mi rosal?

-Bueno, mi amor, evidentemente no es todo tu rosal, no habría sido posible traértelo entero y además yo me moriría sin tus rosas blancas en el jardín de la casa –dijo Guillermo-. Este es parte de tu rosal; le pedí al jardinero que separara una parte del arbusto para trasplantarlo y que lo preparara lo mejor posible para aguantar un par de días antes de que pudiera ser sembrado.

Tomé el rosal en mis manos como si se tratara de un bebé recién nacido; todavía no podía creer que se tratara, en efecto, de mi rosal. Aspiré profundamente el aroma delicado de mis rosas blancas, por primera vez en casi veinte años.

-¿Cómo hiciste para que te lo dejaran pasar en aduana?

-Lo declaré –dijo Guillermo-. No es que no te las dejen pasar, sino que las tienes que declarar, eso es todo.

-Gracias. No lo puedo creer todavía…

-Hay más. Espérame aquí.

Guillermo se dirigió una vez más al closet. "¿Tienes un sombrero de copa en ese closet, Guillermo?" le pregunté desde la otra punta de la habitación. Guillermo rió, traía entre sus manos un bulto negro, no muy grande. Puse el rosal sobre la mesa del escritorio y esperé a que el poeta hablara.

-La madrugada que te fuiste de la casa, yo fui al aeropuerto. Llegué apenas a tiempo para verte chequear tus documentos con los militares y pasar por la máquina de rayos equis. Vi cuando te sacaste las llaves de la casa del bolsillo y las acariciaste y después, desapareciste. Me fui a la terraza, tratando de adivinar en cuál de todas esas ventanitas estarías sentada y recé porque el sueño te venciera y no tuvieras que llorar delante de todo el mundo. No sé cuántas horas estuve ahí parado viendo aviones despegar y aterrizar, creo que estuve toda la mañana. Cuando vi correr al tuyo por la pista y elevarse hacia el cielo me fallaron las rodillas y terminé en el piso, apoyado en ellas, hasta que las luces de tu avión se perdieron en el horizonte. Ya de regreso en el carro prendí la radio, que estaba puesta en la emisora que te gustaba, el asiento del copiloto, por supuesto, estaba en la posición en que lo habías dejado y no sé por qué razón en la cola del peaje se me ocurrió mirar al asiento de atrás y me encontré tu suéter negro, que no te quitabas nunca. Y aquí está.

No podía hablar, sabía que cualquier intento de emitir sonido alguno sería rebatido sin piedad por el llanto. Y yo no quería llorar, siempre estaba tratando de hacerme la fuerte, de mantener la calma.

-¿Qué es esto, Guillermo? –alcancé a preguntar.

-No te entiendo, mi amor.

-¿Qué estás haciendo? ¿Qué significa todo esto? Mi rosal, mi suéter negro, esta visita inesperada… ¿Qué está pasando? ¿Me estás sacando de tu vida definitivamente, te estás despidiendo de mí? ¿Estás enfermo?

-No, Julia, mi amor, no es nada de eso, no estoy enfermo ni me estoy despidiendo de ti, te lo juro. Quédate tranquila, no pasa nada, simplemente creo que me estoy poniendo viejo y más sentimental de lo que siempre he sido, si quieres puedes llamarlo "crisis de la mediana edad".

-¿Cuál "mediana edad", Guillermo?

-Bueno, digamos que me dio un poquito antes de lo típico, y ni tan anticipado, para ser sinceros.

-No sé, todo esto está demasiado raro, fíjate. ¿Qué no me has dicho?

-Nada, Julia, es en serio que no me pasa nada.

Me quedé viéndolo fijamente un par de segundos, tratando de leer en sus ojos lo que el poeta se negaba a confesar. Le di la espalda y me quedé mirando las luces de la ciudad desde el ventanal situado detrás del escritorio. Estaba muy preocupada por él.

-No te creo.

-Está bien, mi amor, te voy a contar –dijo Guillermo resignado-. El año pasado me trataron de secuestrar saliendo de la casa, me tenían vigilado. Por alguna razón se arrepintieron a última hora, me tiraron al piso, me cayeron a golpes, me dieron dos tiros en el muslo derecho y se fueron. No se llevaron nada, ni siquiera el carro que estaba allí con la llave puesta y todo. No me preguntes por qué, no tengo ni la menor idea. De ahí en adelante no recuerdo más nada, sólo sé que abrí los ojos y estaba en la habitación de la Ávila y mamá estaba peor que cuando se murió la abuela Marguerite. Yo no quería contarte porque sabía que te ibas a poner así, pero tú eres muy necia, mi amor –dijo Guillermo con una sonrisa en sus labios, tratando de hacerme reír.

-¿Por qué no me llamaste? Sabes que hubiera ido a verte en el primer avión que saliera para Caracas.

-¿Cómo? No tenía tu dirección, ni tu teléfono, ni tu correo electrónico, ¿se te olvidó? -dijo Guillermo y yo me reproché tanta soberbia y tanta estupidez. Negué con la cabeza y suspiré-. No te sientas mal por eso, Julia, de la manera en que terminaron las cosas la última vez que nos vimos, yo tampoco habría querido saber nada de mí más nunca. En fin, ese hecho cambió mi vida, yo de verdad pensé que esos malandros me iban a matar y si estoy aquí, todavía vivo, es por algo, aunque no sepa cuál es la razón, y a raíz de eso decidí hacer que cada día contara, que cada día valiera la pena, hacer las cosas que debí haber hecho hace muchísimo tiempo, así que me propuse encontrarte, cosa que no fue nada fácil pero la verdad es que pensé que iba a ser más mucho más difícil. Y me vine a verte, a traerte tu rosal que tanto amas, o bueno, parte de él, tu suéter, con el que yo me he quedado egoístamente todos estos años, porque cuando sí sabía dónde estabas te lo pude haber hecho llegar pero, simplemente, preferí quedármelo a pesar de saber cuánto te gustaba. Y vine porque quería verte, tan sencillo como eso, vine porque quería darte un abrazo, reírme contigo un rato; vine a decirte que siempre te he amado y siempre te voy a amar y siempre voy a estar para ti cuando me necesites, para lo que sea.

-Tú me diste ese suéter –dije con un hilo de voz.

-Yo sé, chiquita.

-No lo dejé a propósito, se me quedó sin querer; no sabes cuánto lo busqué, pensé que lo había extraviado en el avión o en el aeropuerto.

-Bueno, lo dejaste en mi carro...

-¿Por qué la vida es así, Guillermo? ¿Será que todo el mundo sufre tanto como nosotros, o es que nosotros salimos premiados y tenemos una cuota extra de penas?

-Yo lo que creo es que el despecho en puertas que cargas vino con un bono de crisis existencial, eso es todo lo que tú tienes, además creo que mi presencia, el rosal, el suéter, en verdad no ayudan sino que ponen la cosa peor porque te están revolviendo el pasado precisamente cuando tienes el presente en zona de guerra. Me está afectando a mí, que tengo todos mis dragones bajo control, o eso pienso yo, qué quedará para ti.

-Pero es lógico, ¿no? Después de todo, somos tú y yo, sería irreal no esperar que reencontrarnos en el plan que sea no nos fuera a afectar y si de paso tú vienes cargado con un arsenal de recuerdos tangibles.

-Impertinente, mira que me llevo mis rosas de regreso –dijo Guillermo riendo.

-Es jugando –dijo Julia sonriendo.

-Yo lo sé, mi amor.

-Bueno, como que tienes razón en lo de la crisis existencial. No entiendo la vida, Guillermo, no entiendo el amor, no entiendo nada. Tal vez haría falta un poeta para que me los explicara.

-Si yo te lo pudiera explicar, Julia, no estaríamos aquí y tú no estarías con el corazón hecho añicos por otro tipo.

-Cierto.

-No estamos tan mal, Julia. Al final, siempre habrá alguien a quien le vaya peor que a uno.

-¡Qué esperanza! "Mal de muchos", dice el dicho.

-De todas maneras, mi amor, estamos bien, lo que pasa es que somos unos enrollados y unos dramáticos, eso es todo –dijo Guillermo haciéndome sonreír apenas.

-Bueno, admito que también hay algo de eso.

-Hay que ser feliz, Julia –dijo el poeta abrazándome-. No se puede andar por la vida así.

-¿Qué me quieres decir, que yo no quiero ser feliz?

-No te pongas a la defensiva, chiquita, que tú sabes muy bien que yo no quise decir eso.

-No estoy a la defensiva, solamente te pregunto porque yo ya no sé nada y capaz tú estás viendo algo que yo no estoy viendo.

-Bueno, yo sí creo que hay gente que no quiere ser feliz, es como si tuvieran que sufrir para que su vida tenga sentido.

-Pero yo no soy una de esas personas, Guillermo, ¿o sí?

-No, mi amor, tú no eres así.

-Bueno, porque yo sí quiero ser feliz, pero estoy harta de buscar la felicidad en todas partes y que siempre se me escape cuando estoy así de cerca de tenerla entre mis manos. ¿Sabes qué? Yo a veces pienso que la felicidad no existe, es una mentira que le contaron a los hombres para que sobreviviera la raza, para que se pasaran la vida entera buscándola inútilmente, porque si supiéramos la verdad, es decir, que pasar por la vida es llevar golpes, uno detrás de otro y que no hay garantías de que mañana el día por fin sea bonito, hace mucho que nos habríamos suicidado masivamente.

-Julia, eso es lo más triste que te he escuchado decir en mi vida. Eso está muy mal, chiquita.

-Sí, yo sé, pero es lo que creo.

-No es verdad; tú no crees de verdad que las cosas sean así y lo sabes, lo que pasa es que cuando a ti te pasa algo malo, y vamos a decir malo entre comillas, porque a veces en verdad la cosa no es tan grave, te pones fatalista y se te acaba el mundo. No que busques más la felicidad, Julia, deja que ella llegue a ti, como sea que se te presente. La felicidad tiene muchas caras, mi amor, y podrías estar buscando frenéticamente algo que tal vez esté muy cerca, que posiblemente ya tengas y ni siquiera te hayas dado cuenta.

-Es posible, aunque lo dudo mucho.

-Este tipo, ¿cómo me dijiste que se llama?

-¿Quién, Iker?

-Sí, Iker. Deja de jugar juegos con él, Julia, si él es el hombre de tu vida y tú estás convencida de eso, entonces ve y díselo, llámalo al salir de aquí y dile que quieres verlo, habla con él y dile todo lo que sientes, no te guardes nada. Si no le sirve, sácalo de tu vida y sigue tu camino, pero no te quedes en una relación en la cual no sabes qué esperar de la otra persona, en la que nunca tienes claro dónde estás parada ni para dónde vas, o de la que siempre estás recibiendo menos de lo que esperas, de lo que quieres y que tú sabes que te mereces.

-En realidad creo que él ya llegó a esa misma conclusión y me va a sacar de su vida. De todas maneras tienes razón, no más juegos, se acabaron los juegos con Iker, juegos que ni siquiera sé cómo jugar. No es mi estilo, tú lo sabes. Pero no vale la pena hablar con él, Guillermo, me refiero a decirle que lo amo y que es el hombre de mi vida y todas esas cosas, yo conozco a Iker y ya sé la respuesta que me va a dar, y sinceramente no tengo ganas de escucharla, prefiero ahorrarme el papel de idiota que voy a hacer teniendo que escuchar sus excusas, escucharlo rechazarme porque ya tomó una decisión y no hay vuelta atrás... así me lo diga como un caballero.

-¿Estás segura, Julia? Te podrías estar equivocando, podrías estar asumiendo cosas que no son.

-Estoy segura.

-Bueno mi amor, como tú quieras, entonces. Sabes que me puedes llamar cuando me necesites, las dos de la mañana sigue estando reservada exclusivamente para ti.

-Gracias, poeta.

-Hacía tanto que no me llamabas así, Asimed.

-"Poeta de versos insurrectos".

-Así que adaptando mi poema a tu antojo con fines de uso personal– dijo Guillermo sonriendo.

-¿Qué te parece?

-No está nada mal. Siempre será mejor que los pajaritos aquellos.

-Hay que ver que la gente sí es malagradecida, pana… ¿Sabes cuándo te voy a volver a escribir un poema, no?

-Nunca, mi amor.

-Ay Guillermo, íbamos tan bien, estábamos sonriendo y todo.

-Tienes razón, amor. Volvamos a sonreír que, al final, esa es la imagen tuya que me quiero llevar de recuerdo.

-Yo también tengo algo para ti. Lo escribí hace muchos años, pero nunca te lo mostré.

-Para ver, enséñamelo.

-Déjame buscártelo.

"Yo nunca estaré a la altura de sus versos.

Él me hacía el amor con palabras

yo, simplemente, me callaba las ganas.

En noches como aquellas

me fumé hasta las venas.

Verdugo a ultranza

disparaba un arsenal de metáforas

una tras otra tras otra

una vorágine de verbos

¿qué importa ya si fueron mentiras

o fueron verdades?

No basta decir mea culpa.

Todo era tan surrealista

que había que mandarlo

a callarse la mente.

Nunca me amó

amaba su versión de mí.

Por mi parte

escuché cada palabra

acepté cada caricia

respondí a cada beso

pero nunca me atreví

a devolverle las promesas.

Me debatía en la paradoja

de la angustia mal disimulada de no verlo

y la emoción secreta de encontrarnos

un viernes tras otro tras otro

luego un año tras otro tras otro

tras otro.

No, nunca me amó.

Él amaba su versión de mí.

Él amaba a Asimed."

-Es hermoso, es... no tengo cómo describirlo. Pero yo creo que tú no tienes idea de lo que dices, Julia, yo te amé a ti, tal cual eres, no a alguna versión idílica tuya creada por mi mente.
-Bueno, mejor no discutamos eso. Creo que es hora de irnos.

-Sí, ya tenemos que ir saliendo.

Guillermo tenía un avión que tomar hacia Chicago esa mañana. No nos daba tiempo de desayunar juntos, de todos modos tampoco estábamos de ánimos para comer. Bajamos hasta el lobby en silencio, como si no hablar ayudara a retardar lo inevitable. Decirle adiós a Guillermo nunca había sido fácil, era como si en cada nueva despedida se juntaran todas las despedidas anteriores. "Prométeme que no te vas a volver a desaparecer", me había dicho el poeta mientras me abrazaba frente a la puerta de mi carro. Asentí con la cabeza.

-No me gusta dejarte así, Julia. Encontraste lo que tanto buscabas, te encontraste a ti misma y sin embargo te noto más triste que nunca.

-Voy a estar bien. Como siempre, como todo, esto también pasará. Vete tranquilo.

-Bueno, de todos modos quiero que sepas que si se te ocurre salir huyendo de nuevo, tienes las puertas de Los Aleros abiertas cuando tú quieras. Esa es tu casa, usa tu llave.

-Gracias. Te prometo que si salgo huyendo de todo esto te va a tocar irme a buscar a La Guaira –dije-. No te pierdas, ¿Ok?

-Sí mi amor, te prometo que no me voy a perder. Gracias por estas últimas, no sé, doce horas que me regalaste. Las mejores doce horas que he tenido en muchos años, no te lo imaginas.

-Gracias a ti, Guillermo.

El poeta tomó mi cabeza entre sus manos, me dio un beso largo y pausado en la frente y nos volvimos a abrazar. Por un momento quise pedirle que no se fuera. Me sentí tan sola en esta tierra anglosajona, tan cansada, tan poquito.

-¡Guillermo!

-Dime mi amor.

-Una cosa más, antes de que te vayas –dije sonriendo.

-Yo conozco esa sonrisa…

-"Estando contigo me olvido de todo y de mí. Parece que todo lo tengo teniéndote a ti" –canté, mientras Guillermo reía.

-"Porque llevo tu amor en mi pecho como un madrigal" –cantó Guillermo, con mucha mejor voz que yo.

-¡Ajá, te la sabes!

-Todo el mundo se la sabe, mi amor.

-No me digas eso, Guille, que yo estoy tan orgullosa de mi canción…

-No me malinterpretes, chiquita, sigue siendo una canción de bar con todas las de la ley, te felicito por la elección. Yo sabía, Asimed, sabía que me ibas a cantar uno de tus boleros de botiquín, aunque en este caso a mí me parece que eso es técnicamente una balada, pero no estoy seguro; de todas maneras cuenta.

-Bueno, por los viejos tiempos –dije sonriendo.

-Te lo dije aquella vez en la cocina, que no nos íbamos a quedar sin juego, ¿te acuerdas?

-Sí me acuerdo y tenías razón.

-Gracias por esta despedida, Julia; el avión me va a dejar, definitivamente, pero vale la pena haber jugado contigo una vez más.

-Gracias a ti, poeta, por todo.

Fue todo lo que pude decir, habiendo reconocido en ese instante una sensación que me era tan familiar, la de saber que cualquier intento por emitir sonido alguno a partir de ese momento, me haría llorar con seguridad. Guillermo cerró la puerta de mi auto una vez me hube sentado detrás del volante y yo esperé a que él se montara en el suyo para salir del estacionamiento del hotel. Iba a guiarlo hasta el aeropuerto y una vez en la zona de alquiler de carros lo dejaría y seguiría hasta mi casa. Dos toquecitos de corneta fueron la última despedida, un intercambio de miradas y una sonrisa a medias por el espejo retrovisor.

XX

No era culpa de Mario, después de todo. La culpa era mía. "La culpa es de uno", como dice su poema. Si bien es cierto que Mario nunca aclaró que esto de no salvarse es duro y penoso y todo lo demás, igual la culpa es mía por no prestar suficiente atención al bello de mi barbudito que lo dijo desde siempre, todo tan claro, tan bien explicado, en la carta que le escribe la Maga a Rocamadour, tanto que esta es la única manera digna en que se puede vivir y lo demás es vender el alma, rendirse, auto-traición y afines, como que no es para nada fácil y duele (subrayen "duele"). Y la pregunta que queda por hacerse es: ¿y si es tan jodidamente horrible, por qué nos empeñamos en ser así? Nunca se sabe, a lo mejor resulta que también hay dignidad en lo seguro, en la vida cuadriculada, en el amor a medias; al fin y al cabo, no todos podemos andar por la vida persiguiendo molinos de viento, algunos tienen que anotarse para Sancho.

Es tentador, sobre todo si es verdad la parte de que duele menos y es más fácil que este masoquismo altruista que ha sido mi vida adulta. Opino que debería haber un censo anual extraordinario para recabar este tipo de información, disponible al público en una enorme base de datos, que de paso debería ser un requisito sinc qua non para aquellos que aspiren a algún tipo de relación sentimental. ¡Qué herramienta maravillosa! Imagine ir por la calle y conocer a alguien, paso uno: evaluación inicial fenotípica sensorial: aprobada. Paso número dos: llegar a casa, mentira, no hace falta esperar hasta llegar a casa, eso es sólo si usted no posee un celular con acceso a internet (¿existen aún celulares sin acceso a la red?), pero si usted es dueño de uno de estos mágicos aparatitos, todo lo que tiene que hacer es teclear la dirección de la página donde está guardada la base de datos –que, si ha sido inteligente, tendrá marcada dentro de sus

"Favoritos" para acceso expedito-, o falso, incluso esa vía sería obsoleta: una aplicación con toda esa información y listo. Pues bien, usted entra en su aplicación y va directamente a chequear la información del candidato a media naranja. Si la información de la base de datos de su potencial futuro cielo, vida, amor u otro sobrenombre afectuoso de su escogencia es la esperada, proceda al paso número tres, si no, iniciar nueva búsqueda o haga clic aquí para desconectar. Déjà vu: esto es como las clases de informática en el colegio y los inicuos programas en Basic "If 2 then go to 3" que eran todas la misma clase, no sé si porque no había otro tópico que enseñarnos en esa materia dentro del programa del Ministerio de Educación, o porque los infames programas en Basic que debían permitir alguna cosa jamás lo permitieron, nunca corrieron, sin importar cuántos artificios se nos ocurrieran, ni cuántas modificaciones le hiciéramos o cuántas veces lo revisáramos constatando que estaba todo tal cual la guía. En fin, el tercer paso es luz verde para entablar una conversación, tomarse algo en algún café, las opciones quedan de parte de los involucrados. No se recomienda invertir los pasos dos y tres, so pena de enamorarse antes de haber verificado los datos esenciales, o no digamos enamorarse para no exagerar, o por si usted es de los que no creen en el amor a primera vista, pero sí quedar prendado inexorablemente del sujeto y luego ser demasiado tarde para salir con el corazón intacto. Escuche la voz de la experiencia. ¿Exageradamente pragmático? Posiblemente. ¿Garantía de que va a funcionar? Definitivamente no. ¿Beneficioso? ¡Apuesto un pulgar a que sí!

No sé, tal vez yo entendí todo mal y ni Cortázar ni Benedetti quisieron decir nada similar a lo que yo he interpretado. Es una hipótesis plausible que no hay que descartar. También hay que admitir que es un poco suicida esto de vivir la vida combatiéndose y andar no salvándose. Entiendo que ambas premisas no van dirigidas exclusivamente al área afectiva, asumiendo que, efectivamente, comprendí lo que Mario y Julio trataron de decir, claro está; no obstante, este es el aspecto de mi vida que ha demostrado verse más afectado por dicha filosofía. Es como un rally donde yo soy la que maneja y en plena curva "dos para la derecha rápida se abre a fondo para salto rápido ras hielo" a doscientos kilómetros por hora, el navegador a mi derecha colapsa, o se le cae por la ventana la libreta con las anotaciones.

Conclusión, da lo mismo si es mejor o peor, si es más fácil o más difícil, si duele menos o más, si es prostituir el espíritu o mantenerse incorruptible. Somos como somos; no diré que alguna vez espero enamorarme con la cabeza primero, enamorarme "inteligentemente", porque eso sólo es posible para los otros –para los Sanchos-, nosotros los Quijotes siempre nos enamoramos con todo de una, irremediablemente.

"Sé que me acordaré de un cielo raso", comenzaba un poema de Julio. Me acordaré del techo de tu habitación, de una máquina para detener el tiempo que deseaste haber tenido en más de una ocasión, de la falda blanca de nuestra primera cita, que tanto te gustaba. Me iré lejos con mis cábalas inútiles, donde mis palabras no te alcancen.

Siempre tuve miedo de que termináramos así, tal vez porque los niños cool como tú no se fijan en las niñas dork como yo. Constantemente me preguntaba si toda esa sensibilidad extra de mi parte, ese toque adicional de drama que le imparto invariablemente a las cosas y a las situaciones, no acabarían por chocar con tu practicidad y tu optimismo empedernido.

Qué difícil me ha parecido siempre describirte, aun cuando te conozco tan bien; a cada intento –vano-, me asalta la inquietud de si no estaré

229

pecando de subjetividad, si será que conozco al Iker de verdad, tal cual es, o si inevitablemente mi apreciación te pasa por el filtro de los sentimientos y entonces ya no te veo como eres, sino como yo te percibo. Supongo que en algún punto ambos convergen, puesto que jamás te escuché reclamarme no entenderte o no conocerte, por el contrario, solías repetirme "tú me conoces" y eso me encantaba, lo encontraba absolutamente tierno. No poder aceptar que buscas un tipo de relación diferente a la que yo busco no quiere decir que no te entienda, quiere decir que no tengo el valor de asumirlo. Y sin embargo acabé por resignarme a que las cosas son como son, "It is what it is", como sueles decir, y por eso esta noche estoy sola pensando en ti, evocándote en el recuerdo, conjurando tu sonrisa, encontrándote como siempre en la Sinfonía No. 9, Opus 125 de Beethoven, especialmente el Cuarto Movimiento, Presto, sus primeros diez minutos y el último minuto y medio, aproximadamente, lleno de entradas intensas, trepidantes, seguidas de remansos de cellos y bajos (¿te acuerdas ese día en que me dijiste que si yo fuera un instrumento sería sin duda un cello?), de flautas y oboes; cierro los ojos, sin molestarme en secarme las lágrimas, pues acabo de acordarme de nuestras "citas culturales" y al mismo tiempo no puedo sino sonreír pensando en el día en que me pediste que te enseñara de música clásica, reí, por supuesto, mi rockero peludo que siempre decía "mi arte es la música", pidiéndome a mí que le enseñara de su arte; entonces te dije que con todo el gusto del mundo estaba dispuesta a enseñarte tanto o más bien tan poco como sabía yo de música clásica y te dije: "esto implica que tendremos que concertar 'citas culturales' a tal efecto", reíste respondiendo: "perfecto entonces, it's a date!". Pero nunca hubo tales citas, no tuvimos tiempo, me quisiste lejos, fuera de tu vida y de tu corazón antes de que yo pudiera darte el Avemaría de Schubert y Carmina Burana de Orff , piezas que me habías pedido especialmente y que deseabas escuchar de primeras, en su lugar hubo en cambio un par de DVD's repletos de "esa música para gente culta que tú escuchas", como le decías jugando conmigo, metidos dentro de un sobre con tu nombre y dirección en el centro del mismo, último paquete que te mandaría y que al igual que todos los anteriores, estaba lleno de sorpresas. Amaba sorprenderte, tanto como tú disfrutabas ser sorprendido; me encantaba imaginarte sacando el sobre del buzón de correo o levantando la caja dejada frente a la puerta de tu casa y que no estabas esperando –los mejores paquetes siempre fueron los que te enviaba sin ningún pretexto, solamente porque sí-, y abrirlos tratando de adivinar qué contendrían. Ahora río recordando la vez en que se me ocurrió llenar de confeti el sobre donde te enviaba soluciones para tu entonces más reciente preocupación, es decir, folletos de cómo cuidar y mantener la grama del patio verde y saludable, y que yo había estado recolectando par ti en viveros, tiendas para el hogar y ferretería y hasta la oficina del servicio de agua. Cuando lo abriste, la vía láctea y otras galaxias adyacentes explotaron en festival de estrellitas multicolores, invadiendo cada centímetro cuadrado de tu carro. Me odiaste por un instante -me confesaste luego-, pero de inmediato te pareció absolutamente tierno de mi parte y me enviaste una foto tomada desde tu celular al mío, de la tapicería salpicada de diminutos astros de colores en que había quedado transformado tu auto. ¿Cómo adivinar que lo abrirías, uno, rompiendo el sobre y dos, dentro de tu auto y no en tu casa donde las estrellitas fueran fácilmente barridas o aspiradas?

El "sobre cultural" contenía, además de las mejores obras de los mejores compositores, una gamma de chucherías que sabía jamás habías probado y que estaba segura de que jamás probarías si yo no te las enviaba, además de un paquetito de chicles de yerbabuena para el final de este mini festín a lo Hansel y Gretel, y esta vez me había asegurado de incluir una bolsa de automercado cuidadosamente doblada y colocada en la parte superior del sobre manila, para que la vieras apenas lo abrieras, si es que el episodio de las estrellitas de colores te había enseñado a abrir mis sobres con delicadeza y por su respectiva pestaña, y botaras allí todas las envolturas de los caramelos, chocolates y demás. "No sé cómo haces para pensar en todo, Jules, estás pendiente de cada detalle" me habías dicho una vez. Responsabilizaré al amor. Me deshice cuando me dijiste eso.

El repertorio de sorpresas enviadas es vasto, aunque hubo tantas otras que tenía pensadas enviarte, pero ahora es tarde para eso. No hace falta decir que la sonrisa se me ha borrado del rostro. El primer paquete contenía una crema cosmética, loción para el cuerpo para piel seca, de lo más normal y corriente, que si bien no estaba hecha específicamente para repeler mosquitos tal era el efecto que causaba en ellos. Al principio dudaste que se tratara de una broma, pero habiéndolo intentado todo ya, qué más daba probar mi crema que, como era de esperarse -digo, por mí-, dio resultado y volviste de arrancar la maleza sin una sola roncha roja en tu cuerpo. Y oliendo rico, además.

Te envié un sobre lleno de chocolates "kisses" en todas las variedades, tu película preferida de tu "novia" Drew, que recuerdo haber buscado en todas las tiendas posibles de esta ciudad hasta dar con ella finalmente, porque era una película con más de diez años desde su estreno y nadie la tenía en DVD. Te envié tulipanes, tu flor preferida, y me pareció cuchi que un hombre recibiera flores. Te envié todas las fotos que me pediste, manuales para redactar un buen résumé el día que uno de tus jefes acabó de colmarte la paciencia y decidiste evaluar tus opciones, recetas del strudel de manzana, tu postre favorito, parches calientes para tu dolor de espalda, instrucciones para construir una caja de madera para tus discos de vinil, incluso te envié ejercicios especiales para pronunciar correctamente las erres castellanas venidos de un terapista de lenguaje y te dije que te las daba sólo porque te amaba profundamente y sabía cuánto te disgustaban tus erres, pero que estaba ligándola secretamente que te diera flojera y no los hicieras, pues amo esas erres "cortazarianas" tuyas, como bien sabes.

No sé qué otras cosas más te mandé, se me escapan de la mente en este momento, y es que nunca pude negarme a nada de lo que me pedías, incluso aquellas cosas que al principio me parecían una locura total, siempre acababas por convencerme, a veces te tocaba insistirme, otras, te bastaba ese tono tan particular de pedirme algo que tienes y que yo no sé resistir. Nunca te lo dije, no fuera a ser que luego lo usaras con mayor frecuencia cuando quisieras convencerme de alguna cosa, aunque en verdad no había tal peligro puesto que tú no eres de los que manipula a la gente, mucho menos si se trata de personas a las que quieres. Pero la mayoría de esos regalitos tontos y a la vez tan significativos eran producto nuestras conversaciones diarias, donde sólo bastaba prestar atención a tus palabras y tomar de aquí y de allá algún comentario tuyo y voilà!, risas y sonrisas instantáneas embaladas meticulosamente y con su respectivo sello postal. Esta vez sólo supe que habías recibido nuestras citas culturales y los dulces gracias al número de referencia que me dieron cuando lo envié. Tal vez este fue el único paquete que no te hizo sonreír al verlo dentro del buzón de correo, aunque tengo el presentimiento de que no pudiste evitar sonreír al ver las chucherías y la bolsa, te conozco demasiado bien como para saber qué cosas te hacen reír, qué cosas encuentras tiernas y tengo la certeza de que ésta habrá sido una de ellas, probablemente te haya pasado como a mí ahora, este llanto que se vuelve risa y otra vez es llanto y luego una sonrisa y después más lágrimas.

Beethoven sigue trayéndote de vuelta y en este último minuto de la Novena Sinfonía, la coral y orquesta en su momento culminante, paso de tus incursiones en la música clásica a nuestro intercambio de correspondencia, para hallarme ahora tratando de descifrar por qué tu camisa negra que encontré en el fondo de la gaveta y que me huele a ti e inexplicablemente también a la capilla del colegio, de repente me transporta al momento en que tu mano acarició el dorso de mi brazo hasta alcanzar mi mano apoyada en una almohada y tus dedos se deslizaron entre los míos, ancla latente de una dicha honda donde erigiste ciudades y puentes a tu antojo, susurrándome te amo en los labios, erguido sobre mi cintura, develándome el tesoro de unas pecas diminutas en tus hombros, mientras que afuera había planetas y había estrellas y me atajabas en el descenso porque esa noche querías verme la cara en todo momento. No me dijiste entonces que preferías hundirte a solas y en silencio en la marea dócil que sobreviene a cada encuentro, en cambio, me dejaste besarte el brazo donde tenía apoyada la cabeza, derramando sobre ti un vasto repertorio de caricias tímidas y frases almibaradas. Para el momento en que finalmente me enteré, durante una de nuestras conversaciones triviales, no pude evitar sentirme como una tonta, habían pasado unos cuatro meses y hasta ese entonces yo estaba convencida de que nuestras ceremonias transcurrían en una armonía perfecta, y si bien ahora me revelabas una verdad que yo no intuía ni mucho menos sospechaba, me habría atrevido a asegurar que muy en el fondo o quizás más cerca de la superficie de lo que tú mismo querías admitir, disfrutabas de esos rituales postreros. Jamás pude entender por qué esperar tanto para decirme algo que para mí era esencial haber dado a conocer desde el principio, supongo que se trató de una más de las contradicciones a las que nunca acabé por acostumbrarme del todo, donde tu típica franqueza exacerbada a la hora de decir las cosas tal cual son optaba por guardar silencio, y al mismo tiempo tuve dudas de si no estarías haciendo todo esto para evaluar mi reacción, del mismo modo en que en otras ocasiones sentí que tus palabras eran una prueba, un experimento para conocer qué actitud tomaría yo en respuesta. De cualquier manera esa confesión postrera me dolió, no tanto por lo tardía sino por la confesión misma, puesto que es hartamente conocido que un hombre que quiere levantarse de la cama lo más pronto posible después de hacer el amor es porque realmente no está enamorado de la mujer con quien acaba de acostarse y eso, cliché o no, me afectó; ¿cómo no tomármelo personal?

Si tuviera que definirte en una sola palabra, ésa sería: auténtico. Contigo aprendí métodos alternativos a las demostraciones de afecto clásicas. Quiero decir que aprendí a reconocer expresiones de cariño en los gestos menos esperados y aunque a veces tuve mis dudas y en cambio ahora lo tengo tan claro que todo aquello, en su gran mayoría, no eran más que subterfugios de mi ávida imaginación –"la loca de la casa", como la llamaba la monja que me daba Filosofía-, me sirvió para comprender que el amor viene en muy variadas presentaciones, en distintos colores y sabores, en una gamma inmensa tamaños y modelos y no sólo en aquellos que yo encuentro ideales. Irónicamente este comportamiento tuvo el efecto de hacerme valorar las demostraciones de cariño tradicionales. Ahora que lo pienso un poco visto desde afuera, no era que para ti esas expresiones de amor típicas no tuvieran cabida, sino que no te nacía dármelas o decírmelas y en aquellas contadas ocasiones en que lo hiciste, creo que se trató de un arranque del momento, quizás un desliz al hablar, pero no tuvieron nunca sustancia y por eso terminaban por deshacerse solas, a pesar de mis esfuerzos por preservarlas cual reliquias arqueológicas, tal era su rareza, pero tardé mucho en aceptar que no se desvanecían porque mi técnica de conservación fuera inadecuada, sino porque las palabras bonitas y las manifestaciones de amor que tienen esencia no requieren ser curadas y momificadas para retenerlas a juro, porque ésas no se esfuman misteriosamente, ésas perduran a través de los años y los embates de la vida, sólo hay que regarlas periódicamente y no permitir que se llenen de polvo, asegurarse de que tomen un baño de sol cada día y abrigarlas por la noche.

Todo esto lo pienso hoy sin dramas, fíjate, qué ironía. A ti, Iker, mi bellísimo vasco de tercera generación, de erres cortazarianas, te lloré todo lo que te iba a llorar en la vida, hoy, por vez última. O al menos eso espero. Lo digo sin reproches, después de todo, los términos de nuestra relación nunca fueron un secreto para mí, si yo acepté ser parte de ella, entonces, la responsable del rompecabezas de corazón que tengo ahora soy yo. Esto me recuerda la vez que te dije que te exigía me devolvieras mi corazón mientras siguiera en una sola pieza, ¿te acuerdas? Me dijiste que no, que te lo quedabas sin miramientos. Entonces pensé que aquello significaba para ti lo mismo que para mí, pero ahora es claro que fue solamente un juego de palabras sin mayor trasfondo, nada relevante o significativo. ¡Qué ser complejo eres, Iker! Debe ser por eso que me encantas. Estoy esperando que salten todos los psicólogos, psiquiatras, terapeutas, consejeros y chamanes, así como todo aquel que por haber leído su respectivo librito de autoayuda se crea en el deber y más aún, con la autoridad de emitir su opinión acerca de las psicopatologías tanto tuyas como mías, aparte de lo viciosa y netamente no saludable de nuestra relación. Disparen a quemarropa, no me interesa lo que tengan que decir al respecto, elijo conscientemente la locura por encima de cualquier cordura alienante.

Creo que nunca estuviste seguro de si valía la pena o no arriesgarlo todo conmigo. Por eso las señales contradictorias, por eso tanto enredo innecesario. Aparte de las incoherencias -a veces tiernas, a veces lacerantes, pero siempre hermosas- inherentes a tu personalidad, claro está. Por supuesto que esto último lo digo riendo y sé que tú también te reirías si pudieras escucharme decírtelo, aun cuando es verdad y tú lo sabes y tal vez justamente por eso te reirías. Una vez más esta línea de pensamiento me trae el recuerdo de otro momento relevante de nuestra historia –porque podemos decir que tuvimos una historia, ¿cierto?-. Pasó hace tanto tiempo, ni yo misma lo recordaba ya: estábamos en la sala de casa un viernes por la noche, habías tomado más de lo que yo creí cualquier ser humano era capaz de tolerar en su sistema sin colapsar, cuando acercaste tu rostro al mío, muy cerquita, pusiste tu mano en mi mejilla y me preguntaste si lo arriesgaría todo por ti, yo te respondí que sí y tú me preguntaste que por qué, te dije "porque te amo" y entonces dijiste: "porque sabes que valgo la pena" y nos echamos a reír. ¡Qué ego, bellísimo vasco! Sí, también por eso y por muchas otras cosas además. La mejor parte fue cuando, a la mañana siguiente, o debo decir la tarde siguiente, tú no te acordabas para nada de lo que había pasado la madrugada anterior, nada, ni un poquito, mucho menos esto de preguntarme si lo arriesgaría todo por ti ni mi respuesta ni la tuya ni nada, absolutamente nada de lo que pasó esa noche. O eso dices tú y yo opto por creerte. El problema es que el día que te conocí no nos dimos cuenta de que Murphy se montaba en el auto con nosotros y venía a instalarse en nuestras vidas, venía con la maletica de rueditas dispuesto a mudarse con nosotros. Y no nos dimos cuenta, Iker.

Si supieras que te entiendo, te entiendo más de lo que tú te imaginas. Yo sé cómo te sientes, siempre lo he sabido, aunque te fastidie que te lo diga porque piensas que me creo capaz de leerte la mente o algo parecido, pero no se trata de eso, sino que esto se parece tanto a mi historia con Guillermo, sólo que esta vez yo soy Guillermo y a ti te toca ser yo. Créeme, no se trata de comparaciones, lo que pasa es que uno se da cuenta cuando ama más que la otra persona y se da cuenta cuando el otro tiene dudas, cuando titubea, cuando está constantemente evaluando, sopesando, midiendo, tratando de encontrar algún tipo de señal que le indique que sí o que no y mientras tanto ese debatir continuo entre una posibilidad y la otra, ese gris constante que no acaba de definirse. Yo he estado donde tú estás ahora, por eso no me sorprendió cuando me dijiste que esto había llegado a su fin y lo acepté aunque sentí que me moría y aún estoy convencida de que moriré de amor como el perro de "Niebla". Porque llega un momento en que las medias tintas no tienen más cabida, un momento en que las decisiones deben ser tomadas y te tomó tanto tiempo decidir, tal vez no sabías cómo o quizás no querías hacerlo, y de nuevo te digo que te entiendo porque yo he estado ahí y sin embargo muero porque el día en que pudiste elegir llegó y tu decisión fue decirme adiós para siempre. De todas maneras yo sé que se piensa mejor si la otra persona no está alrededor. No es que importe ya, porque dudo mucho que tengas algo más que pensar, creo que la decisión final está tomada y a fin de cuentas esto se acabó y no tiene vuelta atrás, pero para bien o para mal, ahora tendrás la oportunidad de pensar bien lo que hubieras decidido si pudieras elegir una vez más, con la cabeza fría, luego de haber pasado por esta despedida y te adelanto el veredicto: habrías elegido no quedarte conmigo. De nuevo tendrás dudas sobre cómo me atrevo a afirmar una cosa así, pero te repito que yo he estado en tus zapatos, ya vi esa película, ya leí esa novela, ya sé quién es el asesino. Lo irónico de todo esto es que cuando yo al fin me di cuenta de que, efectivamente, lo mejor había sido dejar a Guillermo y luego de tantas vueltas de la vida por fin te conocí y supe que tú eras el hombre de mi vida, el que me iba a deshacer los argumentos, el que me iba a voltear el mundo y ponerlo a girar en reversa, tú probablemente termines pensando lo mismo, es decir, que lo mejor es que nuestra relación se haya acabado y llegará la persona, o probablemente ya esté en tu vida desde hace tiempo, que te haga sentir lo que tú me hiciste sentir a mí esa tarde en aquella boda, mientras levantábamos el vaso que yo acababa de tumbar sin querer. Es irónico, es muy irónico pensar que pasarás por ese mismo proceso o seguramente ya lo pasaste, más irónico aún y, si me permites, cruel, es que yo haya estado tan convencida de que tú eras "el que vuela" mientras yo no logro ni pararme de puntillas para ti. Estarás ahora escogiendo con ella muebles nuevos para tu sala, acompañándola a su consulta con el médico, buscando por toda la ciudad adornos para el árbol de navidad con el motivo de su elección, comprando una casa nueva, eligiendo pisos, acabados, fachadas, griferías, dinteles; estarás acaso eligiendo la madera para construir estantes que vayan con el color de las paredes, o quizás una cuna o un moisés. Harás, dirás, pensarás, sentirás, besarás, amarás, y mientras tanto yo sigo en mi puente, con mi paraguas roto bajo un cielo nublado, pero ya no espero más, ya mi signo no es esperar como lo fue durante el tiempo que estuvimos juntos, ahora es otra cosa, mi signo es olvidar. Es como cuando alguien se muere: al principio es horrible y uno cree que nunca se va a recuperar, el tiempo pasa mas no la vida, la vida no continúa, la vida se queda estancada en la pérdida insondable, hasta que un día uno se despierta y se da cuenta de que ha recuperado la capacidad de sonreír. Se aprende a vivir sin soltarse a llorar a cada instante. El problema es que no me lo creo, es mentira que un día seré capaz de sonreír otra vez. Mi destino es el de Orfeo, yo moriré de amor, estimo que el miércoles que viene. Sé que si pudieras escucharme me dirías "We know drama" y la verdad es que me tiene completamente sin cuidado si estoy siendo dramática o no, basta ya de tanta ecuanimidad, basta de hacerle la vida más fácil a los demás, basta de poner a todo el mundo de primero.

Pensándolo mejor, retiro lo dicho, todo ese discurso cual clase magistral que me lancé acerca de entenderte perfectamente y en especial la parte de tus dudas y tu incapacidad de tomar una decisión, olvídate de todo eso, bórralo, hagamos de cuenta que nunca lo dije, en cambio, he aquí mi nuevo postulado: nunca hubo dudas, nunca hubo grises ni titubeos, porque siempre supiste que yo no era lo que tú estabas buscando, sin descubrimientos a posteriori, sin sorpresas inesperadas, tan puro que casi es matemático, yo no era la que venía a cambiarte la vida, la que no pasa, la que llega para no dejarla ir, nunca lo fui, no soy y nunca he sido a la que querrás cantarle "Grow old with me", no soy la chica francesa de la película que al año siguiente no asiste al reencuentro pautado en la estación de trenes de Viena y que aunque han pasado diez años sigue valiendo la pena dejarlo todo, arriesgarlo todo, asumirlo todo por ella, no lo soy y nunca lo voy a ser, en cambio, soy la silueta de la Maga esperando sola en el puente, con su paraguas roto bajo el cielo encapotado de París. Es casi hermoso, es como un poema de Vallejo, como el piano de Beethoven. Y por lo tanto, no, no podemos decir que tuvimos una historia.

No sé, a lo mejor estoy más sensible que de costumbre, no sé, es difícil pensar cuando los pajaritos preñados se han ido volando en estampida colectiva y sin preaviso, imposible razonar con claridad bajo dichas condiciones. Y si estuvieras aquí me preguntarías qué quise decir con eso y tal vez hasta te molestarías conmigo porque nunca o casi nunca entendías las imágenes que uso y a veces te daba rabia porque decías que te hacía sentir como un estúpido. Quiero decir, Iker, que me cuesta mucho pensar acerca de nosotros, echar un vistazo en retrospectiva a nuestra relación y tratar de analizarla cuando me he quedado sin ilusiones (esos son los pajaritos preñados, mi vasco, las ilusiones). Aunque suene a que es exactamente lo contrario y es objetivamente como se tiene capacidad de evaluar nuestra historia –perdón, todavía no me acostumbro a no usar esa palabra para definir nuestra relación-, para mí es al revés, es como te dije una vez: el día que me quede sin ilusiones, el día que deje de esperar, ese día mi vida habrá dejado de tener sentido; te lo dije cuando me dijiste que tú nunca me habías prometido nada y que no querías crear falsas expectativas en mí que luego no se cumplirían. Dios, y yo sin darme cuenta hasta este momento de la verdad tan pura y tan simple de esas palabras; soy yo ahora la que se siente como una estúpida. Pero no te apures, te reitero que no son reproches, no te estoy descargando, solamente comencé a pensar y a pensar y lo cierto es que ahora siento que la cabeza me da vueltas y que de un momento a otro me va a explotar, que estoy embotada, que no sé nada, que de pronto te quiero y luego no te quiero más pero en verdad sí te quiero, te quiero aquí conmigo aunque tú pienses que tu lugar no está junto a mí, pero da lo mismo porque igual no estás y lo que yo quiera ahora no tiene la menor importancia porque no va a hacer que las cosas cambien y sean como yo quiero que sean. Menos mal que no estás aquí en este momento presenciando el despecho más grande que me ha tocado vivir, claro que, si estuvieras aquí, no habría despecho en primer lugar, pero bueno, me permitirás esta inconsistencia. Y te amo tanto, Iker, te amo así, sin argumentos y sin explicaciones, te amo sin cordura y sin coherencia, solamente encogida de hombros y triste y frustrada. Y te extraño tanto, te extraño tanto que duele respirar.

XXI

La idea de unas vacaciones en Hawaii me parecía cada vez más tentadora, aun cuando a ratos me recordaba los planes de luna de miel en Tailandia y dejaba de parecerme una buena idea. Un sitio como Hawaii era para ser disfrutado al máximo y a fin de cuentas la idea era distraerme un poco del recuerdo de Iker asaltándome a cada instante en cada rincón, no restregármelo en la cara en cada palmera, en cada ola, en el paragüitas dentro del coctel frente al mar. París era otra buena opción. Si bien era irónico ir a la ciudad más romántica del mundo sola, visto desde otro punto de vista, era una falta de respeto a su reputación ir con un hombre del que no estuviera absoluta e inexorablemente enamorada, o con alguno que eventualmente me rompería el corazón. Por lo tanto, mejor ir sola. De cualquier manera lo más seguro era que se tratara de un viaje cortazariano, pasearía por su barrio, visitaría su tumba, aunque tenía entendido que está al lado o por lo menos muy cerca de la de Jim Morrison, quien inevitablemente va adosado al recuerdo de Iker, aparte de que siempre existía la asociación entre Iker y "el lobo" por aquello de que Cortázar es un apellido vasco y aquellas erres tan peculiares de ambos y que tanto me gustaban, pero bueno, no todo es perfecto, detalles con los que debería aprender a lidiar. Recorrer los puentes y tratar de descifrar si lo que estaba viendo yo más de medio siglo después se parecía por lo menos un poquito a lo que vio Julio, mirar a mi alrededor e imaginármelo cruzando por el Pont Des Arts, viendo a quien quiera que haya inspirado el personaje de la Maga apoyada en el borde del mismo, encontrándose sin citarse pero con la certeza de que ambos estarían allí en el momento preciso porque el destino así lo disponía. ¿Cómo era posible que no hubiera hecho este viaje antes? Había estado tan ocupada de mi vida que se me había olvidado vivirla. Decidido, París. A finales de la primavera sería, para poder recorrerla bajo un clima un poco más amigable que este frío y esta nieve.

Todo esto me recordaba a la canción de Piaf, que yo únicamente había escuchado en inglés, "I shouldn't care". And I shouldn't! (But I do, ¿qué se le va a hacer?) Me identificaba tanto con ella, parecía escrita para mí, mejor aún, escrita por mí. Por fortuna yo sí tenía la posibilidad de huir para olvidar y huía precisamente a la patria de Édith. Mi viaje cortazariano a París tendría que incluir sin lugar a dudas un paréntesis para el gorrión de Francia. "Máxime" –palabra aparentemente favorita de mi barbudito y que jamás he podido emplear sin que me venga Julio a la mente-, cuando la voz de Piaf me ha acompañado en todos los momentos importantes de mi vida.

Qué gran idea había resultado este asunto del viaje. Planificarlo me mantenía tan ocupada y hasta emocionada que estaba logrando el efecto deseado aún antes embarcarme rumbo a mi cita de puentes y museos. Decidí tomar un curso casero de francés, de esos por computadora, para al menos aprender algunas frases básicas y no llegar totalmente en blanco; los habitantes de tan magnífico destino tienen fama de no ser muy receptivos a lenguas extranjeras y yo me preguntaba qué sería peor, si abordarlos en inglés o en español. Odiaba asumir como veraces presunciones de tipo peyorativo, sin embargo, nada me aterraba más que hallarme perdida en medio de una ciudad enorme donde nadie me entendiera y yo no le entendiera a nadie. Esta actitud, hipotética o no, era totalmente incomprensible para mí, en especial en una ciudad tan turística como París, pero estaba acostumbrada a este sinsentido gracias al tiempo que llevaba viviendo en esta tierra de Apaches y Sioux, donde me había topado con quienes admiraban mi lengua materna, embelesados ante mis erres y deseosos de ser capaces de hablarla, lo mismo que con los que me habían interpelado, acusado falsamente y hasta exigido mi salida inmediata de su país luego de haberme escuchado hablar en el magnífico idioma de Andrés Bello. Y por supuesto, todos los matices de grises que hay entre ambos extremos. Así que, para evitarme disgustos innecesarios, decidí ser capaz de reconocer y reproducir una veintena de frases básicas y después, que fuera lo que Dios quisiera, actitud totalmente opuesta a mi personalidad planificadora y cauta, pero la verdad no había otra opción. Me quedaba de consuelo que mis intentos por comunicarme primeramente en francés causaran una buena impresión en mi buen samaritano parisino, quien probablemente tendría mejor disposición de ayudarme sabiendo que por lo menos había hecho el esfuerzo comunicarme en su lengua materna.

Los días transcurrían entre "Bonjour Monsieur, parlez vous Anglais?" y la rutina diaria del colegio, que de rutina tenía muy poco, para bien o para mal. Logré evadir a todo el mundo a pesar de la Navidad, el año nuevo y hasta el día de Reyes; precisamente por tratarse de estas fechas rehuía de la gente más que nunca, tenía muy pocas ganas de socializar y menos ganas aún de explicar qué había pasado entre Iker y yo que ya no estábamos juntos, esta manía mía de salir corriendo de todo y de todos cada vez que el mundo se me acaba. Pensé en Guillermo y en Los Aleros, pero esta vez la huída era más simbólica que otra cosa, hasta los momentos se trataba de una huída emocional y no física, por lo menos hasta que llegara el día del viaje a París, sin embargo existe un punto en el que seguir negándose ya no es más una opción, a menos que se tenga como meta echar a patadas de por vida y sin miramientos a los amigos; llega un momento en el que ya no quedan más excusas creíbles que inventar, el eterno dilema de las buenas mentiras, que sean creíbles. Eventualmente hay que contestar el teléfono, devolver un mensaje, armarse de valor y decir que sí y aparecerse con una botella de un buen vino y algún plato cargado de viandas y guarnición, cuando en verdad uno sólo quiere quedarse en pijamas arropado en el sofá de la sala viendo la nieve caer desde la ventana que da al patio. Llegar con la vieja máscara de la sonrisa bien ajustada delante del rostro, luego de haberla desempolvado cuidadosamente, no fuera cosa de que viniera a romperse en plena tertulia y dejara al descubierto estos ojos afligidos, esta cara lánguida de corazón triturado, después de haber comprobado frente al espejo que la máscara todavía calza.

Hubo una reunión, o no exactamente una reunión, más bien un evento al que sí atendí. Porque a pesar de esta quejadera constante por este despecho estúpido que cargaba y que me tenía harta, en verdad frita de mí misma, también tuve momentos en que todo me era indiferente, breves, pero servían para agarrar un segundo aire antes de que la cantaletica esa del guayabo por Iker volviera a comenzar. Los padres de unos hermanitos inscritos en mi preescolar eran venezolanos, dueños de un conservatorio. Habían organizado un evento de villancicos, aguinaldos y demás canciones típicas navideñas venezolanas interpretadas por sus pequeños alumnos. Yo no podía rechazar esa invitación y la verdad es que me entusiasmaba bastante la idea.

La invitación decía "gala" aunque la cosa era un tanto menos formal. En cuanto entré al local me pasó igual que cuando voy al Consulado, toda esa gente a mi alrededor hablando en español y con aquel acento tan familiar y característico me daban una sensación como de clan que en verdad era un poco extraña. No tenía sentido porque yo estaba en contacto directo y constante con gente de mi país, sin ir más lejos, con Iker, pero había algo en el hecho de que un grupo grande y de paso de desconocidos, hablara así a mi alrededor. Yo no sé explicarlo, pero se siente un poco raro. No raro mal, solamente raro.

Mientras esperaba a que alguien viniera a explicarnos hacia dónde debíamos dirigirnos, más o menos qué era lo que había que hacer y esas cosas, me entretuve observando a mis compatriotas y me di cuenta de algo curioso: los venezolanos somos bajitos. Yo nunca me había dado cuenta de eso hasta ese momento, pero era así. Yo andaba en zapatos sin tacón, no porque fueran los más apropiados para la ocasión ni los que fueran mejor con mi atuendo, sino porque en el apuro de salir corriendo del colegio para llegar a tiempo, había olvidado cambiarme de nuevo los zapatos y sólo me di cuenta antes de bajarme del carro, pero evidentemente ya era muy tarde para hacer algo al respecto y ni siquiera había alguna zapatería alrededor donde intentar solucionar el pequeño conflicto de modas que se me presentaba. Yo no doy clases, salvo que alguna maestra se enferme y no pueda conseguir una sustituta, yo dirijo mi preescolar y si bien mis maestras tienen mucha más actividad física que yo, lo cierto es que a mí me toca recorrer salones, pasillos y parques constantemente durante las doce horas de operación diarias, imposible hacer eso entaconada. Los tacones están escondidos debajo de mi escritorio, porque cuando viene un padre nuevo preguntando información debo estar lo que se dice "de punta en blanco", después de todo, como dueña y directora, yo soy parte (grande) de la imagen de mi colegio. Cambiarme los zapatos debajo del escritorio es algo que tengo dominado desde hace años, pero con todo este drama de Iker tenía la cabeza sabrá Dios dónde y fue así como me fui a la gala en Crocs. ¡Gracias a Dios y no eran el modelo original! Esos son horrorosos, ni muerta me consiguen con un modelo de esos puesto, son otros que parecen zapatos normales, más estilo zapatilla, pero igual estamos hablando de un plástico transparentoso que lo hace más o menos rebotar a uno cuando camina, o sea, se notaba que eran Crocs. Cosas de la vida. Pues bien, yo andaba en Crocs sin tacón y noté que todos los hombres a mi alrededor eran o bien de mi tamaño o incluso más bajitos que yo. Apenas unos pocos (yo conté tres) eran más altos, pero estoy hablando de cinco, máximo diez centímetros más altos que yo, que no es nada, sobre todo porque yo no soy alta, yo mido un metro sesenta y tres centímetros. Eso es normal, no es bajita y tampoco es alta, al menos yo recordaba a todas las de mi promoción (ciento diecinueve niñas) más o menos de mi tamaño. Digamos que algo así como el ochenta por ciento era de mi tamaño, el resto un poco más altas o un poco más bajas. Un hombre que mida un metro setenta realmente no es muy alto que se diga. Con razón algo tan extraño y tan gracioso había pasado

245

cuando había vuelto a ver a Guillermo, me preguntó: "Julia, ¿creciste?" Obviamente yo no había crecido y tampoco andaba encaramada en unos burracos de tacón, de hecho, los tacones de mis zapatos no son muy altos, porque Iker, y ahora me daba más cuenta que nunca, también era "bajito" y a mí me gustaba más verme menos alta que él o máximo del mismo tamaño, no sé bien por qué, pero me resultaba más cómodo así cuando caminábamos uno junto al otro, así que poco a poco fui prefiriendo zapatos de tacón medio y un día me di cuenta de que ya no quedaban "zancos" en mi closet. No, yo no había crecido. Guillermo y yo no podíamos entender muy bien qué estaba pasando, tampoco era que él estaba tan viejo como para haberse encogido y resultaba bastante curioso que ambos tuviéramos esa sensación de que yo antes era como más bajita que ahora. Para mí, luego de haber evaluado esta muestra de población, la respuesta estaba clara: era una cuestión de percepción. Me había acostumbrado a ver a estos gringos, que sí son altos en su mayoría y a sentirme bajita en consecuencia, al ver a Guillermo, que para mí, en mi mente, seguía siendo alto, algo no cuadró porque mi percepción de lo que es un hombre alto había cambiado. Ahora, yo no sé por qué a Guillermo le parecí que había crecido y que estaba más alta, eso se lo tendré que preguntar al próxima vez que hablemos, ¿será que las venezolanas que quedan en el país son todas bajitas, todas las mujeres altas, se fueron? Absurdo pero nunca se sabe. Yo hasta ahora sólo he descifrado por qué me pareció bajito él a mí. En fin, mujeres sí eran todas más bajitas que yo o de mi mismo tamaño -lo cual echa por tierra la hipótesis de que todas las mujeres altas o no-bajitas hayan emigrado-, cosa que al final las hacía a todas más bajitas porque yo era la única con zapatos de suela plana. En mi país hay gente más alta que yo, no quiero decir que seamos una nación de liliputiences, y con una fábrica de modelos y Misses semejante, créanme, hay mujeres altas por montón, pero no sé, creo que el grueso de la población es bajita y estaba visto que los bajitos habíamos emigrado al Midwest.

Mientras veía la presentación de "mis" niños y otros niños que no conocía, que en verdad cantaron como ángeles, recordé cuando las monjas del colegio trataban de explicarnos cómo nosotras, todas nosotras, las mil seiscientas ochenta niñas aproximadamente que hay en el colegio, éramos como sus hijas. Nadie entendía eso en aquel entonces, quizás porque aún éramos muy jóvenes, también porque nosotras no las veíamos a ellas como nuestras madres, si bien a algunas llegamos a tomarles un cariño especial y profundo que hasta el día de hoy se ha mantenido. No podíamos entender eso de que nos vieran como sus hijas. Entendíamos que nos cuidaran como nos cuidaban, que nos educaran y que se preocuparan por nosotras, entendíamos que nos orientaban y nos enseñaban motivadas por algo que iba más allá de su vocación de educadoras y guías y sin duda alguna más allá de la recompensa material que podían obtener, pero no entendíamos que pudieran vernos como a sus hijas. No podía tratarse con exactitud de aquel poema de Andrés Eloy Blanco que reza que cuando se tiene un hijo se tienen todos los hijos del mundo o algo similar, puesto que ellas no tenían hijos y a mí me parece, aunque claro que podría estar equivocada, que ese poema se refiere precisamente a eso, a cómo el tener un hijo (y luego dos, prosigue Andrés Eloy), le cambia a uno la vida de forma tal que acaba sintiéndose una especie de afecto extendido, de responsabilidad colectiva, una necesidad global de protegerlos a todos, sean o no de uno. Yo no lo sé, no tengo hijos, y a este paso lo más probable es que nunca los llegue a tener, lamentablemente, pero en cambio entiendo por fin lo que las monjas nos explicaban en vano, entiendo esa maternidad putativa y la naturalidad con que el posesivo "mi" le precede a toda referencia de cada uno de los bajitos que ha pasado por mi preescolar, a todos nuestros bajitos, los que recibimos medio dormidos todas las mañanas cuando aún está oscuro afuera y los entregamos igual, medio dormidos y oscuro afuera, los que comparten con nosotras apenas un par de horas a la semana, los que no dan trabajo, los que nos ponen a dar carreras, los que ya se han marchado y cuando menos lo esperamos nos sorprenden con una visita, los que no hemos vuelto a ver y que imaginamos haciendo grandes cosas y que de bajitos sólo les queda la referencia añeja pues somos nosotras quienes ahora debemos echar la cabeza completamente hacia atrás para poder verlos, y sin embargo en esas caritas casi adultas todavía se les nota las ganas de comerse al mundo que tenían cuando estaban bajo nuestro cuidado y eso es lo que seguimos viendo nosotras en ellos, seguimos escuchando sus risas en el parque, seguimos viéndoles las caritas y las manitos sucias que acabamos de mandarles a lavar antes de darles la merienda, seguimos escuchándoles decir "pasghetti", "aks" y "Bubble King", todas las erres sustituidas por doble ves y toda la jerigonza que por más que intentamos nunca conseguimos entender.

Si hablo en plural es porque no soy la única que siente esto en mi guardería, todas las maestras e incluso el personal de limpieza se encariñan profundamente con nuestros niños. Todas tienen hijos propios y un par de ellas son abuelas; yo nunca las he increpado acerca de si los aman o no a los niños del colegio como a propios sus hijos, creo que no hace falta, me basta con basarme en el trato que les dan, en la manera en que interactúan con ellos y ya tengo mi respuesta. Y, bueno, asumiendo que el poema de Andrés Eloy Blanco es así, tal cual. En su mayoría, mi personal ha estado trabajando conmigo en el preescolar desde su inauguración; todo el que viva en este país sabe o por lo menos tiene una vaga idea de que el trabajo en un daycare es de los peores remunerados que hay y no sólo eso, sino que no goza de ningún beneficio, ninguno. Las maestras de estos centros realmente aman su profesión pues el sueldo mínimo trabajando diez horas diarias no cubre el alquiler de aquel apartamento miniatura que tenía yo cuando era vecina de Rodrigo. Es vergonzoso y deplorable. Por eso las maestras siempre están cambiando de un daycare a otro, aunque la mejora sea ínfima. A mí también me tocó, me tocó abrir y cerrar preescolares, limpiarlos al final del día cuando se iba acercando la hora de cerrar, me tocó que el aumento de sueldo un año después fuera de veinticinco centavos más por hora, me tocó enfermarme y no tener seguro y evaluar los pros y contras de tomarme unos días de vacaciones más de un año después, calculando qué tanto valía la pena atrasarme en otro pago de los servicios o peor aún, ya no tener trabajo al regresar. Las verdes fueron muy verdes, y además sola y en un país extranjero. Las verdes, fueron en verdad muy verdes, pero como dicen aquí, "what doesn't kill you makes you stronger" y esa etapa sirvió para forjar y terminar de definir lo que un día sería mi preescolar, lo que es hoy mi preescolar. Iker revisaba los libros, revisaba los números, sabiendo cómo es la realidad de todos los otros centros y me decía "acuérdate que esto es un negocio, Jules, no la orden de las hermanitas de la caridad". No es que no sea lucrativo, gracias a Dios el negocio da y da bastante bien, lo que quería decir Iker es que yo podría estar obteniendo por lo menos el doble de las ganancias que percibo actualmente como me decidiera a llevarlo como se llevan los daycares en este país, y me lo hacía notar no porque pensara que está bien ese tipo de explotación ni mucho menos, muy por el contrario, le indignaba tanto como a mí, y respetaba y apoyaba mi visión y mi filosofía, sólo que se consideraba en el deber "como contador y como el hombre que te ama" de velar por mis intereses y procurar que obtuviera el mayor beneficio posible.

Esta cola horrorosa para ir a casa de Eduardo de verdad que ha dado para pensar en todo, para ponerse a recordar cosas que... Pensándolo bien, como que el poema de Andrés Eloy también es conmigo, y también es con las monjas, aunque no podamos tener la certeza, ellas, nunca, yo, posiblemente tampoco.

Qué difícil manejar a la reunión sabiendo que Iker estaría allí, todos los tangos agolpados en el alma, qué mierda de vida. Justo cuando uno cree tener el duelo relativamente bajo control, a pesar de seguir escuchando "Comfortably Numb" obsesivamente porque es lo único que ayuda a sentirlo un poquito cerca, con su suéter de la NASA perpetuamente puesto a modo de talismán. Es como una muerte, en verdad lo es. Y aquellas palabras "porque eres tú, única e inigualable, especial e indescifrable, tierna y misteriosa… simplemente porque eres tú" con su cara y su beso, todo repitiéndose incesante como en un cine continuado (y masoquista). Qué vida de mierda. Justo cuando se está segura de que uno encontró al hombre de su vida, no tiene dudas, con absoluta certeza de que es él el que le toca a uno por destino, viene el libre albedrío y lo echa a todo a perder. Sé que una barbaridad como la que acabo de decir merecería el primer premio en un concurso de disparates, pero debo alegar a mi favor que, en este caso, aplica perfectamente: la vida marcha mejor que nunca y tiene que llegar el libre albedrío a sabotear el fatum. ¡No hay derecho! Y los heraldos negros de Vallejo esperando en formación para llevarnos, idea que a ratos se perfila más como una bendición que como una amenaza. Diría que estoy como Benedetti pero no es cierto, yo solamente estoy jodida, no radiante y mucho menos viceversa. Estoy como jueves en París y con aguacero. Soy una canción de música country; mi vida es un enorme malentendido, una colección abrumadora de malos entendidos, chicos y grandes, con todo tipo de características, órdenes, tamaños y fechas, una red interminable de trenes escandinavos, un perpetuo mediodía taciturno, un perfecto compendio de casi en todas las categorías: casi bonita, casi exitosa, casi feliz, casi amada. Odio mi vida, odio todo, qué maldición. Necesito desesperadamente un final feliz o que me parta un rayo, lo que venga primero. Creo que padezco de bipolaridad temporal, en un momento estoy bien, soy capaz de sonreír mientras pienso en las cosas más irrelevantes y al minuto siguiente estoy hecha una Magdalena porque Bono está cantando en la radio alguna de las canciones que a Iker le daba por poner de vez en cuando cuando hacíamos el amor. Y se supone que tengo esto bajo control, eso sí que es un buen chiste.

Julia se estacionó frente a la casa de Eduardo y se miró en el espejo retrovisor para chequear el estado de su maquillaje. Como era de esperarse, el veredicto no podía ser otro que deplorable. No era tanto el maquillaje en sí, puesto que Julia no era de las que se untan capa tras capa de toda suerte de líquidos y polvos en beige y rosa, así como no era asidua a embadurnarse la cara con mejunjes presuntamente anti-arrugas, aunque estaba consciente de que llegaría el día en que eso sería inevitable; se trataba, en todo caso, de comprobar qué tan bien se podía disimular la cara de tragedia griega que cargaba, sobre todo frente a Iker, quien la conocía posiblemente mejor que nadie en este mundo, mejor que Guillermo y mejor que ella misma, y el ápice de orgullo que le quedaba aún a Julia la forzaba a este juego de apariencias, esta postura de primero muerta que bañada en sangre.

"Qué sufrimiento inútil", pensó Julia suspirando al terminar de arreglar su maquillaje. "Qué pérdida de tiempo estúpida, esta pila enorme de minutos, que todos juntos se vuelven días y luego semanas y meses enteros de mi vida llorando como una imbécil y sufriendo por un tipo que no me quiere y al que le importo tres pepinos, pero qué idiotez. El despecho debería estar penado por la ley. Si me muero mañana, habré desperdiciado mis últimos momentos en la tierra deprimida por quien no se lo merece -como si las depresiones fueran premios al mérito, no, es que está visto que el drama continuo repercute negativamente en la inteligencia-." Julia continuó viéndose al espejo, con la cabeza apoyada en la parta alta de su asiento, ahora con la mente en blanco, como si la imagen que se reflejaba fuera la de otro y ella estuviera tratando de reconocerse a sí misma en esos párpados hinchados, en las comisuras de los labios, en la nariz sonrosada. Había llegado finalmente al punto en que el silencio conquista y se esparce, el fin del llanto, el verdadero final de las lágrimas, el inicio de la indolencia, el me-da-igualismo. El final, el verdadero final, no cuando Iker le dijo a Julia que no la amaba, que esto había sido un error, que él estaba enamorado de la Miss, no, no fue entonces, no cuando le dijo que iba a desaparecer y procedió a ignorarla por completo, a erradicarla de correos electrónicos, mensajería instantánea por internet y celular, ni cuando cambió su número de teléfono de habitación y de móvil; tampoco fue cuando Julia se entregó de lleno a su despecho ni cuando se sometió a la tortura auto impuesta de borrar uno a uno los mensajes de Iker que tenía guardados en su celular, los emails, las fotos, todas las fotos, delete, are you sure you want to send this item to the recycle bin?, es obvio que no pero ¿hay acaso otra opción? Por supuesto que no. Y entonces Sísifo: arriba la piedra, delete, piedra en la cima de la montaña, are you sure?, claro que no pero qué carajo, piedra rodando cuesta abajo. No, no fue cuando tuvo que borrar el repique de su celular para que ya no fuera la grabación de "Comfortably numb" que Iker le había mandado desde su celular una tarde al salir de su oficina, cuando la escuchó en su auto de camino a casa y se apresuró a grabarla para enviarla desde su teléfono móvil al de Julia y donde además podía escucharse la voz de Iker cantando de fondo. No, no fue en ninguno de esos momentos, el fin, el verdadero fin llegaba ahora, ahora que el alma exhalaba un suspiro de ya estuvo bueno y se negaba a sentir, se entregaba a una especie de inapetencia emocional y llorar o amar o preguntarse si aún amaba, si aún dolía, eran demasiado esfuerzo, al cual el alma se negaba en seco a someterse. Y entonces, la nada, andar como anestesiado por la vida y cuando algún sentimiento asoma las narices, verse detenido en el acto por un encogerse de hombros involuntario pero en perfecta sincronía con el estado anímico del alma, ciento ochenta grados sobre el propio eje y marcha serena en dirección opuesta.

Julia se bajó del auto con la paz mental que le daba saber que no se desharía en mil pedazos delante de todo el mundo, en especial de Iker y su Miss en cuanto escuchara su voz o lo viera de lo más acaramelado, agarrado de la mano y babeado, presto a cumplir todos los deseos de su currunchunchú. Terminando de pensar esto Julia soltó una carcajada sonora pensando que el plan macabro del alma de hacerse cargo de todo, no solamente promovía la ironía y el sarcasmo, sino que de paso tenía excelente sentido del humor. "Currunchunchú", insuperable. Esta era la primera risa verdadera de Julia en mucho tiempo y fue así, riendo sola, con ambas manos cruzadas frente al estómago, que Eduardo la consiguió frente a la puerta trasera de su auto.

-¿Riendo sola como los locos, preciosa Julia? –la saludó Eduardo, dándole un beso en la mejilla y pasando el brazo derecho afectuosamente sobre el hombro de Julia.

-Hola Eduardo, ¿cómo estás? –respondió Julia con una sonrisa, de nuevo, la primera sonrisa auténtica en muchos tiempo.

-Chévere, chévere, ¿y tú, qué tal todo?

-Bien, aquí.

-Vi tu carro hace rato estacionado frente a la casa y como no te bajabas, vine a ver si necesitabas ayuda o algo –dijo Eduardo.

-Qué lindo eres, Edu –dijo Julia con una sonrisa, pensando en su abuela, quien le había enseñado a los cinco años a sonreír en todo momento, lección que había demostrado ser todo un reto de llevar a cabo, por ejemplo en estos últimos meses, pero que infaliblemente traía resultados positivos cuando era posible ser aplicada, como ahora, cuando su sonrisa producía otra sonrisa cariñosa de Eduardo hacia ella.

-Así dice la gente –respondió Eduardo jugando y riendo.

-¿Me ayudas a sacar lo que traje para la cena?

-Claro que sí, Julieta.

-"Julieta" –repitió Julia-, me han llamado por muchos apodos en mi vida, pero nunca Julieta.

-Ah, para que tú veas. Es que a mí me inspira Shakespeare –dijo Eduardo con la mano derecha sobre el pecho al nivel del corazón y la palma izquierda hacia el cielo con el brazo extendido en ademán de quien declama apasionadamente.

-Eso me parece maravilloso, Eduardo, lo único es el detalle insignificante de que Julieta se muere –dijo Julia sonriendo.

-Es verdad, tienes razón, mi Julia –dijo Eduardo-. Perdóname.

-No vale, nada que ver –dijo Julia-, no me pidas perdón. Yo lo dije jugando, me puedes llamar como tú prefieras, a mí me da igual –"bueno, mientras no se le ocurra llamarme 'Jules', por supuesto", pensó Julia pero no dijo nada; estaba visto que al piloto automático en que el alma había puesto a andar a sus emociones le quedaban algunos ajustes menores por hacer.

-'Tá bien, pues, Julieta, entonces –dijo Eduardo acabando de sacar la bandeja del auto de Julia.

-Perfecto –rió Julia-. Eduardo…

-Dime –dijo Eduardo, deteniéndose frente a la puerta cerrada de su casa.

-¿Tú eres piloto, verdad?

-Ajá, piloto comercial –respondió Eduardo con una sonrisa.

Eduardo abrió la puerta y dejó pasar a Julia, quien fue recibida calurosamente por los amigos de Iker y ese era uno de los mayores conflictos para Julia, que aquellos eran, después de todo, los amigos de Iker y por lo tanto ella no tocaba ningún pito en esa comparsa. Si bien era cierto que desde el primer momento, aquella tarde en que los conoció a todos, cuando invadieron la casa de Iker en cambote, saboteándoles la velada accidentalmente, habían sido sumamente cariñosos y la habían adoptado como una más del grupo, aquellos seguían siendo los amigos de Iker en primer lugar y Julia se sentía como si le estuviera robando los amigos al vasco o forzando su presencia e imponiéndose como parte de un grupo que en verdad no le pertenecía y todo este lío la hacía sentirse extremadamente incómoda, a pesar de que habían sido ellos quienes insistían en mantener contacto con ella, cosa que en un principio le pareció mera cortesía (la posibilidad de que fuera lástima también cruzó por su cabeza, pero con el transcurrir de los días fue evidente que la preocupación y el cariño eran genuinos), y lo agradeció, en verdad lo agradeció profundamente, hasta que ante tanta persistencia no pudo sino acceder a reunirse con ellos por última vez –o al menos eso pensaba ella que sería esta velada, una despedida oficial, la última de las cortesías antes de divorciarse de los amigos de Iker-.

Fue fácil entrar en confianza y sentirse a gusto una vez más rodeada de gente tan especial; a lo mejor después de todo aquella no sería una despedida, aunque Julia mantenía sus expectativas al respecto prácticamente nulas. El momento de encontrarse frente a frente con Iker había llegado y aunque a Julia le latía el corazón como un bólido a punto de compartir el mismo destino que sus congéneres meteorológicos y estallar en cuanto hiciera contacto con la atmósfera, la desidia sometida por parte del alma ahora al mando, se encargó de sosegar el infarto al miocardio en puertas y hasta le suprimió la voz temblorosa que suele manifestarse en estas circunstancias y armó a Julia de valor para saludar a Iker, sin beso y sin sonrisa y no obstante sin un dejo de altivez, un saludo como el que se da al entrar en un ascensor repleto de gente extraña, y si bien Iker cargaba consigo a su Miss guindada del hombro igual que la vez en que se los topó de frente en la feria de barbacoa, esta vez la Miss ya no le pareció tan bonita como antes, de hecho, ni siquiera le pareció bonita, le pareció normal, tampoco era fea pero no era bonita ni mucho menos digna del apodo que le había inventado. Y Felipe tenía razón: demasiado maquillaje.

El mismo saludo designado para Iker le tocó a la Miss, y aun cuando esta vez no había mano llena de salsa barbecue que viniera al rescate, lo cierto es que tampoco hizo falta, puesto que la Miss parecía muy bien enterada de las circunstancias y saludó a Julia consecuentemente. Iker tampoco sonrió y apenas balbuceó un "hola" escueto, cosa que en verdad sorprendió mucho a Julia, quien esperaba ser totalmente ignorada por Iker, de la misma manera en que él se había dedicado férreamente a aparentar que ella había muerto y a hacerse tragar por la tierra y por supuesto esperaba un trato similar por parte de la Miss, que para todos los efectos seguiría con dicho sobrenombre, puesto que Julia acababa de darse cuenta de que no tenía idea de cuál era el verdadero nombre de ella, nunca lo escuchó el día de la feria, porque cuando se está a un paso de la muerte por shock y desilusión, algunos detalles se pierden en el caos del momento. No es que importara, la verdad, de hecho, mejor así, una cosa menos con la cual obsesionarse, preferible dejarlo en "La Miss" y fin de la historia.

Media vuelta y a otra cosa. Era un triunfo, la primera victoria luego de la derrota aniquilante que había sido el rompimiento con Iker, el desengaño, la traición, la lista infinita de adjetivos similares cuando las expectativas se vuelven añicos. Punto para el orgullo de Julia, que se había arrastrado en sus niveles más deplorables y vergonzosos cuando trató inútilmente de hacer cambiar de opinión de Iker y pedirle que reconsiderara su decisión de terminar con la relación.

Los amigos de Iker parecían tener un complot en contra de la depresión de Julia, ignorantes del cambio de etapa que había tomado lugar en el carro de Julia justo antes de que ella se bajara. De todas maneras siempre caía bien cualquier ayuda extra que sirviera para mantener a raya a los vampiros de los recuerdos, principalmente teniendo a Drácula -con su hombro dislocado- entre los invitados. Eduardo tenía una selección de foxtrot, swing y tango que había elegido especialmente para Julia. Sabía que ella era amante de dichos ritmos, mas ignoraba que supiera bailarlos. "Me enseñó mi abuelo cuando yo era chiquita" le había dicho Julia, comentando además que las lecciones venían infaliblemente acompañadas de historias de guerra y post-guerra, algunas tristes, otras heroicas, pero siempre alentadoras, llenas de esperanza: "mi abuelo no terminaba jamás una historia sin infundirle ánimos a sus espectadores; fue así como me enamoré de esta música, mientras repetía 'slow, slow, fast, fast' al ritmo del clarinete de Benny Goodman, tratando de imaginarme la juventud de mis abuelos", había agregado Julia. Para el final de la velada todos los comensales habían aprendido, algunos mejor que otros, a bailar los tres ritmos, o por lo menos a ser capaces de defenderse en una pista de baile y de seguirle el paso a Julia, quien, por su parte, descubrió que había heredado de su abuelo algo más que el color de los ojos y la forma de la nariz, había heredado de él algo menos evidente, la capacidad de enseñar a los demás a bailar.

Luego del curso de baile intensivo la gente se disgregó, algunos comían, otros escuchaban música contemporánea, grupos de no más de tres compartían una misma actividad. Julia tomó su abrigo y salió a la terraza un rato buscando un poco de aire fresco y un paréntesis para procesar y asimilar los eventos del día, desde su cada vez más plausible último momento de desconsuelo por Iker en el auto, de camino a la reunión, hasta el momento en que había abierto la puerta corrediza que daba a la terraza y había salido a la noche helada de Kansas, que por fortuna estaba menos inclemente que lo que los meteorólogos habían pronosticado.

-Hola, ¿te puedo acompañar?

-Hola, Edu, claro que sí –dijo Julia.

-Pensé que iba a estar haciendo más frío –dijo Eduardo.

-Sí, ¿verdad? Yo también lo pensé.

-De todos modos llevas mucho rato aquí afuera, Julia, ¿no te estás congelando? –preguntó Eduardo.

-La verdad es que no –dijo Julia.

-Bueno, igual déjame prender el aparato este aquí, por si acaso –dijo Eduardo buscando el encendedor para el gas-. Listo, ahora vamos a estar mejor –dijo Eduardo sonriendo.

-Gracias –dijo Julia, con una sonrisa-. Sí, se siente mejor ahora.

-¿Cómo te sientes? –preguntó Eduardo parándose junto a Julia, apoyando los codos en la baranda de la terraza igual que ella.

-Bien –dijo Julia sonriendo-, cansada de bailar, supongo. Tienes una casa muy bonita.

-Gracias; como te dije cuando llegaste, siéntete como en tu casa.

-Gracias, Eduardo.

-¿De verdad la estás pasando bien, Julia? –preguntó Eduardo.

-Sí Edu, de verdad –dijo Julia sonriendo-. Gracias por cuidarme, tú y todos han sido muy lindos conmigo esta noche. ¡Siempre! Siempre, no solamente esta noche, sino siempre, y se los agradezco, pero estoy bien, de verdad, no te tienes que preocupar por mí.

-Bueno Julieta –dijo Eduardo mirando a la distancia-, el cariño que te tenemos todos te lo has ganado tú.

-No creo, Edu, yo no he hecho nada extraordinario –dijo Julia.

-Bueno, si yo te digo que te lo has ganado, créeme que lo digo por algo.

-Está bien –dijo Julia-, en todo caso podemos decir que es mutuo, el cariño que yo les tengo a ustedes también se lo han ganado, en especial después de esta noche.

-Digamos que te la debíamos por la vez en que llegamos a interrumpirles la velada a ti y a Iker, ¿te acuerdas? –dijo Eduardo-; principalmente yo, qué animal soy, pana, ¿cómo no me di cuenta de que era absurdo lo de que estaban ahí para estudiar? –dijo Eduardo riendo.

-Ustedes no me deben nada, Edu –dijo Julia-. No puedo creer que te acuerdes de eso.

-Ese fue el día que te conocimos.

-Sí –dijo Julia pensativa, dudando de la fortaleza de su alma y de la resistencia de esta nueva etapa.

-Perdóname, Julia, no quise ponerte triste –dijo Edu pasando el brazo por sobre los hombros de Julia.

En ese momento la puerta que da a la terraza se abrió bruscamente y de improviso, sobresaltando a Eduardo y a Julia. Iker, llevando a la Miss del brazo, apareció en la terraza como si hubiera llegado tras una carrera. Por un instante las risas de Iker y la Miss cesaron, Eduardo y Julia suspendieron su conversación y los cuatro se vieron a las caras.

-Perdón por la interrupción –dijo Iker, disimulando bastante mal su descontento-, no sabía que estuvieran ocupados. Vámonos, linda.

"Linda", pensó Julia, "en todo caso 'bellísima' está por encima de 'linda', y por lo visto tengo catorce años de nuevo, 'bellísima por encima de linda', Dios mío, me reiría si no fuera porque el patetismo de ese pensamiento superó su jocosidad, pero equis, no me interesa, no es importante" continuó pensando Julia mientras volvía de nuevo el cuerpo y la mirada al patio de Eduardo, dándoles la espalda a Iker y a la Miss, buscando en su cerebro un asidero que sirviera para desterrar este último pensamiento y mandarlo por un caño, por donde la actitud y el comentario de Iker, no solamente la que había demostrado toda la noche durante la reunión y esta última acotación que acababa de hacer -por demás impertinente-, sino todo su comportamiento desde que habían terminado, debería ser mandado, y quién quita y algún día no tan lejano ella tendría la oportunidad de hacerlo, mandarlo directo por el caño y decirle unas cuantas cosas que Iker merecía escuchar, pero no valía la pena echarle a perder el momento a Eduardo y a los otros por un elemento como Iker y su discapacidad de lidiar con las situaciones con un mínimo de madurez emocional, no valía la pena porque un ser tan cobarde e infantil nunca admitiría la embarrada que fue su manera de terminar esta relación y su actitud a partir de esa decisión, por el contrario, se dedicaría a defenderse atacando, alegando que siempre lo había dejado todo muy claro, como si las acciones no fueran mil veces más explícitas que las palabras, como si lo que habían vivido no fuera más que un producto de la imaginación de Julia, o como si el haberle dicho que le pedía disculpas porque se las merecía fuese suficiente, un comodín bajo el cual escudarse para portarse como un perfecto patán. Y todo este pensamiento desde que comenzó era también una pérdida de tiempo, un desperdicio de tiempo, otro par de minutos de la vida de Julia que nunca más recuperaría, botados a la basura, ocupados en algo que no valía la pena. La rabia, ese sentimiento soez que no es otra cosa más que dolor disfrazado, pero esto también pasaría, igual que todo lo demás y teniendo la oportunidad de elegir, Julia prefería la faceta original de la tristeza a esta rabia; tenía miedo de dejarse consumir por la ira y comenzar a sentir desprecio por su bellísimo vasco, se aferraba a la esperanza de que cuando todo esto terminara de pasar sería capaz de mirar hacia atrás y asumir la actitud de Iker como "humana", un error o muchos errores de una persona que en verdad era excepcional y es que nada en su actitud tenía sentido, no era lógico, nadie estaba normal, cariñoso, dulce y amable un día y un par de horas después hacía lo imposible por que la tierra lo tragara. Iker, que me repetía constantemente "¿Sabes que te amo?", no tenía sentido, no se dejaba de amar de un día para otro, no era lógico, luego de todo lo que habíamos vivido, luego de los paseos en el parque y las idas al cine, las mascarillas, los cursos de repostería, luego de la prueba de embarazo negativa, nada en este rompimiento tenía sentido e Iker podía ser muchas cosas pero no loco.

-Tranquilo, mi pana –había respondido Eduardo, sin prestar más atención a la actitud de su amigo. Julia, de espaldas a Iker y su novia, se alegraba de que Eduardo hubiera respondido de esa manera, pensando que ninguno de los dos le debía explicaciones a Iker -ni a nadie- y por lo tanto no tenía intenciones de dárselas, que la reacción que Iker había tenido al entrar en la terraza era una total incoherencia y que si esta escena le molestaba tanto, tal vez era señal de que un análisis introspectivo no le vendría nada mal.

Iker y la Miss entraron de nuevo a la casa y Eduardo buscó un par de mantas que estaban sobre los sillones, colocando uno de ellos sobre los hombros de Julia y acto seguido, cubriéndose a sí mismo con el segundo.
-Gracias –dijo Julia sonriendo-, qué calentita está…

-Sí, ¿viste? -dijo Eduardo, devolviéndole la sonrisa-, por eso las dejo aquí afuera, cuando prendo el calentador este, se calientan rápido y cuando uno se las pone se siente demasiado bien.

-Es como si la hubieras sacado de la secadora.

-Exactamente –dijo Eduardo-. ¿Estás bien?

-Estoy bien, gracias –dijo Julia-. Entonces, eres piloto comercial…

-Sí, estudié en Barcelona y luego decidí venirme aquí, hice la reválida y empecé a trabajar de inmediato.

-¿En Barcelona?

-Ajá, mi familia es de allá.

-¡Mentira! –dijo Julia encantada.

-Te lo juro. ¿Qué, y tal que no te habías dado cuenta, con estas cejas mediterráneas que tengo? –dijo Eduardo.

-Bueno, sí son mediterráneas –dijo Julia riendo-, pero podrían ser de otras regiones, no sé, italianas o griegas, no necesariamente tienen que ser cejas catalanas.

-Bueno, qué te puedo decir, lo son, ¿tú también tienes familia catalana? –preguntó Eduardo.

-No, pero Barcelona me parece una ciudad hermosísima, maravillosa –dijo Julia de buen humor-; además amo a Gaudí y a Dalí.

-Ah, sí, verdad que así se llama el gato de ustedes, uno de los dos nombres, ¿no? –dijo Eduardo.

-Sí, se llama Dalí –dijo Julia sonriendo-. Pero si me preguntas a mí, creo que tiene más el porte y el look de Gary Cooper...

-¿Quién es Gary Cooper?

-Un actor del año de la recontrapera.

-Pfff, ni idea -rió Eduardo.

-¿Sabes esa canción que dice: "Now if you're blue and you don't know where to go to why don't you go where fashion sits... puttin' on the Ritz"? -cantó Julia lo mejor que pudo.

-Chama, ni idea...

-Bueno, no importa -rió Julia-. Qué buena memoria tienes, te acuerdas de mi carro, de cuando nos conocimos, de la música que me gusta, del nombre de mi gato…

-Eso pasa cuando uno se come todos sus vegetales –dijo Eduardo jugando, haciendo reír a Julia.

-A lo mejor es un efecto de la presión y la altitud por andar siempre en aviones.

-Mm, fíjate que podría ser, capaz dentro de veinte años salen los científicos, que se lo pasan hablando para atrás y para adelante igual que los médicos, a decir que los pilotos y sobrecargos tenemos mejor memoria que el resto de la gente por andar siempre volando.

-Capaz.

-No, pero yo sigo sosteniendo que son mis vegetales.

-Bueno, en ese caso, se trata de una teoría ya comprobada, hasta donde yo sé.

-Sí, los vegetales y la Coca-Cola –dijo Eduardo.

-¿La Coca-Cola? –preguntó Julia. A ratos le daba la impresión de estar hablando con Iker, ciertos ademanes, ciertas expresiones, las tonterías que la estaban haciendo reír y ahora la adicción a la Coca-Cola, que si bien no era un gusto particularmente original, era otra coincidencia más para la lista, sobre todo porque había dicho "Coca-Cola" y no "Pepsi" y cuya relevancia al momento de hacer esta distinción es algo que todo adicto a alguna de estas bebidas reconoce en el acto. Tal vez el hecho de que Iker y Edu fueran tan buenos amigos hacía que Julia encontrara tantas similitudes entre ambos y a la vez eran dos personas tan distintas, pero cuando convergían lo hacían como si se tratara de una copia genética.

-Claro, la Coca-Cola –dijo Eduardo-. ¿Sabes todas esas cosas horribles que se lo pasan diciendo de ella?

-Difamación pura, difamación de la más baja –dijo Julia.

-¡Exactamente! –dijo Eduardo riendo-. Mi mamá se lo pasa mandándome emails con presentaciones en Power Point enumerando todas las formas en que la Coca-Cola va a acabar con mi vida.

-Sí, también me los han mandado. Lo peor es que es siempre la misma persona; tengo la sospecha de que lo guarda a propósito, exclusivamente para poder mandármelo cada dos meses.

-Pana, qué ladilla esos mails, de verdad.

-Sinceramente… -dijo Julia-. Me pregunto quién será el vago que no tiene nada más interesante que hacer que dedicarse a crear presentaciones en Power Point hablando mal de la Coca-Cola, aunque sea verdad que puedas destapar cañerías, deshacer carne y volar Mentos por los aires con ella.

-Algún resentido al que su vieja no lo dejaba tomar Coca-Cola de carajito –dijo Eduardo haciendo reír a Julia a carcajadas.

-Seguramente.

-Por cierto, ese pernil que trajiste te quedó exquisito, Julieta, y menos mal que lo trajiste, porque los sándwiches miniatura que trajo Ricardo para picar estaban malísimos, aunque en realidad no eran los sándwiches, era yo.

-Cuánto existencialismo para unos sándwiches, ¿no te parece?

-Bueno sí –dijo Eduardo riendo-. Pero te lo juro, no eran los sándwiches, en verdad no estaban tan malos…

-"Tan" malos… -interrumpió Julia riendo.

-Sí, bueno, no vale, de pana no estaban malos, pero no sé, pues, me los comí porque en verdad no me provocaba nada más de lo que había, no sé por qué, pero mientras masticaba pensaba "esto no es lo que yo quiero comer".

-Insisto en que es como mucho existencialismo para unos sándwiches –dijo Julia riendo.

-Más o menos, ¿no?

-¿Y por qué seguiste comiendo entonces?

-Porque tenía hambre y lo demás me provocaba menos.

-Sabes que ni siquiera sé de qué sándwiches me hablas, yo no vi ningunos sándwiches por ninguna parte –dijo Julia.

-Claro, eso es porque cuando tú llegaste ya se habían acabado.

-Ah, pero entonces no deben haber estado tan malos.

-Pero si eso es lo que te estoy diciendo, mujer, que no eran los sándwiches, que era yo.

-Bueno, yo te estoy dando la razón. Ahora tengo curiosidad, me habría gustado probar uno.

-No tenían nada de especial, si quieres que te diga. Es más, eso fue una bestialidad de Ricardo, que es un animal y un flojo, ¿a quién se le ocurre hacer sándwiches de aperitivo para una cena, pana?

-Algo habrán tenido para que se acabaran antes de que yo llegara – dijo Julia cuando acabó de reír por el comentario anterior de Eduardo.

-No vale, qué van a estar teniendo nada de especial, eso fue que el mamarracho de Ricardo abrió su alacena antes de salir para acá, sacó pan normal y le puso lo primero que encontró en su nevera, ni siquiera los cortó chiquitos, el muy bestia se los trajo tal cual. Karina fue la que los picó en triangulitos cuando Ricardo los puso en la mesa, para que por lo menos metieran el paro de que eran aperitivos.

-Tú sí eres cómico, Edu, me duelen los cachetes de tanto reírme –dijo Julia-. Gracias, de pana me hacía falta, hacía mucho que no me reía y menos así. No sé cómo ustedes, los hombres, se pueden llamar por todos los insultos que existen y nadie sale ofendido.

-Porque no somos mujeres, por eso.

-No me voy a ofender porque es verdad.

-Claro que es verdad, pero es bueno, qué horrible que ustedes se trataran como nos tratamos nosotros.

-Ciertamente –respondió Julia.

Continuaron conversando unos minutos más, luego decidieron entrar un rato a ver en qué andaban los otros. Eduardo le había enseñado a Julia un par de palabras en catalán e insistía en su similitud evidente con el castellano, mientras que Julia lo encontraba complicado y más bien parecido al francés, aunque ese sonido de la ele tan peculiar le sonaba un poco portugués. "Bueno, lenguas romances al fin y al cabo", había dicho Eduardo. Sentados en dos sillones de la sala, continuaron su tertulia, Eduardo le comentaba que durante su estancia en Barcelona, la vista de su apartamento daba precisamente hacia La Sagrada Familia y que era la imagen de aquella catedral lo que había hecho que los momentos más duros en España, cuando lo asaltaba la nostalgia por la patria, la familia y los amigos -que al final también eran familia-, fueran llevaderos. Julia, por su parte, le confió a Eduardo sus planes de turismo por puentes sobre el Sena, le dijo que pensaba alquilar una furgoneta o en su defecto una minivan (Volkswagen sería sublime) y manejar de París a Marsella, y aunque no pasaría dos meses en la vía, se detendría en tantos puestos de descanso como le fuera posible. Eduardo no entendía muy bien todos esos detalles cruciales en el viaje de Julia y ella le explicaba, tratando de no aburrirlo con una avalancha de Cortázar sin intermedios ni corte a comerciales. Julia le confesó a Eduardo su debilidad por los pilotos en uniforme y con su maletín de rueditas, mientras Eduardo se reía y prometió prestarle su uniforme, con gorrito incluido, al próximo novio que tuviera Julia, para que satisficiera su fetiche. "No habrá ningún 'próximo novio', Edu, yo me bajé de ese tren hace tiempo", había dicho Julia, preguntándose por qué le habría dicho algo tan personal al mejor amigo de Iker, algo que la ponía en una posición vulnerable.

-El alcohol te está comenzando a afectar, Julieta –reía Eduardo.

-¿Sí, verdad? –dijo Julia sonriendo, aunque un poco avergonzada-. Lo único es que... yo no estoy tomando -añadió Julia riendo.

-¿Estás segura? -preguntó Eduardo riendo-; tranquila, con alcohol o sin alcohol, puedes confiar en mí.

-Gracias, Edu. Sé que es así, lo que pasa es que, bueno, no sé, esta es la primera vez que conversamos por tanto tiempo y sobre todo, tú eres el mejor amigo de Iker.

-Claro, claro, yo entiendo, pero Julia, tú también eres mi amiga, quiero que lo sepas, para mí eres tan amiga mía como Iker.

-El alcohol también te está afectando a ti, por lo que veo –dijo Julia riendo.

-Como que sí –dijo Eduardo-. Igual eso de que ya no vas a tener más novios, no digas esas cosas, Julieta preciosa, tú eres una tipa demasiado bella, eres inteligente, eres culta, eres simpática, a ti te deben sobrar los pretendientes.

-Gracias por los cumplidos, pero aunque me sobraran pretendientes, eso no quiere decir que yo esté interesada.

-Bueno, pero eso lo dices ahora porque lo de Iker está muy reciente, pero dentro de un tiempo vas a ver como cambias de opinión –dijo Eduardo-. Yo también me sentí así cuando Ceci terminó conmigo, estaba espichaísimo, qué guayabo tan animal, pana, estuve como dos años deprimido, pero nada, luego lo superé y ya, estoy montado en mi tren otra vez, esperando encontrar a alguien.

-Es que tú no entiendes, Edu, esta es mi estación, aquí es donde yo me bajo, no hay otros vagones ni otras estaciones, esta es la mía.

-Chama, eso estuvo medio profundo para mí, si me lo hubieras dicho antes de este whiskey, creo que te habría captado –dijo Eduardo.

-Olvídalo, Edu –dijo Julia sonriendo.

-¿Y qué, terminaste de armar rollo? –preguntó Iker.

-Yo no estoy armando rollo, Iker –dijo Julia-, estoy hablando con Eduardo.

-Claro que sí, llevas rato hablando que si de Julio, de París, de no sé qué trenes… -dijo Iker.

-En todo caso, estaría exponiendo mi punto de vista sobre ciertos temas enfáticamente, pero no peleando –dijo Julia.

-Bueno, sin picarse que era echando broma, ¿o qué, no me conoces ahora?

-Creo que me están llamando –dijo Eduardo levantándose.

-No, no, yo más bien oí "Julia" –dijo Julia.

-No, estoy seguro de que dijeron fue: "Eduardo" –dijo Eduardo.

-¿Qué tienes "Yulia", ya no quieres hablar conmigo, qué te pasa, ya no me quieres? –dijo Iker riendo.

-Qué insoportable eres en verdad, Iker.

-Chamo, pero ¿qué pasa, no te puedo echar broma ahora, acaso?

-No estoy para tus bromas, fíjate.

-Chamo, pero ¿por qué te tienes que picar, si es jugando, qué te pasa, no me conoces?

-La verdad, no sé, Iker, no sé si te conozco, pero sí sé que no tengo ganas de seguir hablando contigo.

-Ah, bueno, ok, de pinga, buenísimo entonces, no me conoces, tú, tú no me conoces –dijo Iker haciendo énfasis en el "tú".

-Estás borracho, Iker –dijo Julia.

-No, no estoy borracho, estoy prendido, bueno, no, ni siquiera, tomé, pues, pero estoy bien consciente –dijo Iker.

-Como tú digas...

-Bueno Jules, si tú prefieres, puedes seguir diciendo que no me conoces, pero yo a ti sí te conozco perfectamente, por ejemplo, cuando te molestas, no hablas; para ti el sexo es la mejor expresión del amor, por eso no te acuestas con cualquiera, solamente haces el amor con alguien si estás enamorada de esa persona; eres fuerte delante de los demás pero a la hora de la verdad eres sensible, a veces demasiado, y siempre andas dudando de que yo te ame, cosa que me saca la piedra como no tienes una idea, pero estamos hablando de ti, no de mí. Eres cuchi, siempre estás buscando qué hacer y qué decir para hacerme reír, para ayudarme, para demostrarme que me quieres; eres insistente y si quieres algo presionas, a veces demasiado, hasta lograrlo. Quieres todo para ya, la paciencia no es tu fuerte, definitivamente. Eres bella, eres culta, eres inteligente, te encanta el sexo y eres buena, eres demasiado buena, de hecho. Odias los circos, Meryl Streep es tu actriz favorita, amas a Cortázar con locura –creo que no hay nadie en este mundo que te conozca que no sepa eso de ti-. Eres incondicional con las personas que son importantes para ti, responsable y medio radical; eres obsesiva y por eso me encantas, te obsesionas con las canciones, con ciertas comidas y con las placas de los carros, y te la pasas leyéndolas cada vez que estás en la calle. Eres sensible, eso ya lo dije; estás enferma y crees que estás gorda pero no lo estás, estás bella así como

270

eres, deberías creerme o a lo mejor es que mi opinión al respecto no vale pero si te sirve de algo, para mí eres hermosa. Te dan miedo muchas cosas, eres cauta y te gusta planificar las cosas, que todo salga perfecto, eres perfeccionista y tu peor crítica; tienes manías cuchis y otras no tan cuchis que me calo porque te quiero y porque yo también tengo mis manías y tú también te las calas, y a veces hablas como si yo estuviera dentro de tu cabeza y no te entiendo nada y me molesta porque me haces sentir como un estúpido, pero has mejorado y ya no lo haces tanto como antes, además de que reconozco que eso no es culpa tuya, pues. Esa eres tú, mi bellísima Jules, y ahora estás molesta conmigo y me hablas feo cuando yo lo único que he tratado de hacer esta noche es acercarme a ti.

Julia permaneció en silencio un rato, asimilando todo lo que Iker acababa de decirle. Lo miraba estupefacta, mientras trataba de comprender lo que estaba sucediendo.

-Di algo, pues. ¿Por qué te quedas callada, qué tienes? –dijo Iker.

-Nada, estoy un poco sorprendida, eso es todo -dijo Julia-. Tienes razón, me conoces muy bien.

-Ajá, ¿y entonces? -preguntó Iker un poco impacientado.

-¿Qué es "ajá y entonces"? -respondió Julia-. ¿Cuáles son tus expectativas?

-Nada -dijo Iker molesto-. ¡Qué increíble! ¿Por qué para ti todo tiene que ser que yo estoy haciendo algo mal?

-¡No, si tú estás perfecto! -dijo Julia también molesta.

-Mira Julia, sabes qué... Mejor olvídalo, contigo no se puede, tú eres imposible de complacer, simplemente.

-¡¿Así es la cosa?! En ese caso mejor te vas a buscar a tu mujercita, a menos que estés descansando el hombro, cosa que entendería.

-¿Qué te pasa, Julia, estás loca o qué? ¿Cómo que "mujercita"? -dijo Iker visiblemente alterado-. No te permito que le digas así.

-"¿No me permites?" -dijo Julia llena de ira-. Mira, Iker, no solamente me sabe a soberana madre lo que tú pienses, sino que yo a tu mujercita le digo como a mí me dé la gana, y sabes qué más: anda a llamar loca a tu mujercita.

Diciendo esto Julia se dio media vuelta dirigiéndose a toda velocidad hacia el pequeño closet de la entrada donde había dejado su cartera y su abrigo, Iker seguía hablando detrás de ella pero ella no alcanzaba a entender sus palabras, la gente a su alrededor se veía como una acuarela a la que le acaban de salpicar grandes gotas de agua, como una pesadilla daliniana, como "The Wall" de Pink Floyd; sentía que la cara le ardía, que le iba a explotar en cualquier momento, le temblaban las manos y no podía reconocer cuál de todas aquellas carteras era la suya, entre todas las carteras que tenía delante de sí y que se veían diferentes y al mismo tiempo eran todas la misma.

Julia se quedó mirando a Iker tratando de comprender qué estaba sucediendo. No sabía si Iker hablaba español o inglés, no le entendía nada. Nada. Era como cuando alguien dice algo y uno no entiende, y en el instante en que termina de pedir que por favor se lo repitan, el cerebro, en toda su extraordinaria capacidad, toma todos esos sonidos incomprensibles tres segundos antes y los transforma en una oración inteligible, y uno acaba diciendo en voz alta lo que su contertulio amablemente le repite, ambos al unísono. Pero ese momento no llegaba. Julia solamente no entendía. No había mágicos intercambios eléctricos de neuronas y dendritas, o más bien, los había, pero todos infructuosos.

-¡¿Qué te pasa Julia?! -por fin, una oración inteligible-. Iker movía una mano de un lado a otro frente a la cara de Julia. Julia negó con la cabeza.

-¿Qué, no me estás escuchando? -preguntó Iker.

-No -respondió Julia muy bajo-, no... no, es que no entiendo.

-¿Qué no entiendes, qué te pasa? Me estás asustando...

-Lo que estás diciendo... ¿Me lo puedes repetir, por favor? -continuó Julia en el mismo tono bajo y con la misma mirada de quien intenta sacar mentalmente raíz cuadrada de Pi.

Era como si alguien le hubiera dado al botón de "reset" en la cabeza de Julia. Ctrl + Alt + Del.

Julia se dejó caer sobre un pequeño banco de madera ubicado a un costado del closet de los abrigos, los cojines le amortiguaron apenas el golpe. Dejó escapar un suspiro largo y se dio cuenta de que frente a ella había un pequeño cuarto donde estaban la lavadora y la secadora, y, sobre ellas, un estante lleno de recipientes de distintos tamaños y colores y que por un momento que pareció durar una eternidad, capturaron su atención de manera absoluta con un encanto que los potes de detergente y suavizante no suelen tener.

Julia comenzó a hablar con la mirada aún absorta en los colores y las formas que Procter & Gamble exponía frente a ella, más allá de la imagen de un Iker borroso que apoyaba la espalda en la pared de la entrada del cuarto de limpieza, los brazos cruzados sobre el pecho, el ceño fruncido. La luz que venía del cuarto de limpieza la cegaba un poco y creaba sombras extrañas sobre el cuerpo de Iker dándole un aspecto un poco espectral, sobre todo las que se formaban en su rostro.

-Es como un casino, Iker -comenzó a decir Julia muy suavemente, con voz casi monótona-: la casa siempre gana. Y yo estoy cansada de perder; cansa mucho perder... son demasiados años perdiendo. Me imagino que tú estarás tan cansado como yo de todo esto, aunque no te toque perder. Tú y yo queremos cosas diferentes: yo quiero estar contigo y tú no quieres estar conmigo. ¿Qué más vueltas se le puede dar a una verdad tan simple como esa? Yo no puedo ser tu amiga, no puedo reírme de tus chistes, no puedo jugar contigo, no puedo y de verdad no quiero escuchar nada que tenga que ver con tu vida sentimental, no soy tan elevada, o tan ecuánime, quizás, no tengo esa madurez. Perdóname, pero de verdad no puedo. Venir a esta reunión fue un error, ahora está tan claro... ¿Sabes cómo es? Es como esa canción que canta Janis Ian, "At Seventeen", no sé si sabes cuál es, pero es así, y yo no me quiero sentir más así.

    -Sí sé cuál es -dijo Iker.

    -Bueno...

    -Hay muchas cosas que tú no entiendes, Julia.

    -Sí, estamos de acuerdo -dijo Julia muy bajo.

    -Tú no tienes idea...

    -¿Por qué no me lo explicas entonces?

    -Jules, yo sé que tú no entiendes por qué pasaron muchas cosas, y capaz te enteres algún día o quizás no te enteres nunca; lo único que sí te puedo decir es que yo tuve mis razones para hacer lo que hice. Tú me conoces y sabes quién soy yo y cómo soy yo.

    -¿Esa es tu mejor explicación?

-Bueno sí, de verdad en estos momentos eso es lo mejor que te puedo decir.

-Después de todo lo que me hiciste pasar -dijo Julia quebrándosele la voz.

-Te estoy diciendo que yo tuve mis razones, Julia –dijo Iker-. Confía en mí, simplemente. Yo sé que te cuesta, pero mi amor, por favor, por una vez en tu vida confía en mí y créeme que si lo hice fue porque tuve fuertes motivos para actuar de esa manera y que te amo; ¿qué te pasa, Julia, tú crees que todo lo que vivimos fue de mentira, acaso tú no sientes que yo te amo?

-Defíneme "amor", por favor. O sea, Iker, sí, te conozco y sé todo eso y sé que me amas, por eso justamente es que no entiendo nada de lo que ha pasado, esto no tiene ni pies ni cabeza, no tiene sentido, nada de lo que me dijiste tenía sentido. Si es verdad que me amas, ¿cómo pudiste tratarme así? Eso no lo entiendo –dijo Julia.

-Bueno tienes razón pero yo te estoy diciendo que yo tuve mis razones y ahorita no te puedo explicar más.

-Iker, ponte en mi lugar: ¿A ti te parece que esto tiene sentido? Primero me sacas de tu vida sin miramientos, me dices que esto fue un error, me ignoras completamente con un estoicismo y una fuerza de voluntad admirables y ahora se supone que yo tengo que creer que toda esa locura que te dio se debió a motivos altruistas que yo ignoro y siempre ignoraré, a menos que el destino se proponga revelármelos, y te tengo que creer que me amas.

-Bueno Julia, no me creas entonces, no puedo hacer más nada –dijo Iker molesto.

-¡Además te pones bravo! O sea, tú te molestas porque yo tengo que confiar ciegamente en lo que me estás diciendo, aunque sea un disparate.

-Pero claro que me molesto, Julia, es más, no estoy picado, lo que estoy es arrecho; dime cómo no me voy a molestar cuando tú misma me estás diciendo que aquello no tenía sentido, que todo lo que te dije y como te traté eran un absurdo, que no tiene lógica que un día te amara y te tratara lindo y dos horas después te dijera todo eso y te tratara así, ¿no será, entonces, que es verdad lo que te estoy diciendo y yo me vi obligado a hacer lo que hice; no se te ocurre que tal vez eso sí tenga algo de sentido lógico? –dijo Iker.

-Bueno pero, ¿por qué tiene que ser un acto de fe, cuál es el gran misterio que no me puedes revelar?

-Digamos que tú tienes un ex que es tremendo loco y eso es todo lo que te voy a decir.

-¿De qué me estás hablando, Iker?

-No te puedo decir más nada, lo que hice lo hice por ti, aunque tú no lo entiendas y lo hice porque tú me importas y porque te amo.

-Ok, yo tengo un ex loco que te obligó a tomar esa decisión... ¿Tú me estás hablando de mi salida con Guillermo?

-No, vale, no, no es Guillermo; o sea, yo sé que tú lo quisiste y que él es importante para ti, y estoy segurísimo de que ese pana sigue enamorado de ti o como mínimo le gustas y bueno, eso me fastidia un pelo, listo, ya lo dije, pero yo sé que tú no tienes nada con él, es tu amigo y nada más, no estás enamorada de él, pues, así que no me molesta.

-Bueno, si no se trata de Guillermo, entonces ya yo me estoy imaginando por dónde viene la cosa y si estoy en lo correcto, tendré que pedirte disculpas…

-No me tienes que pedir disculpas, Jules –dijo Iker-, tú no me hiciste nada.

-Bueno lo sé, pero este lío es cortesía de un ex mío, eso me hace responsable en cierta medida.

-Claro que no, que ese tipo sea un psicópata no es culpa tuya –dijo Iker-. Lo que importa es que ya eso quedó resuelto legalmente y, a menos que quiera ir preso unos cuantos años, no se va a volver a meter con nosotros, podemos cerrar ese capítulo y pasar la página. En todo caso soy yo el que te tiene que pedir perdón a ti por haberte tratado así, pero de verdad que no tuve otra opción, bella.

-Sí, fue muy feo, Iker -dijo Julia con la voz quebrada.

-Yo sé que estuvo mal lo que hice, Jules, y creo que nunca me lo voy a perdonar. Por muchas razones que tuviera, no era la forma, yo lo sé y por eso te pido perdón.

-Bueno yo no te estaba reclamando, de verdad.

-Yo sé mi amor, créeme que yo sé muy bien cuando tú me estás reclamando y cuando no -dijo Iker riendo un poco, haciendo sonreír apenas a Julia.

-Bueno, en verdad no importa -dijo Julia enjugándose una lágrima.

-No llores, me parte el alma cuando lloras -decía Iker abotonando y desabotonando el cárdigan rosa claro de Julia-. Perdóname también por haberte hablado feo esta noche y por decirte cosas feas, tú sabes que yo no pienso nada de eso, es que estaba demasiado sacado la piedra.

-Discúlpame por haber llamado "mujercita" a tu Miss.

-¿Mi qué? -preguntó Iker riendo.

-Bueno, es que no sé cómo se llama y le puse así el día de la feria porque me pareció que era muy bonita –dijo Julia-. Igual no me digas cómo se llama, prefiero no saber.

-¡Qué celosa eres, Jules! –dijo Iker despacio, colocando su cara muy cerca de la de Julia.

-¿No te parece lógico?

-Bueno sí, tienes razón, sí es como para que te pongas celosa –dijo Iker-. Eso se terminó, Julia, yo te quiero más de lo que pensaba, más que a… a la Miss. Y para que lo sepas, fue horrible decirte todo eso y tratarte así, si quieres le puedes preguntar a Eduardo, que se caló mis borracheras y mi despecho, aunque no entendía por qué te había dejado.

-No hace falta, yo te creo –dijo Julia-, pero no entiendo lo de la Miss, porque hasta hace cinco minutos estabas muy romántico con ella.

-No Julia, eso se acabó hace tiempo, ella vino conmigo porque yo se lo pedí, no quería llegar aquí y encontrarte de la mano con otro tipo, no lo iba a poder soportar, así que me traje refuerzos.

-Pero yo te escuché llamarla "linda" –dijo Julia.

-Y yo te vi abrazada con Eduardo en la terraza –dijo Iker.

-Bueno pero yo no tengo nada con Eduardo y tú lo sabes muy bien; además, él no me estaba abrazando, me puso la mano en el hombro porque me estaba consolando, porque pensaba que yo me sentía mal por estar aquí y verte, sobre todo con tu Miss.

-Bueno, y yo estaba con la Miss para no hacer el papel de estúpido cuando tú llegaras abrazada con tu nuevo novio, restregándome en la cara lo feliz que estabas con él y cómo habías superado lo nuestro.

-Qué imaginación tienes, bellísimo –dijo Julia bajando la mirada por un momento antes de mirar a Iker a los ojos.

-Después de como te traté –dijo Iker, retirando con cuidado algunos cabellos del rostro de Julia- me esperaba que hubieras rehecho tu vida y que no me quisieras ver ni en pintura, pensé que cuando me vieras me ibas a insultar.

-¿A insultarte? Ahora soy yo la que pregunta: ¿acaso no sientes que te amo? –dijo Julia y le devolvió el beso que Iker le daba. Desde la cocina comenzaron a escucharse vítores y aclamaciones de júbilo, Iker y Julia rieron mientras el resto del grupo llegaba hasta donde ellos estaban.

-Pana por fin, ya estábamos hartos de estar metidos en la cocina –dijo Ricardo en broma.

-Además, desde ahí no se ve tan bien hacia la entrada y Mónica y Karina no nos dejaban escuchar bien la conversación de ustedes –dijo Daniel.

-¡Eso es mentira! –dijo Karina-, nosotros no los estábamos espiando, niñitos, se los juro. Daniel, sí eres estúpido –dijo Karina empujando suavemente a Daniel por el hombro.

-Bueno, es verdad, no los estábamos espiando –dijo Eduardo colocando un brazo sobre el hombro de Iker y el otro sobre el hombro de Julia-, pero de vez en cuando mirábamos para acá y tratábamos de adivinar qué estaba pasando, si se estaban arreglando o no, pero no fue por chismosos sino porque los queremos.

-Qué lindos son todos –dijo Julia conmovida.

-Es verdad, linda Julia –dijo Mónica-, nosotros los queremos mucho, bueno, a Iker ya sabes porque es nuestro pana desde hace tiempo, pero a ti te tomamos mucho cariño y aparte, ustedes son la pareja perfecta.

-¡A brindar! –gritó Ricardo con los brazos al aire, sosteniendo varias botellas de champaña en cada mano.

-Por Julia e Iker –comenzó el brindis Eduardo, subido a la mesa de centro de su sala-: que el amor que se tienen no se acabe nunca, que se dejen de joder los que no soportan verlos juntos y que el próximo brindis con champagne que hagamos en su nombre lo vuelva a pronunciar yo, en calidad de padrino de boda, y que sea este mismo año. ¡Opah! –gritó Eduardo al final del brindis, todos levantaron sus copas antes de beber y gritaron "¡Opah!", un poco siguiéndole la corriente a Eduardo, pero más contagiados de su júbilo; Eduardo le dio un beso a Iker en la mejilla y otro a Julia y continuó gritando "¡Opah!" hasta que la champaña se terminó, mientras todos gritaban al unísono después de él y continuaban bebiendo.

Iker tomó a Julia de la mano y la guió hacia la terraza. Sentados en el sofá frente al calentador a gas externo, Iker tomó las rodillas de Julia, las subió sobre su regazo y le acarició los muslos con movimientos suaves y lentos, exactamente de la misma manera en que lo hizo en la sala de su casa el día que se conocieron.

-Tengo algo para ti, pero está adentro, ¿me esperas aquí mientras te lo traigo? –dijo Iker.

-¿De verdad? –preguntó Julia e Iker asintió con la cabeza-. Bueno, pero no te tardes, me hiciste mucha falta y no me quiero separar de ti ni un ratico.

-Y tú me haces falta, Jules.

-¿Te hago falta? ¿Por qué en presente, si estoy aquí?

-Porque me has hecho tanta falta que aún teniéndote aquí conmigo, siento que te sigo extrañando y creo que va a pasar mucho tiempo antes de que sienta que puedo estar lejos de ti sin que sienta que me falta el aire – dijo Iker.

-Aw! –exclamó Julia-. ¡Sí eres lindo! Esa es una de las cosas más bonitas que me has dicho, ¿sabes?

-No vayas a llorar –dijo Iker-. Llorona, no cambias –susurró Iker.

-Grosero. Tú tampoco –dijo Julia sonriendo.

-Bueno, ya está, no vayas a llorar, ¿sí va?

-Después del infierno que han sido estos meses sin ti, no sé si decirte que ya no me quedan más lágrimas porque las lloré todas, o decirte que son demasiadas emociones juntas y no puedo evitar llorar –dijo Julia con la voz quebrada.

-Bueno está bien, lloroncita, llora si quieres llorar, yo te seco las lágrimas y te doy un besito para que se te pase –dijo Iker muy bajito.

-Déjame -dijo Julia en tono juguetón-. Estás imposiblemente tierno conmigo, Iker, es muy lindo, pero es raro, tú no eres tan romántico.

-Bueno, para que tú veas –dijo Iker sonriendo-, a veces puedo ser muy cuchi. Pero no te malacostumbres.

-Eso ya me lo dijiste una vez y como podrás darte cuenta, no funcionó –dijo Julia-. Si quieres que te diga lo que pienso, creo que tú te sientes vulnerable cuando me dices cosas lindas y por eso prefieres no hacerlo.

-Mmm, bueno sí, tal vez.

-Yo te entiendo, bellísimo. Las frases almibaradas siempre me han parecido ridículas –que no tienen nada de malo per se, simplemente no son mi estilo-, y ahora mírame contigo, llamándote por epítetos azucarados, cada uno más cursi que el siguiente.

-Bueno, qué te puedo decir de mí –dijo Iker riendo-. Admito que no solamente me divierten tus sobrenombres cursis y amelcochados, sino que me gustan mucho.

-Qué bueno porque a mí me encanta decírtelos –dijo Julia riendo-. Además esa es la idea, mientras más zalamero y meloso, mejor.

-Yo sé y sé que te divierte inmensamente superarte a ti misma.

-Sí, me encanta, me da mucha risa llamarte: "muñecón", "amorcísimo", "lo más bello del mundo", "caramelito de miel" – enumeraba Julia riendo a carcajadas con Iker.

-"Bombón de chocolate blanco", "ricura", "mividísimo" –continuó Iker-. Vale, qué gafita eres, bellísima.

Eduardo salió a la terraza cargando tres tazas de café negro humeante, la suya y las otras dos para Iker y Julia. "Para que pasen el ratón", dijo, ofreciéndoselas. Iker aprovechó la interrupción y que Julia no se quedaría sola en la terraza para ir adentro a buscar el regalo que tenía para ella.

-Cuando eres feliz te ves todavía más bonita, Julieta –dijo Eduardo, sentándose junto a Julia.

-Gracias –dijo Julia sonriendo, sorbiendo un poco de café.

-Se te ilumina la cara y comienzas a irradiar tu verdadera personalidad, esa magia que tienes y que aún no entiendo muy bien cómo funciona, pero hace que la gente se aglomere a tu alrededor, que se volteen cuando entras en una habitación, que te hace el centro de atención… ¡Encantadora! –dijo Eduardo-. Es fácil darse cuenta por qué Iker está tan loco por ti.

-Me estás haciendo sonrojar, Eduardo –dijo Julia.

-¡Salud! –dijo Eduardo chocando su taza contra la de Julia-. Por ustedes.

-Salud –dijo Julia y bebió café-. Por ti, por la suerte infinita de Iker – y ahora mía también- de tenerte como amigo.

-Cheers, beautiful Juliet! –dijo Eduardo-. ¿Cómo fue lo que me dijiste del tren, hace rato? Ya estoy sobrio, creo que esta vez sí te voy a entender.

-Bueno, tú dijiste algo de mi "próximo novio" y yo te dije que no habría tal cosa porque yo ya me había bajado de ese tren; esta es mi estación, aquí me quedo yo.

-¿Ves? Ahora sí te entendí –dijo Eduardo-, y me alegra ver que Iker se bajó del vagón en la misma estación que tú.

-Iker es mi estación.

-Y tú la suya, Julia. Brindemos por eso –dijo Eduardo chocando su taza con la de Julia una vez más. Sorbieron café de sus tazas y se abrazaron y Julia dijo casi inaudiblemente "Gracias, Edu".

-Pana, por lo visto no los puedo dejar a ustedes dos solos en esta terraza porque cada vez que vengo me los consigo abrazados –dijo Iker.

-¿Qué te pasa, jevita, estás celosa? –dijo Eduardo-. ¿Estás nerviosa porque sabes que ninguna mujer es capaz de resistirse a los encantos de papito aquí?

-Sal de aquí, lacra –dijo Iker riendo-. Yo confío en el buen gusto de Jules, por algo está conmigo.

-¡Qué bobos son los dos! –dijo Julia riendo.

Eduardo abrazó a Iker por el cuello en una especie de llave, mientras Iker le daba dos palmadas cariñosas a Eduardo en la espalda.

-Yo creo que lo que pasa es que Iker quiere que le vuelva a dar un beso como el que le di cuando brindamos con champaña allá adentro, cuando ustedes se reconciliaron –dijo Eduardo.

-Yo creo que lo que pasa es que Eduardo quiere que lo reviente a patadas a ver si se le quita lo pargo –dijo Iker.

-Marico, no disimules, estamos en confianza y además, es mejor que Julia se entere de una vez, brother –dijo Eduardo.

-Te advierto que ni por ser parcha te voy a pelar si te vuelvo a encontrar abrazando a mi novia –dijo Iker.

-Sí son tontos, Dios –dijo Julia riendo con las cosas que se decían Eduardo e Iker-. Lo peor es que Iker es el ser más pacífico que existe en este planeta.

-Marico, ¿qué le has hecho creer a esta pobre mujer? –dijo Eduardo-. No creas nada de eso, Julia, aquí donde lo ves, flaquito así como es él, con su carita bonitica, sus patillitas y los lentecitos sifrinitos esos que tiene, el bicho es un salvaje.

-Verga, marico, sí hablas pendejadas, Eduardo –dijo Iker riendo-; chamo, no puedes ser más pargo, ¿qué es esa vaina de "su carita bonita, las patillitas" y no sé qué otras pajueras más dijiste?

-Yo creo que Edu tiene razón –dijo Julia-. No lo violento, sino que tienes carita bonita, las patillas a lo James Dean (¡que me fascinan!), los lentes pavitos y otro montón de cosas más que me encantan de ti que, por fortuna, Eduardo no nombró.

-Marico, hablando en serio –dijo Eduardo-, te traje café para que se te pasara la pea pero si no puedes manejar, sabes que se pueden quedar aquí sin problemas, esta es su casa.

-Gracias, pana –dijo Iker.

-Y mira, mejor es que vayas dejando los celos o no te presto mi uniforme de piloto, ¿oíste?

-¿Qué? –dijo Iker- ¿Para qué puedo querer yo tu uniforme?

-Pregúntaselo a tu novia –dijo Eduardo señalando a Julia con su taza.

-¡Qué vergüenza, Dios mío! –dijo Julia riendo, cubriéndose el rostro con ambas manos.

-¿Te gustan los pilotos, bellísima?

-Sí, ¿no te lo había dicho?

-Mmm, no, créeme que me acordaría –dijo Iker.

-Bueno, no es nada del otro mundo, es que se ven lindos con su uniforme y el gorrito y la maletica negra con rueditas, caminando por los aeropuertos, pero eso no quiere decir que yo quiera que te pongas un uniforme de piloto ni nada por el estilo –decía Julia-, esos son inventos de Edu, que por lo que veo le hace falta otra taza de café y una sopita de pollo porque no ha pasado la pea y me está haciendo pasar pena aquí.

-Bueno, yo los dejo solos, tortolitos –dijo Eduardo-. Y mi uniforme sigue estando a la orden, por si cambian de opinión.

Eduardo entró de nuevo a la casa e Iker volvió a sentarse al lado de Julia y volvió a subir sus piernas sobre su regazo como las tenía antes. Tenía un bulto rectangular en la mano, forrado de papel marrón reciclado, sin lazo.

-Me costó un mundo encontrar esto, así que espero que te gusten –dijo Iker, entregándole el paquete a Julia.

-Me va a encantar porque me lo diste tú –dijo Julia- y si de paso te costó encontrarlo, es mucho más significativo para mí.

-Bueno ábrelo –dijo Iker ansioso. Julia abrió el paquete y frente a ella los tres tomos de la recopilación de cartas de Julio Cortázar aparecieron en su edición beige de Alfaguara.

-El silencio y la boca abierta me dicen que te gustó –dijo Iker sonriendo.

-Iker –dijo Julia mientras se le salían las lágrimas-, gracias. No tenía idea de que supieras cuáles libros de Julio tengo y cuáles no.

-Bueno, para que tú veas –dijo Iker-. No llores, preciosa.

-Es que a ti te gusta hacerte el que no te importa, o, bueno, eso no es exactamente lo que quiero decir pero tú me entiendes, pero en el fondo sí te importa…

-Claro que me importa, Jules, tú me importas, mucho más de lo que tú te imaginas; me importa lo que tú pienses, ¿cómo no me va a importar si yo te quiero? –dijo Iker.

-Definitivamente hoy estás en tu momento cúspide de lindura.

-Qué te puedo decir, tú me inspiras –dijo Iker sonrojado.

-¡Yo te voy a comer! –dijo Julia acariciando las mejillas de Iker con las palmas de sus manos; eso siempre lo deshacía, lo unía a Julia de una manera que él no sabía explicar y que tenía algo de entrega, de confianza absoluta, algo sin mácula.

-Qué bueno que te gustó, bellísima Jules. También busqué "Fantomas contra los vampiros multinacionales" pero eso sí que es imposible, hace años que no lo editan.

-Sí, décadas –interrumpió Julia.

-Y al final me sugirieron que buscara con revendedores, era mi única opción, pero eso está como difícil desde aquí.

-Gracias, gracias, bellísimo vasco, gracias, gracias.

-De nada, preciosa, me alegra mucho que te hayan gustado –dijo Iker sonriendo-. Lo que no sé es por qué las tapas se ven así, tal vez los maltrataron en el envío.

-No, bueno, quizás sí, pero las tapas de estos libros son pésimas –dijo Julia-, todos se quejan de lo mismo, la calidad de las carátulas es una basura.

-Me imagino que sería sin querer.

-Yo espero, si no, qué insulto para Cortázar –dijo Julia-. Es más, dejar estos libros desconchándose así, cual serpientes cambiando de piel o bronceado chimbo que empieza a pelarse, es una falta de respeto total hacia mi Julio, esto no se puede quedar así, tenemos que hacer algo.

-¿Quieres hacerle un peeling a los libros de tu argentino?

-¿No crees que es lo mínimo que podríamos hacer?

-Si tú lo dices, Jules.

-Sí, yo creo que es menester que le arranquemos esta película horrible a los libros del barbudito.

-Bueno, hagámoslo entonces con la solemnidad que un acto como este amerita –dijo Iker.

-Ok, ¿quieres hacer los honores? –preguntó Julia.

-Claro que no, eso te toca a ti, bella, que eres la cortazarófila aquí –dijo Iker-. Yo sostengo los libros y tú les quitas la primera capa, luego, si quieres, te ayudo.

Julia e Iker estuvieron un rato arrancándole la película brillante que se despegaba sola de los libros de Cortázar. "La calidad en verdad es una mierda" había dicho Iker a eso del segundo tomo.

-Ahora sí –había dicho Julia al terminar-, está mucho mejor que antes; qué indignación de edición aquella que se va despellejando, sinceramente.

-Sí, tu novio estará más tranquilo ahora que sus libros tienen una carátula digna –dijo Iker.

-Yo también lo creo –dijo Julia-. Gracias de nuevo, eres lo máximo en bellísimos, y gracias por ayudarme con las ceremonias.

-¿Ese fue un juego de palabras por el libro de Cortázar que se llama "Ceremonias", verdad? –preguntó Iker.

-Sí, pero digamos que se trató de un chiste interno, lo dije para mí, para Julio, no sé.

-Sí, Jules, no me tienes que explicar tus delirios, yo los conozco –dijo Iker.

-Sí, son mis delirios, pero no sabía que tú supieras que existe una recopilación de cuentos llamada así.

-Bueno, es que si no iba a hacer mi tarea de detective bien buscándote tus libros, mejor no hacía nada, y en el proceso terminé aprendiendo un montón de cosas de tu novio, pues.

-¡Qué cuchi eres, bellísimo!

-Cuchi eres tú, y bella, además. Necesito más café para poder manejar e irnos de aquí.

-Yo puedo manejar.

-¿Segura, se te pasó ya a ti?

-Si casi no tomé.

-Bueno, igual dame como una hora más y si no te vas a terminar tu café, dámelo acá –dijo Iker-, no quiero vomitar tu carro.

-Eso sería muy romántico –dijo Julia riendo.

-Mjm.

-Iker…

-Dime, bella –contestó Iker colocando en el suelo su taza y sorbiendo ahora el café de la taza de Julia.

-¿Te ha pasado que encuentras, digamos, un chocolate que te gusta mucho, muchísimo y al principio crees que es lo mejor que te pudo haber pasado en tu vida o algo cercano a eso por lo menos, y luego comienzas a dudarlo, empiezas a preguntarte si esa necesidad de ir a la tienda y comprarlo, verlo en el estante tan empacadito en su envoltura intacta, esa necesidad de olerlo, comértelo y luego otro al día siguiente y todos los días de tu vida, no son más bien una calamidad?

-¿Qué, soy una calamidad en tu vida? –preguntó Iker- ¿Es eso lo que me quieres decir?

-Ay no, Iker, ¿qué te pasa?

-Bueno no sé, es que de pronto me dices eso y como que me sonó a que era conmigo, pues.

-¿Cómo va a ser contigo, Iker, no te ha quedado clarito que te amo con locura?

-Bueno, tienes razón, pues –dijo Iker-. No peleemos, dime entonces, ¿de qué calamidad hablas?

-Del colegio, de vivir aquí, no sé –dijo Julia.

-¿Qué tienes, princesa, estás frustrada profesionalmente y andas homesick?

-¿Princesa? –dijo Julia sonriendo-. Primera vez que me llamas así.

-Bueno, sí, me provocó –dijo Iker encogiéndose de hombros-. Si sigues, te voy a empezar a llamar Julia Isabel de ahora en adelante.

-Chill, babe –dijo Julia dándole un beso chiquito a Iker-. Me encanta que me digas esas cosas, solamente me sorprendió porque no es tu estilo y nunca antes me habías llamado así.

-Ok, está bien, pues, volviendo al tema: ¿qué tienes?

-De verdad no sé, Iker, tengo ganas de salir corriendo y dejarlo todo botado.

-¿Quieres que revise los libros del preescolar y te diga cómo anda todo? Es que no es organización sin fines de lucro, mi vida, esto ya lo hemos hablado.

-No, no es eso, aunque si quieres revisarlos, revísalos, no es mala idea, pero el colegio está dando, no es eso.

-Yo pensé que tú amabas esta ciudad, Jules.

-Sí, es hermosa, pero estoy verde del frío, no sé, no sé qué me pasa, en verdad, todo me molesta.

-Tranquila bellísima. Yo creo que necesitas unas vacaciones, eso es todo. Cuando regreses, vas a estar más relajada y vas a poder tomar las decisiones que creas que tienes que tomar con respecto al colegio y a seguir viviendo aquí, con calma y con más objetividad. También piensa que hasta hace nada tenías el drama encima de lo que había pasado con nosotros, eso también tiene que estar afectándote para que lo veas todo tan fatalistamente.

-Sí, yo creo que tienes razón.

-Tranquila, preciosa, ¿sí? Todo va a estar mejor. Te quiero.

-Te quiero, bellísimo.

XXII

Todavía estaba oscuro afuera cuando Iker y Julia salieron de la casa de Eduardo con destino a casa de Iker. A mitad de camino Iker cambió de opinión y pensó que después de todo era mejor idea ir a casa de Julia, no obstante, se detendrían en su casa para buscar ropa, cepillo de dientes y demás artículos personales que alguna vez Iker tuviera en casa de Julia, pero que ella le había devuelto después de la ruptura. Julia iba al volante, por las dudas de que Iker tuviera aún más alcohol en su sistema del permitido, aunque se sintiera perfecto. Salieron de casa de Eduardo caminando de puntillas, tratando de no despertar a los demás; estaba empezando a volverse una constante eso de escaparse de las reuniones sociales sin ser percibidos por el resto del grupo. Julia no entendía por qué no podían quedarse en casa de Iker si ya estaban allí, después de todo, qué sentido tenía manejar hasta su casa cuando la de Iker estaba perfectamente equipada para hospedar a dos seres humanos. No importaba mucho, sólo le parecía un poco extraño. Lo bueno era que de esa forma Dalí no se quedaría solito en casa esa noche, iría a enroscarse al pie de la cama con ellos, con sus motorcitos encendidos a toda marcha.

Estacionaron el auto dentro del garaje de la casa de Julia, sin embargo, entraron por la entrada principal, a petición de Iker. Era cierto que a Iker le gustaba hacer las cosas a su manera, no obstante, esa madrugada estaba más caprichoso que de costumbre. A Julia no le molestaba, se trataba de caprichos tontos, no le costaba nada darle el gusto a Iker y al fin y al cabo a ella le gustaba complacerlo, aunque no podía evitar sentir que el comportamiento de Iker era un poco inusual y preguntarse a qué estaría obedeciendo. Una vez cerrada la puerta tras de ellos y pasado el seguro,

Iker tomó a Julia por la cintura, apretándola contra su cuerpo, mientras con la mano izquierda sostenía la mano de Julia y la hacía girar, levantándola del suelo en la primera vuelta, bailando despacio a continuación, mientras le cantaba al oído "The way you look tonight", interrumpiéndose cada tanto para besarla en los labios suavemente. Acto seguido, Iker condujo a Julia de la mano hacia la sala, se sentó en el suelo, apoyando la espalda contra el sofá e hizo un ademán a Julia para que se sentara junto a él. Una vez más, tal cual hiciera en la terraza de la casa de Eduardo, subió las piernas de Julia sobre su regazo, le quitó los zapatos y procedió a quitarse los suyos, para de nuevo estar en la misma posición, en el mismo sitio en que habían estado el día en que se conocieron, acariciando como entonces los muslos de Julia con las puntas de sus dedos. Afuera hacía todo el frío del mundo, la nieve y el hielo acumulándose comenzaban a transformar nuevamente las calles en un manto blanco infinito, mientras que adentro se estaba tan bien, tan calentito, pero no era la calefacción ni eran las llamas de la chimenea a gas, era un calor que venía de adentro, calor de cuando la vida es bonita y se puede comenzar a soñar otra vez, y sobre esos sueños se puede comenzar a construir la realidad.

-¿Puedo saber a qué se debe el ritual? –preguntó Julia.

-Todavía no –dijo Iker.

-Estás muy misterioso esta madrugada, ¿sabes?

-A lo mejor –dijo Iker, sonriendo y encogiéndose de hombros, con la expresión en el rostro que deshacía a Julia y que hacía tanto tiempo que no tenía el placer de presenciar.

-Pronto va a amanecer…

-Mjm –asintió Iker-. ¿Te acuerdas de nuestra primera cita?

-Claro que me acuerdo –dijo Julia riendo-. Fuimos al parque a pasear, era un día hermoso pero hacía un calor infernal y tú estaba sudando, tomaste mi mano y la metiste dentro de tu franela negra para que tocara tu espalda –recordaba Julia-, cosa que me causó mucha gracia; la peor parte fueron los mosquitos jurásicos que nos hacían ver como Liliputienses y que hicieron imposible que nos sentáramos en la grama.

-Mosquitos asquerosos –dijo Iker riendo-, volaban lento pero eran gigantes.

-Sí, y de todas maneras nos picaron, aunque no tanto como yo pensaba.

-¿Te acuerdas de lo que tenías puesto? –preguntó Iker.

-Una camisa de tiritas, blanca –respondió Julia- y una falda blanca también.

-Estabas tan bella, Julia, tan bella…

-Ese día te dije una mentira.

-¿Qué mentira?

-Te dije que estaba vestida así por casualidad, que no tenía nada que ver con tu sueño, un sueño que me contaste donde estábamos juntos, en la casa de tus padres en Caracas, yo te esperaba sentada en tu cama, ¿te acuerdas?, y tenía puesta una falda blanca.

-¿Entonces fue a propósito? –preguntó Iker sonriendo.

-¡Por supuesto que fue a propósito, bellísimo!

-¿Y por qué me mentiste?

-Porque no quería que se te subiera el ego a la cabeza –dijo Julia-, y además, no quería que fuera tan evidente que estaba loca por ti, tanto como para vestirme así sólo para estar igual a como me habías visto en tu sueño.

-No estabas igual, estabas mil veces más bella, Jules, demasiado bella, no podía dejar de mirarte y reírme como un bobo –dijo Iker antes de besar a Julia.

-¿Y luego? –preguntó Iker.

-Luego se hizo de noche y fuimos a comer, ninguno de los dos tenía hambre pero yo te dije que nunca había ido a Jack in the Box y por eso fuimos para allá.

-Ah, sí, compartimos una hamburguesa y palitos de mozzarella.

-Y una Coca-Cola.

-Y yo te daba de mi hamburguesa en la boca.

-Fue la mejor hamburguesa de mi vida, aunque nada tenía que ver con la receta ni el establecimiento –dijo Julia.

-Y te acariciaba las piernas con las mías por debajo de la mesa –dijo Iker.

-Sí, y al salir, se te apagó el carro cuando fuiste a cambiar de velocidad –dijo Julia riendo-, y yo te pregunté si se te había olvidado cómo manejar.

-Sí, me enredé todo metiendo el cambio –dijo Iker riendo-, estaba demasiado nervioso, me sentía como un niñito de quince años, bueno, hasta se me apagó el carro.

-Imposible no amarte, Iker.

Iker sonrió y tomó la cara de Julia en sus manos, acercándola a la suya, para besarla. Comenzaba a amanecer, los primeros rayos de la aurora empezaban a asomarse lentamente, Iker le había preguntado a Julia si recordaba la primera vez que habían visto un amanecer juntos, a lo que Julia había respondido que había sido el día que se habían conocido, en esa misma sala, exactamente en la misma posición en la que estaban sentados en ese momento.

-Esa mañana, cuando te vi con los primeros rayos del sol reflejándose en tu cara y en tu pelo, sentí un vacío en el estómago semejante al que se siente en la bajada de una montaña rusa.

-¿Por qué?

-Porque esto que me hacías sentir no se parecía en nada a lo que yo conocía y me daba miedo. No era que no me hubiera enamorado antes, sino que jamás había sentido algo tan fuerte, una sensación de haber llegado a mi destino luego de un viaje muy largo, la certeza de que tú no ibas a pasar, tú estabas aquí para quedarte, y la revelación absoluta de que la única vez en mi vida que creí encontrar a la mujer que estaría conmigo para siempre, acababa de desvanecerse frente a la realidad de tu presencia.

Iker le decía todo esto a Julia viéndola a los ojos, con su cara muy cerca de la de ella; metió una mano en el bolsillo de su pantalón, sacando de él un anillo que sostenía entre el índice, el medio y el pulgar.

-¿Sabes que te amo? –dijo Iker.

-Sí, lo sé, y me encanta que me lo digas.

-No sé muy bien cómo decir esto –comenzó a decir Iker, visiblemente nervioso-. Supongo que debería ponerme de rodillas, como dicta la tradición, pero me gusta más como estoy ahora, con tus piernas sobre las mías, además, me gusta que estés cerquita de mí. Julia, tú eres como un libro, un libro abierto que no se acaba, te leo y me encuentro con cosas nuevas en cada página, el problema es que cuando avanzo y pienso que voy a terminar, me fijo de nuevo y apenas voy empezando. Julia, bellísima Jules: ¿quisieras pasar el resto de tu vida haciéndome el hombre más feliz sobre la faz de la tierra? –dijo Iker con voz temblorosa.

-Sí quiero –susurró Julia con lágrimas rodándole por las mejillas.

-No sé en qué mano va esto –dijo Iker.

-Yo tampoco –dijo Julia-. En la que quieras.

Iker deslizó el solitario en el anular izquierdo de Julia y la besó largamente.

-Te amo, Julia, lo sabes, ¿verdad?

-Sí lo sé, Iker. Te amo, siempre.

-¿Te acuerdas una vez cuando me dijiste que ojalá te quisiera prometer el mundo? –preguntó Iker.

-Sí, sí me acuerdo.

-Bueno, te prometo verdad, pero sobre todo te prometo risas y prometo tratar de evitarte tantas lágrimas como me sea posible. Va a ser difícil porque tú eres mi lloroncita, pero te juro que lo voy a intentar –dijo Iker jugando, haciendo reír a Julia-. Prometo estar a tu lado sin importar lo que la vida nos arroje. Prometo amarte, cuidarte y respetarte, y prometo hacer mi mejor esfuerzo en todo momento, aun cuando las cosas no salgan tan bien como haya sido mi intención. Prometo quedarme contigo siempre y que nunca sientas que estás sola en este mundo, que sepas siempre que no hay nadie más importante en mi vida que tú. Y todo esto, como te dije una vez, no sé si lo recuerdas, porque eres tú, única e inigualable, especial e indescifrable, tierna y misteriosa… simplemente porque eres tú.